Frances Gray-Patton
Guten Morgen, Miss Fink

Frances Gray-Patton

Guten Morgen, Miss Fink

Roman

Wolfgang Krüger Verlag

Titel der amerikanischen Originalausgabe:
Good Morning, Miss Dove
Erschienen im Verlag Dodd, Mead & Company, New York
Deutsch von Anna-Liese Kornitzky

Deutsche Neuausgabe im
Wolfgang Krüger Verlag GmbH, Frankfurt am Main 1977
Produktion: Heinzlmeier & Warminski, Buchteam Frankfurt
Umschlagentwurf: Jan Buchholz/Reni Hinsch
Druck: Appl, Wemding
Einband: Sigloch, Künzelsau
Printed in Germany
ISBN 3-8105-0705-9

LIBERTY HILL ist ein kleines entlegenes Städtchen – von einem ‹Berg› kann trotz des Namens wahrhaftig nicht die Rede sein, höchstens von einem bescheidenen Hügelchen –, wo die Straßen nach Bäumen und Helden benannt sind und man sofort spürt, daß das Leben noch im geruhsamen Gleichmaß dahinrinnt. Es ist genauso schmuck und anheimelnd wie hundert andere Städtchen in Amerika auch, und doch drückt es den Bewohnern seinen eigenen Stempel auf. Die Menschen, die dort zur Welt kommen und aufwachsen – hoch und niedrig, arm und reich –, sie alle sind fürs ganze Leben im wahren Sinne des Wortes Nachbarn; denn ihre Vorstellungen haben sich von den gleichen Bildern genährt, den gleichen Klängen und Geschichten und den gleichen frühen Bewährungsproben. Sie alle haben einst auf denselben besonnten Wiesen getollt und sich nach der Hitze des Spiels im gleichen kühlen Schatten verpustet. Sie alle lauschten von Kindheit an den Glockenschlägen derselben Turmuhr, die die Stunden so zeitlos verkündet wie die Zeit selbst. Und sie alle, Generation um Generation, waren im zarten, bildsamen Alter der unparteiischen Gerechtigkeit, den ehernen Vorschriften und den gelassenen, unbestechlichen Blikken derselben Lehrerin ausgeliefert – der schrecklichen Miss Fink.

Natürlich überspülte der Strom bewußter Erlebnisse diese aus gemeinsamen Erfahrungen gewachsene Verbundenheit, aber sie war doch da, unwandelbar und vertraut, wie das Wirken der Natur, und man machte sich keinerlei Gedanken mehr darüber, ebensowenig wie über den Tau auf den Gräsern oder die Wiederkehr des Tageslichts – dieses sich ständig erneuernde Wunder, das man wie etwas Alltägliches hinnahm. Wäre aber die Sonne eines Tages nicht aufgegangen, die Turmuhr verstummt, und sei es selbst in

der Nacht, wenn Träume ihren Klang dämpften, dann hätte man plötzlich die Stille vernommen und das Licht vermißt.
Und so, als plötzlich, wie durch einen Blitz aus heiterem Himmel, Miss Finks Tageslauf unterbrochen wurde und man mitansehen mußte, wie sie zu einer Stunde, da sie von Rechts wegen im Geographiesaal der Zedernhain-Schule hätte thronen müssen, die Straße entlang zum Krankenhaus getragen wurde – da hielt Liberty Hill den Atem an, sah bestürzt auf den Grund seines Daseins und griff sich unwillkürlich ans Herz.
Der Mittwoch, an dem Miss Fink erkrankte, begann wie jeder andere Tag. Es war Mitte April. Das Wetter war mild. Die Sonne ging um fünf Uhr fünfundzwanzig auf, also zwei Minuten früher als am Dienstag, was aufs Haar Miss Finks Voraussage vom Nachmittag zuvor entsprach, als sie anhand eines Pappmachéglobus und unter Zuhilfenahme einer blitzenden Taschenlampe der sechsten Klasse vor Augen geführt hatte, warum die Tage im Frühling länger werden. Über Nacht war ein Schwarm Rotkehlchen aus seinem Winterquartier im Süden zurückgekehrt – auch dieses Ereignis hatte Miss Fink gerade in der ersten Klasse angekündigt –, und nun pickten sie in den frisch gegrabenen Vorgärten eifrig nach unschuldigen Regenwürmern. Dabei schauten sie so keck drein und plusterten sich so selbstbewußt auf, als wüßten sie, man habe sie erwartet und das wurmgespickte Erdreich eigens für sie aufgeworfen.
Um sieben Uhr kam Leben in die Häuser. Überall kabbelte man sich schlaftrunken um den Vortritt zum Badezimmer. Die wilde Jagd nach verlegten Socken begann, Ohren wurden geschrubbt, Haare gestriegelt, Milch schwappte über. Die Luft schwirrte von Gezeter und Genörgel, dem neuentfachten Familienzank, durch den die Menschen gemeinhin ihre Persönlichkeit zu behaupten suchen.
Sieben Minuten nach acht – pünktlich wie die Sonne und auch wiederum nicht, da sich diese Pünktlichkeit ohne Rücksicht auf den Wechsel der Jahreszeiten vollzog – schritt Miss Fink die Stufen ihres Hauses in der Eichenallee hinab.

An der Gartenpforte hielt sie einen Augenblick inne, um die drei fetten, kleinen Rotkehlchen in Augenschein zu nehmen, die sich in ihrem Stiefmütterchenbeet gütlich taten; sie musterte sie nicht eigentlich mißbilligend, aber doch streng, so als schaue sie ihren Zöglingen auf die Finger. Stirnrunzelnd entdeckte sie dabei einen Löwenzahn, der sich vorwitzig auf ihrem Rasen angesiedelt hatte. Dann warf sie einen prüfenden Blick zum Himmel, nickte anerkennend, da dieser blitzblank erstrahlte, öffnete die Gartenpforte, ein altes, schmiedeeisernes Gatter mit Herzen und Farnkräutern im viktorianischen Stil – das selbstverständlich nicht quietschte, weil Miss Fink die Angeln regelmäßig ölte –, und machte sich auf ihren allmorgendlichen Weg zur Zedernhain-Schule.

In diesem Augenblick erspähte Jincey Baker sie. Jincey saß im Bett und frühstückte; nicht etwa, weil sie krank oder gar faul war, sondern weil sie in diesen Tagen ihr erstes Kindchen erwartete und ihr Mann seine junge und bildhübsche Frau nur zu gern verhätschelte.

«Guck, Tommy, da geht sie!» rief sie ganz entzückt; wie immer verstand sie es, Alltäglichem und Gewohntem den Reiz des Besonderen zu verleihen. «Genau auf die Minute!» Sie klapste sich auf ihren Bauch. «Ich wünschte wahrhaftig, dieses Würmchen hier, diese kleine Schlafmütze, nähme sich Miss Fink zum Vorbild und wäre ebenso pünktlich!»

Tommy, der Chirurg Dr. Thomas Baker, lachte. «Na, du, ein Baby zu haben, das nach der schrecklichen Miss Fink gerät, wär aber eine rechte Prüfung. Stell dir bloß mal vor, wenn es ‹Bäuerchen› machen muß!»

«Kannst du dir eigentlich denken, daß sie überhaupt je ein Baby war?»

«Ausgeschlossen!» kam es prompt von Tommy. «Sie ist eines Tages einfach aus ihrem Haus herausspaziert, fix und fertig wie Venus aus der Muschel.»

«Mit dem Hut auf dem Kopf?»

«Klar!»

«Und diesem winzigen, mausgrauen Dutt dahinten?»

«Tja, da bin ich allerdings nicht so sicher», meinte Thomas. «Ich muß dir nämlich gestehen, daß mir mal eine höchst ungewöhnliche Auszeichnung zuteil wurde. Ja, ich kann wohl behaupten, daß ich das einzige männliche Wesen in ganz Liberty Hill bin, das die schreckliche Miss Fink mit offenem Haar gesehen hat.»
«Tommy!» Jincey schlug die Hände zusammen. «Und das hast du mir verheimlicht!»
«O ja, ich hab so meine Geheimnisse», verkündete Thomas vielsagend. «Und diese Erinnerung ist wirklich beinahe heilig.»
«Los, erzähl!» befahl Jincey.
«Nein, das spar ich mir für einen langen Winterabend auf, wenn wir mal keinen Babysitter bekommen können», entschied Thomas. «Aber jetzt muß ich wirklich abschwirren, dein keusches Nonnenkloster hier verlassen. Sie ist nämlich schon um die Ecke gebogen, also ist's höchste Zeit für die Morgenvisite. Falls nicht irgendein Trottel in letzter Minute mit einem geplatzten Blinddarm anrückt, bin ich zum Essen zu Haus.»
«Fahr doch bei Burnhams vorbei und hol die Babywanne ab, die sie uns leihen wollen, ja?» bat Jincey.
«Mach ich! Und wenn du irgend etwas spürst, wenn's auch nur ein leises Zwicken ist, dann fackle nicht lange! Die Klinik ist in höchster Alarmbereitschaft für dich.» Er neigte sich über sie und drückte seine Wangen in ihr duftendes, seidiges Haar. «Mach dir nur keine Sorgen, mein Herz!»
«Aber ich bin gar nicht bange», sagte Jincey. «Du etwa?»
«I wo, natürlich nicht», versicherte Thomas mit übertriebenem Nachdruck. Er richtete sich auf, straffte die Schultern und setzte seine überlegene Berufsmiene auf. «Schließlich handelt es sich ja nur um einen völlig normalen physiologischen Vorgang.»
Munter pfeifend lief er die Treppe hinunter. Dabei dachte er aber voller Gewissensbisse an all die werdenden Väter, über die er sich bisher nur lustig gemacht hatte. All diese kreidebleichen Jammergestalten mit ihren Stoppelbärten und dem Blick verendender Kälber, die auf den Korridoren

der Klinik auf und ab zu wanken pflegten und einen Schnaps bitter nötig hatten – ja, sie alle waren jetzt seine Schicksalsgefährten! ‹Wenn sie alles gut übersteht, wenn das Kind auch nur halbwegs menschlich aussieht, dann ...›, gelobte er einer unbekannten Macht, ‹... dann schwöre ich, daß ich ...!› Ja, was für ein Handel ließ sich denn abschließen? Da er ein junger Mann von vorbildlichem Lebenswandel war, keinem nennenswerten Laster frönte und nicht einmal einen überdurchschnittlichen Hang zum Sündigen verspürte, wußte er den Göttern nichts Rechtes anzubieten, um sie gnädig zu stimmen.
Neun Minuten nach acht überquerte Miss Fink den Lafayette-Weg. Der alte Porter, der schon mit ihrem Vater befreundet gewesen war, unterbrach seinen gewohnten Verdauungsrundgang auf der fliesenbelegten Terrasse und stellte seine Uhr nach ihr. Noch mit seinen zweiundachtzig Jahren verstand sich Mr. Porter darauf, die Stunden mit Behagen auszukosten und ihre Würze zu genießen, ohne abgestumpft zu sein.
Wenige Minuten später sah Polly Burnham von ihrem Eßzimmerfenster aus Miss Fink vorüberwandeln. «Beeil dich mit der Grütze, Davie, mein Liebling!» ermahnte sie ihr neunjähriges Söhnchen. «Miss Fink ist schon vorbeigegangen. Du wirst doch nicht zu spät kommen wollen!»
«Puh, sie schmeckt aber zum Kotzen», maulte der kleine Liebling.
Polly stieg das Blut in die Wangen, sie bewahrte jedoch Fassung. Ihr Mann, Hochwürden Alexander Burnham, verspürte in seiner rechten Hand ein eigentümliches Kribbeln und den fast unbezähmbaren Drang, diese Hand – klatsch, patsch! – in einer Serie von Hieben auf einen gewissen rundlichen Körperteil seines Sprößlings niedersausen zu lassen. Er erhob sich aber. «Du entschuldigst mich wohl», sagte er zu seiner Frau, «aber ich muß noch meine Rede für die Gemeindeversammlung vorbereiten.» Und damit verzog er sich in sein Studierzimmer, der Bewunderung voll über so viel Selbstbeherrschung.
Die Eltern Burnham waren sich natürlich völlig klar dar-

über, daß eine derbe Ausdrucksweise bei wohlbehüteten Kindern nur ein Zeichen von Gesundheit und der Beweis dafür ist, daß sich die Persönlichkeit entwickelt und durchzusetzen beginnt. Darüber hinaus wußten sie nur allzugut, daß ihr kleiner David mit seinem pausbäckigen Puttengesicht als Sohn eines Geistlichen diese Durchsetzungskraft besonders nötig haben würde. Eltern hatten sich halt den Verhältnissen anzupassen und beide Augen zuzudrücken. So stand es jedenfalls in allen einschlägigen Büchern.

Zwanzig Minuten nach acht steuerte Miss Fink auf die Kreuzung der Ahorn- und General-Grant-Straße zu, wo, massiv und unerschütterlich, der rote Ziegelbau der Zedernhain-Schule stand; davor, gleichsam bemüht, die trostlose Häßlichkeit zu mildern, ragte eine einsame Zeder, das Überbleibsel des Zedernhains, der schon vor langer Zeit dem Spielplatz der Schule hatte weichen müssen.

An dieser Stelle erblickte Bill Holloway sie, der diensttuende Verkehrsschutzmann. «Nicht die Spur anders als sonst sah sie aus», berichtete er später mit kopfschüttelnder Verwunderung. «Ich legte natürlich die Finger an die Mütze und sagte ‹Guten Morgen, Miss Fink!›, und sie antwortete mir auch, zuvorkommend wie immer, ‹Guten Morgen, William!›»

Um acht Uhr dreißig waren alle Kinder, rund zweihundertfünfzig Knirpse zwischen sechs und zwölf Jahren, glücklich im Schulgebäude versammelt. In ihren jeweiligen Klassenzimmern belauerten sie nun mit der diesen kleinen Rakkern eigenen unheimlichen Gerissenheit die jeweilige Stimmung ihres jeweiligen Lehrers. Was für Keckheiten durfte man sich heute herausnehmen?

Mit dem Augenblick aber, da sich die einzelnen Klassen im Laufe des Vormittags der Reihe nach in den Geographiesaal zu Miss Fink verfügten, hörte dieses ruhelose Herumspionieren schlagartig auf.

Denn Miss Fink hatte keine Launen. Miss Fink war die Beständigkeit schlechthin. Sie würde heute genauso sein wie gestern und morgen. Und entsprechend würden sich auch – mit gewissen Abweichungen natürlich – all ihre Schüler benehmen. Einer nach dem andern kamen sie im Gänsemarsch in die Klasse gestapft, einer nach dem andern blieb einen Augenblick an der Türschwelle stehen – so wie mit größter Wahrscheinlichkeit schon ihre Väter und Mütter stehengeblieben waren –, und einer nach dem andern schmetterte, genau wie der Polizist heute früh, mit klarer Stimme und korrekter Aussprache sein «Guten Morgen, Miss Fink» hervor. Miss Fink richtete ihren Blick auf jeden einzelnen, sah jedem fest in die Augen und antwortete «Guten Morgen, Jessamine» oder «Margaret» oder «Samuel». Niemals aber sagte sie «Sam» oder «Peggy» oder «Jess», denn Vertraulichkeiten schätzte sie nicht und erwartete auch, daß andere sie unterließen. Darauf begab sich jedes Kind auf seinen Platz, und auch Miss Fink nahm den ihren ein. Und dann begann der Unterricht.

Die Zeit mit einleitenden Ermahnungen zu vergeuden, erübrigte sich, denn Miss Finks Vorschriften standen so unverrückbar fest wie die Tierkreiszeichen. Und sie waren wohlbekannt. Miss Fink pflegte sie zu Beginn jedes neuen Schuljahres gelassen und leidenschaftslos zu verkünden, nicht anders, als handle es sich um die klimatischen Auswirkungen des Golfstroms. Die Strafen für die Übertretung dieser Vorschriften waren gleichfalls wohlbekannt. Steckte ein Kind beispielsweise irgend etwas Unpassendes in den Mund – nehmen wir einmal an, einen Bleistift, ein Papierschnitzel oder gar eine Haarsträhne –, dann hatte es sich unverzüglich in die Ecke zum Ausguß zu begeben und den Mund mit der gelben Kernseife zu reinigen, die dort im Behälter bereitlag. War seine Haltung nachlässig, mußte es vortreten und eine gute Weile kerzengerade auf einem Hocker ohne Rückenlehne sitzen bleiben. War eine Seite im Aufgabenheft liederlich geschrieben, hieß es das Ganze noch einmal abschreiben. Hustete ein Kind gar, ohne ein Taschentuch vor den Mund zu halten, hatte es sofort hochzuflitzen und – ganz gleich wie kalt es draußen war – das Fenster aufzureißen, damit ein förmlicher Trompetenstoß frischer Luft allen Bazillen den Garaus machte und die Mitschüler vor Ansteckung bewahrt blieben. Sollte sich am

Ende ein Kind bemüßigt fühlen, den Ablauf des Unterrichts dadurch zu stören, daß es den Klassenraum verließ, um einen Schluck Wasser zu trinken (irgendwelche anderen Notwendigkeiten existierten für Miss Fink schlechterdings nicht), dann vollzog sich dieser Abgang unter tödlichem Schweigen. Miss Fink sah den Störenfried nur an – weiter geschah nichts. Sie begleitete sein Verschwinden und seine Rückkehr mit völlig ausdruckslosem Blick, und die ganze Klasse saß so lange mucksmäuschenstill und wie angenagelt da, bis der Sündenbock wieder zu seinem Pult zurückgeschlichen war. Da war es weiß Gott leichter, sitzen zu bleiben und stumm zu leiden, selbst wenn man Salzhering zum Frühstück gegessen hatte.

Gewiß, es kam auch hin und wieder zu einem offenkundigen Verstoß, aber der wurde unter vier Augen abgehandelt. Bisweilen geschah es, daß die Luft des Geographiesaals durch eine Verwünschung verpestet wurde, und es kam sogar, wenn auch äußerst selten, vor, daß heller Aufruhr herrschte. In allen diesen Fällen wurde der Missetäter nach der Stunde zurückbehalten; allein, ohne den tröstlichen Beistand seiner Kameraden, stand er dann in schauerlicher Einsamkeit Miss Fink gegenüber. Was sich nun zwischen den beiden abspielte, hatte man nie zuverlässig erfahren können. Drohte sie ihm mit gerichtlichen Strafmaßnahmen? Züchtigte sie ihn mit ihrem langen Zeigestock? Der Nichtsnutz selbst zeigte sich zu näheren Auskünften meist wenig aufgelegt; packte ihn doch der Mitteilungsdrang, konnte man sicher sein, daß er die Angelegenheit zu einem höchst unwahrscheinlichen Bericht über sein heldenmütiges Benehmen aufbauschte. Fest stand allein, daß seine Haltung hinterher von Zerknirschung und Läuterung zeugte.

Die Möglichkeit, daß geflunkert wurde, schien für Miss Fink überhaupt nicht zu existieren; sie nahm das Wort eines Kindes stets für bare Münze. Sollte sich wirklich herausstellen, daß es unwahr gewesen war, nun ja, dann hatte das Kind damit selbst fertig zu werden. Eine unangefochtene und durch keine Verteidigungskniffe verschleierte Lüge zeigte sich in ihrer ganzen Blöße erst recht als Lüge, und

selbst der Flunkerer mußte einsehen, daß sich daran nichts beschönigen ließ.
Von Zeit zu Zeit plante irgendein Klüngel fortschrittlich gesinnter Mütter eine wohlorganisierte Revolte. «Sie ist schon viel zu lange im Dienst!» empörten sie sich. «Ihre Unterrichtsmethoden sind ja von Anno dazumal, als wir noch die Schulbank drückten! Sie hält die Kinder ja nur durch Furcht im Zaum!» Und sie bedrängten die Couragierteste: «*Du* mußt hingehen! *Du* mußt ihr die Meinung sagen!»
Und die Couragierteste ging wohl auch hin, aber irgendwie kam es nie dazu, Miss Fink die Meinung zu sagen. Denn dort im Geographiesaal war ihr plötzlich zumute, als sei sie wieder ein kleines Ding von zehn Jahren, dem das Unterröckchen hervorschaut – und das, obwohl sie sich in ihr schickstes Tweedkostüm geworfen und vielleicht sogar ganz forsch eine Gardenie ins Knopfloch gesteckt hatte. Urplötzlich kitzelte es sie in der Kehle, und sie konnte nur daran denken, ob sie auch ein reines Taschentuch bei sich habe, falls sie husten müsse. Und schrecklichen Durst verspürte sie obendrein. Das Ganze endete stets recht unrühmlich: ohne auch nur einen einzigen Schuß für die Sache der Freiheit abgefeuert zu haben, räumte sie wieder das Feld.
Auf diesem Schlachtfeld, wo nie zum Sturmangriff vorgegangen, in diesem Klassenzimmer, wo keine Zugeständnisse an den einzelnen gemacht wurden, wo etwas schwarz oder weiß, recht oder unrecht, wohlerzogen oder rüpelhaft war, nur allein durch Miss Finks Urteil, wehte eine seltsam erquickende Luft. Die Kinder verließen diesen Raum erfrischt und gestärkt, bereit zu neuen Raufereien und Streichen. Denn nur innerhalb dieser Wände erlebten sie etwas, das ihnen nie begegnete: die Wohltat, vom eigenen Willen befreit zu sein.

AN DIESEM BEWUSSTEN MITTWOCH zeichnete die erste Klasse – Miss Fink gab hier eine Einführung in die Pflanzen- und Tierwelt der Erde – einmütig Rotkehlchen. Sie strichelten sie mit Bleistift auf genormte Bogen weißen

Zeichenpapiers, taten dies aber keineswegs aus dem Gedächtnis, sondern nach einem Vorbild, das Miss Fink ihnen zu diesem Zwecke eigenhändig an die Tafel gezeichnet hatte. (Miss Fink wußte genau, wie ein Rotkehlchen aussah, und deshalb bestand für sie keine Veranlassung, den Schülern zu erlauben, daß sie sich auf ihre eigenen, nur zufälligen Beobachtungen verließen.) Jedes einzelne Blatt war mit einem zollbreiten, säuberlich mit dem Lineal gezogenen Rand versehen, denn Miss Fink hielt viel von Rändern, ausgenommen solchen natürlich, die voller roter Fehlerstriche waren. Die von den Abc-Schützen gezeichneten Rotkehlchen würden sich also gleichen wie ein Ei dem anderen. Und das war auch völlig in Ordnung so: Rotkehlchen sahen halt so aus, hier wie überall auf der Welt. Miss Fink befaßte sich mit Tatsachen und nicht mit künstlerischen Eingebungen.

Die zweite Klasse war in Arbeitsgruppen eingeteilt. Die eine schnitt aus einer alten Illustrierten Photos aus und klebte sie in eine Sammelmappe. Eine andere formte aus Ton kleine Rentiere für den Sandkasten. Eine dritte zeichnete mit Buntstift ein Wandgemälde an die Tafel. Die einzelnen Gruppen tuschelten nicht miteinander, stellten auch keine Fragen und holten sich keinen Rat. Dies alles war nicht nötig, denn Miss Fink hatte ihnen ja gesagt, was zu tun war.

Die dritte Klasse hatte die Namen der einzelnen Staaten Nordamerikas auswendig herzusagen. Langjährige Erfahrung hatte Miss Fink gelehrt, daß sich die Verstandeskräfte der Achtjährigen am besten durch Auswendiglernen schulen ließen.

Ein Viertel nach elf kam die vierte Klasse hereinmarschiert. Hier lautete das Pensum Wirtschaftsgeographie: die natürlichen Erzeugnisse der verschiedenen Gebiete der Erde und ihre mannigfache Auswertung in den zivilisierten Ländern. Am kommenden Montag sollte, wie jedes Jahr im April, eine Prüfung vor der Schulbehörde stattfinden, in der alle Schulen im Städtchen nach ihren Leistungen eingestuft wurden und der sich die drei oberen Klassen zu un-

terziehen hatten. Miss Fink beurteilte diese Prüfungen mit gemischten Gefühlen. Als Eingriff in ihre ureigene Domäne und als Einrichtung, die ihre Tätigkeit der Kritik aussetzte, lehnte sie sie verärgert ab.
Gleichzeitig mußte sie jedoch, wenn auch widerstrebend, einräumen, daß sie für die Kinder von einem gewissen praktischen Nutzen waren. Denn schließlich gab es in jedem Leben einmal, wenn nicht sogar öfter, ein Examen. Unweigerlich kam einmal die Stunde, da man sich prüfen lassen mußte. Und dann stand man allein. Dann hieß es bekennen, wer man war und was man wußte. Dann hatte man herzugeben, was in den Kräften stand, und konnte nur auf sich selbst zählen. Ja, selbst für Miss Fink galt dies jetzt.
Im stillen Kämmerlein ihres Herzens, dort, wo auch bei ihr menschliche Eitelkeit nistete, fühlte sich Miss Fink durch die Ergebnisse dieser Prüfungen stets von neuem geschmeichelt. Denn in Erdkunde war die Zedernhain-Schule führend.
«Diese Woche widmen wir der Wiederholung», bestimmte sie. «Schlagt die Bücher auf. Seite dreiundneunzig. Lest die landwirtschaftlichen Produkte der argentinischen Pampas noch einmal durch und prägt sie euch gut ein.»
Genau in diesem Augenblick spürte Miss Fink den Schmerz im Rücken zum erstenmal, einen scharfen, schneidenden Schmerz an einem bestimmten Punkt, als stoße man ihr ein Messer ins Rückgrat. Dieser Schmerz überfiel sie so heftig, war so ungewohnt und gänzlich unerwartet, daß sie geneigt war, ihrer eigenen Empfindung zu mißtrauen. Jetzt strahlte er bis in ihren rechten Schenkel aus. Miss Fink zählte bis zehn. Der Schmerz ließ nach. Er ging vorüber. Es war eine erste Warnung gewesen.
Aufregung, dachte sie. Unruhe vor der Leistungsprüfung. Sie war ungehalten über sich selbst. Für Frauen, die über Rückenschmerzen klagten, hatte sie nicht das geringste übrig. Nur Ruhe, beschwichtigte sie sich. Ich muß mich nur zur Ruhe zwingen. Am besten, ich denke an die Alpen. Weiß. Rein. Erhaben. Hoch aufragend über dem Vierwald-

stätter See. Der See ist blau. Der Abendstern spiegelt sich darin. – So zwang sie sich, an Berge und Seen zu denken, die sie nie im Leben gesehen hatte. Und nach einer Weile war sie tatsächlich überzeugt davon, sich diesen stechenden Schmerz im Rücken nur eingebildet zu haben.
Sie streifte das Gummiband von einem Bündel Hefte, griff zum Rotstift und machte sich an die Korrektur. Dennoch blieb ihre Aufmerksamkeit unvermindert auf die Klasse gerichtet. So bemerkte sie zum Beispiel augenblicklich, daß Vicky Evans mit ihrem leidigen Hang zum Dösen gelangweilt von ihrem Buch aufschaute und verloren aus dem Fenster starrte. «Viktoria», rief sie, «träume nicht!»
Sie hörte auch, daß David Burnham ächzte und etwas ausnehmend Unschickliches vor sich hinbrummte. «Verdammter Mist!» hatte er gemurmelt.
«David, du bleibst nach der Stunde hier», sagte sie, ohne auch nur den Blick von den Heften zu heben.
«Jawohl, Miss Fink», antwortete David.
Um zwölf Uhr schrillte durch das Schulgebäude eine elektrische Klingel, die vom Zimmer des Rektors aus betätigt wurde. Es war das Signal zur großen Pause und zum zweiten Frühstück. In fast allen Klassenzimmern knallten die Kinder ihre Bücher zu, scharrten mit den Füßen, schwappten das Malwasser aus und stürmten in einem Massenausbruch dem Frühstück und der Freiheit entgegen. Die einzelnen Lehrerinnen reagierten auf dieses Pausenzeichen je nach Temperament verschieden. Die Zeichenlehrerin zum Beispiel, ein dralles, stämmiges Mädchen, ehemaliger Hokkeystar und Zeichenkanone ihres Colleges, sauste im Sprungmarsch zur Tür und erreichte sie wahrhaftig noch vor den Kindern. «Pinsel säubern und Tische abräumen!» schrie sie dabei, und «Mir soll's schnuppe sein, wenn ihr vor Kohldampf umkommt!» kam es noch hinterdrein. Ihr dichtes borstiges Haar, von dem ihre Schüler behaupteten, man könne es knistern hören, stand ihr wie ein Scheuerbesen um den Kopf. – Die Musiklehrerin begann ein Liedchen zu klimpern. «Leise, leise!» flehte sie mit lieblicher Glöckchenstimme. «Immer hübsch auf den Zehen trippeln!

Jetzt wollen wir alle miteinander Feen und Elflein sein.» – Die Literaturlehrerin war über die Unterbrechung keineswegs verstimmt. Sie hatte gerade aus Longfellows berühmtem Gedicht *Hiawatha* vorgelesen, einem Werk, das ihrer Ansicht nach den eigenen kritischen Fähigkeiten in keiner Weise angemessen war. Sie zuckte nur die Achseln, kümmerte sich nicht im geringsten darum, daß die Kinder lärmend und johlend hinausstürmten, und begann einen Brief an ihren Verlobten, der sich in Purdue auf das Doktorexamen vorbereitete. «Liebster», schrieb sie, «ich versinke hier in einem Sumpf von Unbildung.»

Einzig im Geographiesaal entstand weder Unordnung noch Unruhe. Dreiundvierzig Kinder blieben wie angewurzelt auf ihren Plätzen sitzen. Kein einziges blickte auch nur auf. Ihre Haltung war mustergültig. Mit angestrengt gekrausten Stirnen saßen sie da und lasen Zeile auf Zeile über Weizen, Rindfleisch und Leder. Aus diesem Zimmer konnte sie kein mechanisches Klingelzeichen erlösen oder auch nur ablenken, hier erkannten sie nur eine einzige Autorität an, und die würde schon zu gegebener Zeit sprechen.

«Aufgemerkt!» sagte Miss Fink nun mit der gelassenen Stimme eines Menschen, der gewohnt ist, daß man ihm Gehorsam entgegenbringt.

Dreiundvierzig Kinder falteten ihre Hände auf den Pulten und blickten mit klaren Augen zu Miss Fink auf.

«Schließt die Bücher!» gebot Miss Fink.

Dreiundvierzig Bücher wurden mit dem den Büchern schuldigen Respekt zugeklappt und nicht etwa zugeknallt.

«Aufstehen!»

Die Klasse erhob sich. Das tat auch ihre Lehrerin. Da kam der Schmerz wieder! Wie ein kleines Nagetier fraß er mit scharfen, wühlenden Schneidezähnen an einem Wirbel. Aber er war doch zu ertragen wie fast alles im Leben, wenn die Pflicht es gebietet.

Miss Fink blieb auch jetzt aufrecht auf ihrem Podest stehen, so wie sie es nach erteiltem Unterricht zu halten pflegte. Sich hinzusetzen wäre gleichbedeutend mit einem Eingeständnis von Schwäche gewesen, und kein Lehrer – von dieser Überzeugung war Miss Fink durchdrungen – durfte es sich leisten, Schwäche zu zeigen, wenn er von den Schülern Beherrschung verlangte.

Vor ihr auf dem Katheder lagen, gleich Reichsapfel und Zepter, Globus und Zeigestock. An der Wand hinter ihr hing wie ein Gobelin, der weltweite Besitzungen darstellte, die Landkarte.

«Die Klasse ist entlassen», sagte Miss Fink.

Zweiundvierzig Kinder marschierten im Gänsemarsch und ohne zu schubsen und zu drängeln auf den Flur hinaus. David Burnham blieb im Mittelgang stehen.

Einen Augenblick lang war Miss Fink versucht, David mit den andern hinauszuschicken und es bei einem Verweis bewenden zu lassen oder die Bestrafung doch wenigstens auf den nächsten Tag zu verschieben. Falls sie sich während der ganzen Frühstückspause ausruhen konnte, falls sie ganz still sitzenblieb und vielleicht sogar den Kopf auf das Katheder legte (schon die bloße Vorstellung war absurd), dann... Aber nein! Davids Erziehung war ihr anvertraut.

Miss Fink verstand Davids Beweggründe nicht weniger gut als seine Eltern; schließlich war er nicht der erste Sohn eines Geistlichen, den sie unterrichtete. Im Gegensatz zu Davids Eltern aber war es ihr vollkommen gleichgültig, ob David sie haßte oder liebte. Ihr lag einzig und allein daran, daß er sich den Vorschriften fügte.

Auch sie hatte sich mit moderner Psychologie befaßt, die unter anderem die Behauptung vertritt, daß in der Tiefe der menschlichen Seele wilde, tierische Instinkte lauern: Gier, Wut, Faulheit und Roheit. Und sie konnte diese Theorie nur bestätigen. Ihre Auffassung von der menschlichen Natur war alles andere als rosig. Was aber bewies denn diese Theorie eigentlich? Nur, daß das, was den Menschen vom Tier, den Kultivierten vom Wilden unterschied, nicht auf Veranlagung, sondern auf Erziehung beruhte.

David wußte recht gut, daß Miss Fink seinen ungebührlichen Fluch gehört hatte, ja, er hatte es geradezu darauf angelegt. In seiner Sprache ausgedrückt: er hatte es ‹aus Daffke› getan und nun gewissermaßen ein Recht darauf, ‹das Fell vollzukriegen›.

Miss Fink schaute David an. Aus ihrem Blick sprach keine Verachtung, aber auch keine Bewunderung. Dort im Mittelgang stand weder ein Held noch ein Ungeheuer, sondern nur ein neunjähriger Schulbub, der sich ein bißchen zuviel herausgenommen hatte und nun brennend wünschte, es ungeschehen zu machen.

Und was sah David, als er zu Miss Fink hochschielte? Wie sahen all ihre Schüler und Schülerinnen, die jetzigen und die früheren, ihre schreckliche Miss Fink? Auf den ersten Blick schien diese Frage höchst einfach. Miss Finks Äußeres hatte nichts Rätselvolles oder Vieldeutiges, ganz abgesehen davon, daß es sich während der letzten fünfunddreißig Jahre so gut wie gar nicht verändert hatte. Schon als sie ihre Tätigkeit als Lehrerin begann, war sie mager und knochig gewesen, und das war sie noch heute. Gewiß, ihr Haar war mit den Jahren etwas verblichen, aber so, wie sie es trug, straff zu einem kümmerlichen Altjungernknoten zusammengezwirbelt, hatte es nie die geringste Möglichkeit gehabt, etwas herzumachen. Ihr schmallippiger, selbstverständlich ungeschminkter Mund verriet keinen Zug allgemeinmenschlicher Empfindungen – Humor zum Beispiel, Zärtlichkeit oder Zaghaftigkeit – wie sie im Laufe der Jahre den Mund der meisten Menschen prägen. Ihr blasses, farbloses Gesicht erglühte niemals rosig durch irgendwelche Gefühlswallungen – allein eine zarte Rötung der Nasenspitze tat kund, daß auch in ihren Adern gewöhnliches Menschenblut rann. Sie trug schwarze Halbschuhe mit runden Kappen und flachen Gummiabsätzen, damit sie beim Gehen nicht klapperten. Ihr Kleid war aus irgendeinem tristen schwarzen Stoff gearbeitet und glich demjenigen, das sie an ihrem ersten Unterrichtstag angehabt hatte, zum Verwechseln: es hatte die gleichen langen Ärmel, war genauso hochgeschlossen, und an der linken Brustseite prangte das gleiche (oder zumindest doch sehr ähnliche) fächerförmig gefältete Taschentuch. Dieses Taschentuch

war übrigens nicht für den Gebrauch bestimmt – Miss Fink pflegte in der Öffentlichkeit weder zu husten noch zu niesen –, ebensowenig aber diente es der Zierde. Es stellte vielmehr die sichtbare Mahnung an alle Schüler dar, stets, genau wie sie selbst, ein blütenweißes Schnupftuch bei sich zu tragen. Alles in allem war Miss Fink, sowohl was ihre Haltung und Kleidung als auch ihre ganze spindeldürre Erscheinung anbelangte, der Inbegriff der Lehrerin schlechthin, der Typ, den alle Rangen, Generation auf Generation, mit bunter Kreide auf Bretterzäunen oder dem Pflaster zu verewigen pflegen. Ein Fremder wäre bei ihrem Anblick wohl zunächst in Versuchung geraten, befreit aufzulachen, so wie wir halt losplatzen, wenn sich ein Schreckgespenst unserer Kindheit als komische Figur entpuppt. Aber dann hätte Miss Fink ihn nur angeschaut, und das Lachen wäre ihm vergangen. Ihre großen, durch keine Brillengläser verschleierten Augen (ihre Sehkraft hatte durch die Jahre nicht gelitten) waren grau wie ein stilles, seichtes Gewässer an einem bewölkten Tag. Sie sahen klug und illusionslos in die Welt, und mußte man ihrem forschenden Blick standhalten – einem Blick, der höchst unbehaglich Hülle auf Hülle des Privatlebens zu durchdringen und ohne Verwunderung die verschwiegenen und zumeist wenig erfreulichen Wahrheiten in den geheimsten Winkeln der Seele zu entdecken schien –, ja, dann war es nicht länger möglich, an Miss Fink irgend etwas lächerlich zu finden. Selbst die erhöhte Stellung des Katheders, über die sich moderne Erzieher in ihrem Streben nach Gleichheit zwischen Lehrern und Schülern so sehr ereifern, war bei ihr angebracht und richtig. Ihr war dieses Piedestal erhabener Autorität ebenso angemessen wie Napoleon Bonaparte der Feldherrnhügel.
Und doch war Miss Fink mehr als dies alles. Es ging etwas von ihr aus, das sich jeder Beschreibung entzog, etwas, das ebenso bezwingend war wie persönlicher Charme (den sie natürlich nicht hatte und um den sich zu bemühen sie auch voller Geringschätzigkeit abgelehnt hätte); kurz, sie hatte etwas Faszinierendes. Eine Aura von Ehrfurcht und Schrecken umgab sie wie mit einem Strahlenkranz. Aber

dieser Schrecken hatte nichts Lähmendes. Im Gegenteil, er spornte die Kinder zu moralischen Kraftanstrengungen an, ermutigte sie dazu, von Ausdauer und langwährenden Mutproben zu träumen, von Strapazen und Entbehrungen, die ohne Wimmern ertragen wurden; ja bisweilen, wenn das Ideal von Kühnheit sehr hochgesteckt war, trieb es sie sogar, Miss Finks Mißfallen herauszufordern.

Die sechsjährigen Abc-Schützen, deren Erdkundelehrbuch *Unsere Tierwelt* betitelt war, zeichneten Miss Fink oft in Gestalt irgendeines gebieterischen, mit Federn oder Fell bekleideten Geschöpfes der Natur. Bald war sie ein riesiger schwarzer Bär, der hochaufgerichtet einen Bergpaß versperrte, bald ein Dromedar, das stattlicher als andere Dromedare eine Karawane durch die Wüste führte, bald ein königlicher Adler, der auf einer Felsenklippe in Schottland hockte. Später, wenn sich die Kleinen zu dem intellektuellen Niveau der vierten, der fünften oder gar der sechsten und höchsten Klassen emporgeschwungen hatten, stellten sie sie vorzugsweise in symbolischen Bildern dar. So hatte ein besonders phantasievolles Kind sie einmal als den Leuchtturm ‹Pharos› dargestellt, wie er im Hafen von Alexandria auf kleine Ruderboote hinabblickt.

David Burnham aber war nicht phantasiebegabt. Er war halb tot vor Angst. Und hätte man ihn jetzt in dieser Minute gezwungen, Miss Fink zu beschreiben, dann hätte er nur gestammelt: «Sie... sie sieht wie... eine Lehrerin aus.»

Und Miss Fink hätte diese Beschreibung befriedigt zur Kenntnis genommen. Denn eine Lehrerin war sie, und etwas anderes wünschte sie nicht zu sein.

ALS SIE IHRE UNTERRICHTSTÄTIGKEIT begann, war sie noch nicht zwanzig Jahre gewesen – ein verschlossenes, scheues junges Mädchen, dessen tief gefühlvolle Veranlagung noch nicht zum Durchbruch gekommen war. Ein junges Mädchen, dem das Schicksal schon ganz unerwartet einen grausamen Schlag versetzt hatte, bevor noch ein erstes beben-

des Verlangen nach Glück und Freude es durchzuckt hatte. Und sie hatte sich ihrem Beruf mit einer Ausschließlichkeit und Entschiedenheit gewidmet, mit der sie sich unter anderen Umständen auch den Aufgaben einer Ehe, einer Forschungsreise oder der Bildhauerei verschrieben hätte.
Miss Finks frühe Jugend war eine kleinstädtische, amerikanische Idylle gewesen. Sie stammte aus der vornehmsten Familie Liberty Hills und war die älteste von drei Töchtern. Ihr Vater, Alphonzo Fink, Präsident der Bank von Liberty Hill, war ein geistreicher und belesener Mann, der ungemein liebenswert, jedoch nicht sonderlich haushälterisch war. Ihre Mutter war ein zartes, stets von einer Veilchendurftwolke begleitetes Wesen, eine jener sanften, rührenden Schönheiten, die den Eindruck erwecken, als wachten sie ständig zitternd über den Schlaf ihrer Kinder. Die beiden jüngeren Schwestern sahen ihrer Mutter sehr ähnlich. Miss Fink aber glich nur sich selbst.
Obwohl sie nicht den Liebreiz ihrer Mutter und Schwestern besaß, hätte die weibliche Eitelkeit auch bei ihr gewisse Ansprüche auf Erhörung erheben können. Ihre Figur war für die damalige Mode allerdings zu schlank, ihr Gesichtsausdruck zu herb, aber ihre Haltung war vorbildlich, und sie besaß einen wahren Schwall seidenweichen, duftigen Haares, dessen Farbe vom Gold des Sonnenscheins bis zu dem verblassenden braunen Laubs hinüberspielte. Auch noch lange nachdem sie alt genug war, es aufzustecken, trug sie es brav nach hinten gekämmt und mit einer Schulmädchenschleife im Nacken zusammengebunden. (Ihr Vater, dessen erklärter Liebling sie war, hätte es sogar am liebsten gesehen, wenn sie es offen getragen hätte, und in der guten alten Zeit hätte es auch keineswegs für absonderlich gegolten, solch einem väterlichen Wunsch zu willfahren.)
Aber Miss Fink hatte noch etwas, das sie vor allen anderen auszeichnete: ihr war jener ursprüngliche Sinn für die wahren Werte eigen, der einzig und allein den Auserwählten unter uns beschieden ist.
Die ganze Familie bewunderte sie, aber allein ihr Vater, ein

vielgereister Mann von weltmännischer Prägung und in seiner Art ein Kenner der menschlichen Seele, erkannte diese besondere Qualität seiner Tochter. Es war eine Gabe, die es liebevoll zu hegen und zu pflegen galt. Sie war wie der zarte Schmelz, der feines Porzellan von gewöhnlicher Töpferware unterscheidet; wie die Blume eines edlen Weins; wie das Feuer im Herzen eines Saphirs. Er widmete sich ihrer Erziehung mit aller nur erdenklichen Sorgfalt. Er lehrte sie alte und neue Sprachen und unterrichtete sie in alter und neuer Geographie. Mit Hilfe erlesener Reisebeschreibungen, die er sammelte und für die er ein Vermögen ausgab, erschloß er ihr die Welt.

Er las die Dichter mit ihr, stets darauf bedacht, solche Stellen zu übergehen, die ihr Ohr verletzen konnten. Er lehrte sie Schach spielen, tanzen und reiten (und es gab in der ganzen Stadt kein Mädchen, das mit solcher Eleganz zu Pferde saß wie Miss Fink). Und er lehrte sie auch, sich des eigenen Wertes bewußt zu sein. Mit besonderer Hingabe aber erläuterte Alphonzo Fink moralische Richtlinien und ehrenhafte Grundsätze, die er wahrhaft anbetete (wenn auch bisweilen leider nur aus der Ferne!), und für die seine erstgeborene Tochter ein so tiefes Verständnis zeigte.

Als sie achtzehn Jahre alt war, schickte er sie zur Abrundung ihrer Bildung für ein Jahr in ein Pensionat, ein Institut, das den allerbesten Ruf genoß. Das aus grauem Stein erbaute und mit Türmchen und Zinnen versehene Schulgebäude lag inmitten weiter Rasenflächen an einem Flüßchen. Allwöchentlich fand dort ein geselliges Beisammensein statt, zu dem auch eine Schar auserwählter junger Herren gebeten wurde. Auf einer dieser Veranstaltungen lernte Miss Fink einen Studenten der Princeton-Universität kennen, der sich der Archäologie verschrieben hatte. Dieser junge Mann fühlte sich zu Miss Fink hingezogen, und auch sie empfand – in den einer jungen Dame gesteckten Grenzen natürlich – tiefer für ihn. Sie gestattete ihm, daß er sie von Zeit zu Zeit besuchte, und dann saßen die beiden auf einer Marmorbank unter einer Weide und lasen gemeinsam *Die letzten Tage von Pompeji* oder führten Gespräche

über die glanzvolle Kultur Griechenlands oder die Größe und Macht des alten Rom.
Im Jahre 1916, als sie neunzehn Jahre alt war, wurde sie in die Gesellschaft eingeführt, das heißt, in sehr schlichten und altväterlichen Formen den ebenso schlichten und altväterlichen Honoratioren des Städtchens vorgestellt. Dies ging so vor sich, daß ihre Mutter einen Tee gab, zu dem die respektablen Damen von Liberty Hill geladen wurden, und daß Miss Fink mit noch immer offenem Haar und in einem weißen Kleid – einer bezaubernden Kreation aus ausländischem Musselin mit Spitzenapplikationen – im Salon erschien, um den Freundinnen ihrer Mutter in ihrer neuen Rolle präsentiert zu werden. Und damit war sie nicht länger ein Kind mit den Vorrechten und Beschränkungen eines Kindes, sondern eine junge Dame, ein für sich selbst verantwortliches Mitglied der Gesellschaft. Sie war die erwachsene Tochter des Hauses.
Nein, hübsch war sie nicht. Dazu war sie noch immer viel zu mager. Und ihre Nase zu spitz. Und ihre Augen für das schmale Gesicht zu groß. Aber sie hatte etwas Aristokratisches. Sie war feingliedrig. Ihre Züge waren wie gemeißelt. Ihr Teint besaß zwar nicht die blühende Frische der Jugend, dafür aber durchscheinende Zartheit. Ihr weich herabrieselndes Haar fing das Licht ein wie ein Weiher im Herbst. Und sie hatte noch etwas: das Rührende und Herzbewegende eines jungen Mädchens an der Schwelle des Lebens. Dem Wandel durch die Zeit gleichsam entrückt, schien sie wie in Erwartung eines Schicksalswinkes ein Weilchen in der Schwebe zu verharren. Ein Dichter – sofern im Salon ihrer Mutter ein Dichter anwesend gewesen wäre – hätte es sicherlich so ausgedrückt, daß in Miss Fink eine Verheißung schlummere. Daß sie, wenn erst des Lebens Lenz ihre Anlagen zu wundersamem Erblühen und lieblicher Entfaltung gebracht, alle Hoffnungen erfüllen werde. Was immer aber in ihr zur Entfaltung dränge, fraglos sei es etwas Besonderes.
An diesem Abend zog sich die Mutter frühzeitig zurück. Miss Fink blieb mit ihrem Vater im Salon. Der Londoner

Buchhändler hatte Mr. Fink gerade eine kostbare Ausgabe von Marco Polos *Reisen* übersandt, und er setzte sich mit diesem Schatz an den Tisch unter die Lampe; seine Tochter ging zum Flügel und spielte einen Wiener Walzer, den ihr Vater so sehr liebte. Das Zimmer war voller Rosen, und durch das offene Fenster strömte der honigsüße Duft von Laub und frisch geschnittenem Gras herein. Das Leben schien vor ihr zu liegen gleich einer Folge von heiteren Sommertagen. In einem wiegenden und doch sittsamen Rhythmus, wie die Melodie dieses Walzers, würde es sie zu immer neuen Inseln des Glücks geleiten. Zu Bällen, Pferderennen, fremden Ländern. Zur – Liebe?
Im Ausschnitt ihres Kleides barg sie einen Brief des jungen Archäologen, worin er die Erlaubnis erbat, ihr in Liberty Hill seine Aufwartung zu machen. «Vielleicht», so schrieb er, «reift unsere Freundschaft, die unter so glücklichen Auspizien begann, zu einer innigeren Bindung.»
Plötzlich ließ sie etwas Unnennbares – war es eine tiefere Stille im Zimmer, ein kaum hörbarer Seufzer? – aufschrekken. Sie schnellte auf ihrem Klavierschemel herum. Ihr Vater saß vornübergesunken mit dem Gesicht auf dem geöffneten Buch, einer Seite, die die große Mauer Chinas beschrieb. Der eine Arm lag weit ausgestreckt auf der Tischplatte, die Handfläche nach oben; es sah aus, als erflehe er Vergebung. Ohne einen Laut, ohne ihr einen Abschiedsgruß zuzurufen, hatte er die Reise ins Ungewisse angetreten, diese geheimnisvollste aller Reisen, die unser harrt.
Miss Fink legte sich nicht mit einem Schlafmittel zu Bett wie ihre verzärtelte Mutter; sie warf sich auch nicht schluchzend wie die jüngeren Schwestern in die Arme jeder mütterlichen Besucherin. Sie wandelte umher wie erstarrt in ihrem Schmerz. Und doch hätte sie diesen Gram überwinden und auch die gänzlich unerwartete Armut ertragen können (denn der Vater hinterließ der Familie keinen unbefleckten Namen. Er hatte Gelder der Bank unterschlagen).
Mr. Porter, der Nachfolger ihres Vaters, eröffnete Miss Fink diese betrübliche Tatsache am Abend nach dem Be-

gräbnis. Da er sich genötigt gesehen hatte, eine der Hinterbliebenen zu unterrichten, war seine Wahl auf die älteste Tochter gefallen, deren Erstarrung er irrtümlicherweise für Gefühlskälte hielt.
Die Unterredung fand im Salon statt, der – so kam es Miss Fink vor – grausam unverändert schien. Noch waren die Vasen voller Rosen, noch standen Kerzen auf den Tischen. An diesem Abend aber erklang keine Musik, und die herabgelassenen Jalousien hielten die Düfte des Gartens zurück. Und ihr Kleid war schwarz.
«Ihr Herr Vater», leitete Mr. Porter sein Anliegen taktvoll ein, «hat sich bei der Bank Geld geliehen, ohne dabei die üblichen Formalitäten zu beachten.»
Um Miss Fink begann die Welt zu kreisen; sie drehte sich schneller und immer schneller und stürzte wirbelnd in eine dunkle, saugende Tiefe hinab.
«Er hat also gestohlen?»
Mr. Porter zuckte zusammen. Dieses brutale Wort berührte ihn peinlich. Hatte dieses junge Mädchen denn kein Herz?
«Ihr Vater war mein guter Freund», sagte er.
«Und wieviel hat er gestohlen?»
«Er *lieh* sich vier- bis fünftausend Dollar», antwortete Mr. Porter, «in kleineren Beträgen. Und keinen Heller mehr, als er hätte zurückzahlen können.»
«Oh!» entfuhr es Miss Fink. Einem wohlbehüteten jungen Mädchen wie ihr, die niemals eigenes Geld in der Hand gehabt hatte, mußte diese Summe astronomisch erscheinen.
«Ich lege allergrößten Wert darauf, daß die ganze Angelegenheit diskret behandelt wird», ergriff Mr. Porter wieder das Wort. «Aber ich bin auch unseren Gläubigern Rechenschaft schuldig.»
Miss Fink schwieg.
«Es versteht sich von selbst», fuhr er fort, «daß auf die Bank auch nicht der Schatten eines Verdachts fallen darf.» Wie zufällig streifte sein abschätzender Blick die Einrichtung des Salons und blieb auf den Büchern hinter den achteckig geschliffenen Scheiben des alten Bücherschranks haf-

ten. «Eine wertvolle Bibliothek», murmelte er. Dann glitt sein Blick über die breiten Dielen, die der Aubussonteppich freiließ. «Ein solides Haus.»
Miss Fink nickte. Ihr Herz aber flüsterte: «Ein Haus auf Sand gebaut!»
Als Mr. Porter schon längst fort war, stand sie noch immer im Salon und starrte auf des Vaters Bücher. Sie schienen zu höhnen: ‹Unseretwegen hat er dein Leben zerstört.› Wie gelähmt und aller Hoffnung beraubt, legte sie sich auf das Roßhaarsofa und schloß die Augen.
Als sie sie wieder aufschlug, war es bereits heller Tag. Durch die Spalten der Jalousien sickerte, gedämpft durch die Brüsseler Spitzengardinen, Sonnenlicht. Auch in Miss Finks Gemüt herrschte die Ruhe des lichten Morgens. Klar und deutlich wie eine gutgezeichnete Landkarte entrollte sich vor ihr ein Plan. Und dieser Plan, diese Landkarte des Schicksals, lag im Licht einer harten, aber dennoch beglükkenden Erkenntnis: keine Macht, nicht einmal ihr vergötterter Vater, konnte ihr Leben zerstören. Nur sie allein hätte es vermocht. Aber sie war nicht gewillt, es zu tun.
Sie stand auf, badete und kleidete sich an. Einem plötzlichen Einfall folgend, ergriff sie mit beiden Händen ihr üppiges Haar und drehte es straff, so daß sich die Haut an den Schläfen spannte, zu einem Knoten zusammen. Dann machte sie sich auf den Weg in die Stadt. Als Mr. Porter in seinem Büro eintraf, fand er sie bereits wartend vor. In ihrem Trauerkleid sah sie so schmal und jung aus – wie eine halbflügge Schwarzdrossel, dachte er –, daß es ihm die Kehle zuschnürte.
«Mr. Porter», begann sie ohne Umschweife, «ich werde die Schulden meines Vaters zurückzahlen.» Bei diesen Worten sah sie ihm fest in die Augen, als wolle sie jeden Einwand unterbinden. «Das einzige, worum ich bitte, ist Zeit.»
«Aber mein liebes Kind...», murmelte Mr. Porter und griff nach ihrer behandschuhten Rechten. Miss Fink entzog sie ihm.
«Das Haus und die Bücher möchten wir behalten», fuhr sie fort. «Ich werde eine Stelle als Lehrerin annehmen.»

«Sie würden natürlich jedem Beruf zur Zierde gereichen, aber ... aber was können Sie denn unterrichten?»
«Ich weiß eine ganze Menge von der Welt.»
Mr. Porter schnalzte in wohlmeinendem Bedauern mit der Zunge. «Ich kann mir kaum eine junge Dame vorstellen, die weniger von der Welt weiß», meinte er galant.
Die Nasenspitze der jungen Miss Fink färbte sich rosa. Sie schätzte es nicht, gönnerhaft behandelt zu werden. «Von der Erde», verbesserte sie sich. «Ich habe die Bücher meines Vater studiert. Ich werde Geographieunterricht erteilen.»
Der Bankier trommelte mit den Fingern auf der Tischplatte. Er war gewiß kein Mensch, dem es Genugtuung bereitet hätte, eine Witwe und ihre Kinder einem ungewissen Schicksal preiszugeben, aber er war auch weit davon entfernt, in Geldangelegenheiten übereilt zu handeln. In den Augen dieser respekteinflößenden jungen Dame las er jedoch etwas, das ihm für die Sicherheit seines Geldes zu bürgen schien. «Wie wäre es, wenn ich Ihnen das Geld liehe», schlug er daher vor. «Ich würde das fehlende Geld der Bank sofort, und bevor es zu einem Skandal kommt, zurückerstatten, und Sie könnten es mir nach Belieben abzahlen – ohne Zinsen.»
«Ich habe keine Gefälligkeit erbeten.»
«Nennen wir es eine Gefälligkeit Ihrem Vater gegenüber. Er hat mir mehr als einmal eine erwiesen.» Einen Augenblick lang glaubte Mr. Porter, in Miss Finks Augen einen feuchten Schimmer wahrzunehmen – vielleicht doch eine Träne töchterlicher Zuneigung.
«Ich danke Ihnen», sagte Miss Fink, «und nehme Ihr Anerbieten an.»
«Und vergessen Sie nicht», sagte Mr. Porter eindringlich, «daß der einzige Fehler Ihres Vaters sein Optimismus war.»
Aber ihr Hang zu kompromißloser Genauigkeit zwang Miss Fink, jede Beschönigung abzulehnen. «Er hat sich gegen das Gesetz vergangen», sagte sie.
Mr. Porter begleitete sie bis zur Tür und sah ihr gedankenvoll nach, wie sie davonschritt: kerzengerade, mit erhobe-

nem Haupt und weder nach rechts noch nach links blickend. Er ging ins Haus zurück und rief den Schulrat an.

Die Empfehlung des Bankdirektors gereichte Miss Fink selbstverständlich nicht zum Schaden; dazu kam, daß die Zeitumstände ihr günstig waren. Bisher hatte Liberty Hill die Welt außerhalb der eigenen Mauern nur mit herablassender Gleichgültigkeit betrachtet, jetzt aber, im Jahre 1916, hatte der Krieg in Europa auch dieses Städtchen aus seiner versponnenen Selbstgenügsamkeit aufgerüttelt. Sogar in Liberty Hill spürte man dumpf, daß ein guter Teil der Erde, den man bisher mit dem vagen Ausdruck ‹draußen› abgetan hatte, näher gerückt und bedeutungsvoller geworden war. Eine Fachkraft für den Erdkundeunterricht an der Grundschule anzustellen, wäre schon eine großzügige, von modernem, fortschrittlichem Geist zeugende Neuerung, dachte der Oberschulrat. Hinzu kam, daß seine Frau mit Miss Fink um drei Ecken herum verwandt war.

DEN REST DIESES SOMMERS, während in Frankreich die Generäle ihre Schlachtpläne entwarfen, verbrachte Miss Fink damit, in ihrem Jungmädchenzimmer auch den ihren festzulegen. Das kostbare, mit Perlmuttintarsien verzierte Ebenholzschachbrett, das sie auf einem Tisch vor dem Nordfenster aufgebaut, hatte ein Klassenzimmer vorzustellen. Die einzelnen Felder waren die Pulte. Die Ebenholzfiguren die Kinder. Sie schob die Figuren auf dem Brett vor und zurück, sprach in klaren, einfachen Sätzen und übte so stundenlang, was man ‹praktischen Unterricht› nennen konnte. Bis in alle Einzelheiten bereitete sie sich auf ihre Tätigkeit vor. Die Begrüßungsformel beim Betreten des Klassenzimmers wurde festgelegt («Guten Morgen, Bauer!», sagte sie mit gedämpfter, ausdrucksloser Stimme. «Guten Morgen, Turm! Guten Morgen, Springer!») Es folgten die Entlassungszeremonie und alle Regeln, Strafen und sonstigen Vorschriften. Die Darbietung des Unterrichtsstoffes wurde gründlich durchdacht. Ebenso gründlich überlegte sich Miss Fink auch, wie sie die neue und schreckliche

Erkenntnis weitergeben konnte, die sie gewonnen hatte, die Erkenntnis, daß das Leben nicht leicht war. Es gewährte einem keinen Pardon für begangene Fehler. Es erforderte alle Selbstzucht und allen erdenklichen Mut – und mehr als das.

Und so durchtränkte sie, während sie zu den kleinen geschnitzten Figuren auf dem Schachbrett sprach, all ihren Unterrichtsstoff gewissermaßen mit sittlichen Maximen. Durch leichte Veränderung ihres Tonfalls, durch ein Zusammenpressen der Lippen oder ein beifälliges Nicken machte sie deutlich, daß gewisse Kräfte der Natur, Tiere des Dschungels oder Erdformationen höher zu bewerten waren als andere. Sie ergriff Partei für den Jakochsen, den sie als ‹nützliches Tier› bezeichnete. Vom Familiensinn des Bären und die Reinlichkeit aller Katzentiere sprach sie mit Wärme. Über den hinterlistig ausschlagenden Vogel Strauß dagegen, über heulende Wölfe oder an Schwänzen schaukelnde und unaufhörlich schnatternde Affen äußerte sie sich abfällig. Dem Kamel aber ließ sie Gerechtigkeit widerfahren. «Es ist kein schönes Tier», belehrte sie ihre ‹Klasse›, «und zeichnet sich auch nicht durch Klugheit aus, aber es ist imstande, tagelang ohne Wasser durch die Wüste zu wandern.» Vulkanen konnte sie nicht viel abgewinnen: diese Art von Tätigkeit, so ließ sie durchblicken, sei ebenso sinn- und furchtlos wie Zerstörungswut bei Kindern. Auch Flüsse, die über die Ufer träten, benähmen sich recht ungebärdig. Von der Größe und Erhabenheit der Bergwelt und der Fruchtbarkeit der Täler aber sprach sie mit Achtung. Und beschrieb sie gar eine Hochebene, geschah es in fast schwärmerischem Ton.

Natürlich war dies alles nur ein Spiel, aber ein Spiel, das sie fesselte und über dem sie ihren Kummer vergessen konnte. Ein Spiel, das so ernst war wie der Tod – oder das Leben. Und es war ihr letztes Spiel.

Dem jungen Archäologen hatte sie geschrieben, daß der schmerzliche Trauerfall sie leider daran hindere, ihn zu empfangen. Wenn er diesem Brief keine Beachtung geschenkt und sich unverzüglich nach Liberty Hill begeben hätte, wenn er dort die Treppe zu ihrem Jungmädchenzimmer hinaufgestürmt wäre, die Festung durch Überrumplung genommen, die Schachfiguren über den Haufen geworfen, wenn er die angehende Lehrerin in seine Arme geschlossen und ihr aufgestecktes Haar gelöst hätte – ja, wer weiß? Er schrieb jedoch nur einen wohlformulierten Kondolenzbrief und hielt sich abseits. Er war halt kein Draufgänger.

Im September desselben Jahres tauschte Miss Fink ihre Schachfiguren gegen Schüler aus Fleisch und Blut ein. Als sie – in schwarzem Trauerkleid mit blütenweißem Taschentuch und dem kleinen, straffen, glanzlosen Haarknoten – zum erstenmal auf dem Podium im Geographiesaal stand, sah sie sehr blaß aus. Aber es war die Blässe eines Menschen, der entschlossen war und genau wußte, was er wollte.

Den Namen ihres Vaters bewahrte sie vor jedem Makel. Mr. Porter erhielt das geliehene Geld auf Heller und Pfennig zurück, und es waren zwanzig Jahre dazu nötig. Ihren Schwestern ließ sie eine standesgemäße Erziehung angedeihen. Die Mutter unterstützte sie während einer langen Siechtumszeit, sorgte für jede nur erdenkliche Pflege und bettete sie schließlich mit dem einer Fink aus Liberty Hill geziemenden Aufwand zur letzten Ruhe.

Um all diesen Verpflichtungen gerecht zu werden, stellte Miss Fink sich selbst ganz zurück. Für sie gab es keine Mode. (Immer neue Frisuren tauchten auf und verschwanden wieder – die Spucklocken, die Scheuklappenfrisuren, der Bubikopf, der Herrenschnitt und der Pferdeschwanz. Fleischfarbene Georgettenblusen wurden der letzte Schrei; es folgten kniefreie Röcke, Empiretaillen und schließlich der New Look – aber sie bemerkte es kaum.) Ihre Reiseträume hatte sie begraben, auf ihre Jugend verzichtet. Altersgenossen von Mr. Porter, die sich noch erinnerten, wie sie die braune Vollblutsstute geritten oder in Weiß gekleidet im Salon neben der Mutter gestanden hatte, schraken vor diesen Bildern förmlich zurück.

Miss Fink aber schrak nicht zurück. Standhaftigkeit, die Eigenschaft, von der ihr geliebter, schwacher Vater so oft und so bewundernd gesprochen hatte, hielt sie aufrecht. Und sie entdeckte, daß Verantwortung die ihr gemäße Lebensluft war. Sie genoß es förmlich, ihre Kräfte bis zum äußersten anzuspannen. Sie liebte es, Regeln aufzustellen und sie auch selbst einzuhalten. Und wie ein Lehrer mit einem leidenschaftlichen Hang zur Poesie diese Leidenschaft auch in seinen Schülern weckt, so impfte sie ihren Schützlingen ihre Lebensphilosophie ein. Indem sie unerbittlich auf gleichmäßigen Rändern, untadeliger Haltung, Pünktlichkeit und Fleiß bestand, lehrte sie, daß das Leben zwar keineswegs leicht, aber auch nicht allzu schwierig war. Man lernte seine unveränderlichen Gesetze kennen und achten. Man wuchs mit seinen Aufgaben. Und lernte schließlich sein Schicksal zu beherrschen.

IMMER NOCH BLICKTE SIE den kleinen David Burnham an, bis sie einsah, daß es nun genug war. Seine Lippen zitterten schon. Schließlich war ihr nur daran gelegen, ihn zu zügeln, nicht aber ihn zu knechten. Sie wies mit ihrem Zeigestock auf den Ausguß. «Also, David», sagte sie, «bitte!»

David marschierte zum Ausguß. Hier riß er einen Fetzen vom Papierhandtuch ab, rieb damit auf dem Riegel Kernseife herum und schrubbte sich den Mund aus. Dann stapfte er zu seinem Pult zurück.

«Setz dich», sagte Miss Fink. «Schlag dein Heft auf, eine neue Seite.»

Sie ging zur Tafel. Jeder Schritt kostete sie große Anstrengung. Es war, als habe ihr rechtes Bein verlernt, sich von selbst zu bewegen, als könne es nur durch einen Willensakt gelenkt werden. Sie ergriff ein Stück Kreide und schrieb in ihrer klaren, runden, leserlichen Handschrift einen Satz an die Tafel. Die Kreide quietschte nicht. Kreide in der Hand von Miss Fink quietschte nie. Miss Fink hielt sie so, wie es sich gehörte.

‹Durch Fluchen erreicht man nichts›, lautete der Satz. «Zwanzigmal, David», sagte Miss Fink.

Zwanzigmal war eine angemessene Strafe. Wenn David damit fertig war, würde das Automatenrestaurant an der Ecke noch geöffnet sein. Um sich an allgemein beliebten Gerichten, wie warmen Würstchen und Schokoladenpudding, gütlich zu tun, dazu dürfte die Zeit allerdings nicht ausreichen, aber der Junge konnte sich doch sattessen, wenn auch an weniger gefragten Tellergerichten, wie Fischklops und Grießflammerie. Miss Finks Beobachtungen gingen nämlich dahin, daß sich durch Entzug von Leckereien bei Jungen recht begrüßenswerte Wirkungen auf ihr Betragen erzielen ließen, daß aber eine Hungerstrafe nur zu leicht das reißende Tier in ihnen weckte.
Sie kehrte zum Katheder zurück. Gerade als sie sich setzen wollte, überfiel sie der Schmerz von neuem und diesmal erbarmungslos. Tief im Rückgrat spürte sie einen zermalmenden Druck. Von dort aus zuckte ein lodernder Schmerz in ihr rechtes Bein. Schwindel riß sie wie in einen Strudel hinab.
Sie ließ sich langsam auf den Stuhl gleiten. Der Schmerz ebbte ab. Aber statt dessen trat nun etwas ein, das noch beängstigender war. Miss Fink spürte, daß ihr Bein völlig gefühllos war. Um sich zu vergewissern, kniff sie sich und versuchte es zu bewegen. Es rührte sich nicht.
Zum erstenmal seit jenem bedeutungsvollen Abend mit Mr. Porter im dämmerigen Salon ergriff sie panischer Schrekken. Irgend etwas mußte geschehen. Aber was? Sie konnte natürlich David beauftragen, die anderen Lehrerinnen zu Hilfe zu holen. Aber bei der bloßen Vorstellung, diese aufgeregt umherflatternden, jammernden Weibsbilder zu Zeugen ihrer Schwäche zu machen, sank ihr das Herz. Wichtiger als alles andere war, Umsicht und Haltung zu bewahren.
«David», stieß sie schließlich hervor. Ihre Stimme klang rauh.
David sah von seiner Strafarbeit auf. Miss Finks Gesicht war schneeweiß – vor Zorn, wie er annahm. Er sah, wie ihre Hand nach dem Zeigestock griff. Er schluckte. «Jawohl, Miss Fink», stammelte er.

«Ist dein Vater um diese Zeit zu Hause?»
Das war schlimmer, weit schlimmer als alles, was David befürchtet hatte. Sie wollte ihn also nicht eigenhändig verprügeln, sondern wollte, daß sein Vater es in ihrem Beisein besorgte. David wünschte inbrünstig, er hätte sich mit einem faden ‹Verflixt› oder ‹Zum Kuckuck› begnügt. Er brachte kein Wort über die Lippen.
«David, kommt dein Vater zum Essen nach Haus?» fragte Miss Fink.
In seiner wilden Angst erwog David zu sagen, sein Vater sei nach New York gefahren oder liege mit Lungenentzündung zu Bett. Aber die Macht der Gewohnheit siegte. Er sprach die Wahrheit.
«Jawohl, Miss Fink. Papa ist zu Haus.»
«Ich bin unpäßlich, David», sagte Miss Fink. «Ich... willst du nach Hause gehen und deinen Vater bitten, er möchte dem jungen Dr. Hurley Bescheid sagen?»
David konnte sein Glück kaum fassen. «Brauch ich einen Erlaubnisschein vom Rektor?» fragte er.
«Nein», entschied Miss Fink. «Meine Erlaubnis genügt. Aber daß du zu niemand ein Sterbenswörtchen sagst! Und David» – ihr Ton bekam fast etwas Flehendes – «bummle nicht. Renne!»
Und David rannte.
Miss Fink stellte mit sachlicher Verwunderung fest, daß sie am ganzen Leibe zitterte. Und nun zwang sie sich, so wie sie es schon früher in Zeiten vorübergehenden Kummers getan hatte, die Gedanken ausschließlich auf ihre Arbeit zu richten, diese Arbeit, die von zeitlosem Bestand war. Dabei wurde sie wieder ruhig und gefaßt.
Sie unterzog das Wandgemälde der zweiten Klasse einer kritischen Musterung. Es war eine recht beachtliche Leistung, die dort die halbe Tafel ausfüllte. Man sah ein weites Schneegefilde, eine Reihe von Schneehütten, einen Mann, einen Hund und ein Rentier (alles fast gleich groß), und im Hintergrund prangte in grellen Farben, purpur, grün, orange und rosa, das Nordlicht wie ein aufgeschlagener Fächer. Quer über der weißen Schneewüste stand, wie um je-

den Zweifel auszuschließen, in roten Buchstaben ‹Die Artis›. Reginald Smith hatte es geschrieben! Miss Fink erkannte es sofort an der schiefen, ungelenken Schrift. Morgen mußte sie ihn auf seinen Rechtschreibungsfehler hinweisen und ihm aufgeben, das Wort in Silben aufgeteilt – Ark-tis – dreimal in sein Aufgabenheft zu schreiben.

Wie aber, wenn sie morgen gar nicht hier wäre? Wie, wenn sie – die Hände wurden ihr feucht – überhaupt nie wieder hierherkäme? Unsinn! Das waren ja Hirngespinste. Von den wenigen Ausnahmen abgesehen, da die Schule auf Grund von Schneestürmen, Epidemien oder eines geplatzten Heizungskessels geschlossen war, hatte sie immer auf ihrem Platz gestanden. Gegen die Hinfälligkeit allen Fleisches war freilich auch sie nicht gefeit, hatte es aber stets einzurichten gewußt, ihre Erkrankungen zu gelegener Zeit zu absolvieren. Ihre Erkältung brachte Miss Fink während der Weihnachtszeit hinter sich, ihre Magenverstimmung verlegte sie auf die großen Ferien.

Der Schmerz muß durch eine unglückliche Bewegung entstanden sein, entschied sie. Ein verzerrter Muskel. Ein verknackster Wirbel. Eine Verkrampfung durch das Stillsitzen. Und das taube Gefühl? Aber warum mußte ein Taubheitsgefühl beunruhigend sein? Die Füße schliefen einem ja auch ein und wachten dann auch wieder auf. Und bald würde der junge Dr. Hurley erscheinen. Und ihr ein Stärkungsmittel und ein Heizkissen verordnen. Und dann würde er ihr in seiner derb scherzenden Art (einem Ton, den sie bei niemand anders dulden würde) ins Gewissen reden und klarmachen, daß Vollkommenheit weder Göttern noch Menschen beschieden sei – ‹sie solle fünf gerade sein lassen, ein paar Tage blaumachen und mal tüchtig auf die Pauke hauen›.

Dr. Hurley war zweiundsiebzig Jahre alt. Miss Fink nannte ihn den jungen Dr. Hurley, um ihn von seinem Vater zu unterscheiden, der ihr schon auf die Welt geholfen hatte und nun seit einem Vierteljahrhundert unter der Erde ruhte. In seiner wirklichen Jugend hatte der ‹junge› Dr. Hurley im Ruf gestanden, ein neuerungssüchtiger Radikaler zu sein – so hatte er es zum Beispiel gewagt, die Wunderkraft einer Kalomelpurgativkur anzuzweifeln und die Auffassung, daß sich das Blut im Winter verdicke, hohnlachend abzutun. Zur allgemeinen Verblüffung hatte er keinen seiner Patienten ins Jenseits befördert. Und die Jahre hatten ihn milder gestimmt. Miss Fink spürte, daß sich hinter seinem burschikosen Gebaren Gründlichkeit und Zuverlässigkeit verbargen. Sie hatte Vertrauen zu ihm.

«EINEN GROSCHEN FÜR IHRE GEDANKEN, Miss Fink!» Lorraine Ellwood, die Musiklehrerin, stand in der Tür. Sie war eine vierunddreißigjährige Blondine, die allmählich, und ohne es selbst zu merken, verblühte wie eine Treibhausrose. Sie trug wuschlige Ponies und zu einem himmelblauen Kleid ein Dirndlschürzchen, das sie aus irgendeinem Versandgeschäft bezogen hatte. Bei jeder passenden Gelegenheit pflegte sie zu betonen, daß sie sich wie die große Schwester ihrer Schüler vorkomme, und obgleich sie aufrichtig an den Kindern hing (was Miss Fink ihr hoch anrechnete), konnte sie keine Disziplin halten, weil sie sich mit ihnen auf eine Stufe stellte. Nach Miss Finks Ansicht hatte sie weit mehr Gemüt als Verstand.
«Mona Leckford hat sich heute öffentlich verlobt», zwitscherte sie. «Wir sind gerade dabei, ihr zu Ehren im Lehrerzimmer eine Torte zu schlachten. Wollen Sie nicht auch mitfeiern?»
Miss Fink deutete auf den Stapel Schulhefte. «Ich danke Ihnen, Miss Ellwood», sagte sie. (Sie hatte diese Kollegin schon gekannt, als sie noch im Laufgitter stand, redete im Dienst aber grundsätzlich niemanden mit Vornamen an.) «Leider bin ich beschäftigt.»
«Aber nach getaner Arbeit ist doch ...», säuselte Lorraine und ließ die Worte verklingen, ohne das Sprichwort zu beenden.
«Seien Sie bitte so freundlich, Miss Leckford meine Glückwünsche zu übermitteln», schloß Miss Fink die Unterhaltung.

«Wir werden Sie aber sehr vermissen», zirpte die Musiklehrerin und wandte sich zum Gehen. Dann trippelte sie auf kleinen Füßchen, tripp-trapp, den Flur entlang wie ein verzogenes Kind.

Angenommen, fuhr Miss Fink in ihren düsteren Betrachtungen fort, angenommen, der Doktor mißt meinen Beschwerden doch Bedeutung bei. Wenn sie nun doch ernstlich krank war, wenn diese befremdlichen körperlichen Symptome das Ende ihrer Laufbahn ankündigten, so wie die Schulglocke das Ende der Unterrichtsstunde anzeigte – welche Lehrerin würde dann ihren Platz im Geographiesaal einnehmen?

Würde es so ein seelenloses Persönchen sein wie Lorraine Ellwood? Ein Mensch, der nicht begriff, daß Kinder strenge Zucht brauchten und für das Leben gedrillt werden mußten wie unerfahrene Rekruten durch Feldmanöver für die harte Schlacht? Ein Wesen, das in einer Traumwelt lebte und Disziplin für eine Art Ringelreihenspiel hielt?

Würde es eine forsche, robuste Person sein wie die Zeichenlehrerin? Jemand, der auch auf den modernen Individualismus schwor? (Miss Fink hatte im Zeichensaal Bilder gesehen – dicke, formlose, grelle Farbkleckse, die über alle Ränder liefen – und bei dem Gedanken an Landkarten, die in dieser Technik gemalt wären, geschaudert!) Jemand, der seine Befehle herausbrüllte und dabei rot anlief?

Oder würde sich am Ende – es wäre nicht auszudenken! – eine zweite Mona Leckford mit kaum unterdrücktem Gähnen an diesem Katheder rekeln? Ein träges Frauenzimmer, dachte Miss Fink verächtlich. Eine Lehrerin, die mit ihrem Herzen nicht bei der Sache ist.

Plötzlich war ihr, als sei das Klassenzimmer voll kleiner Gestalten. Alle saßen mit gefalteten Händen da und warteten auf eine Anweisung.

Sie lehnte sich vor.

Was auch geschehen mag, gelobte sie dieser schemenhaften Schar stumm, ich kehre zurück!

Nun erklangen auf dem Flur Schritte – rasche, energische, männliche Schritte. Seine Hochwürden Alexander Burn-

ham kam ins Zimmer geeilt. Ihm auf den Fersen folgte Dr. Thomas Baker. Der kleine David bildete die Nachhut.
«Davie sagte uns, daß es Ihnen nicht gutgeht, Miss Fink», begann Alexander. «Darum habe ich Tommy gleich mitgebracht.»
«Mein Arzt ist der junge Dr. Hurley», sagte Miss Fink indigniert. Sie hatte nach einem erfahrenen Mediziner geschickt, und statt dessen bot man ihr die Dienste eines Thomas Baker an; das war nicht anders, als beantwortete man einen Hilferuf nach Truppenverstärkung mit Aussendung einer Pfadfindergruppe.
«Das hat Davie uns auch ausgerichtet», fiel Thomas rasch ein, denn er erinnerte sich nur zu gut daran, welchen Wert Miss Fink auf die prompte und korrekte Übermittlung einer Nachricht legte. Ihm war, als müßte er David und unlogischerweise sogar sich selbst unter seine schützenden Fittiche nehmen, denn dieses vertraute Klassenzimmer schlug ihn wieder in Bann. Da war die Zeichnung an der einen Wandtafel, die Landkarte an der andern; da waren die aus Knetmasse geformten Rentiere im Sandkasten und die Kakteen auf dem Fensterbrett; und da war vor allem dieser eigentümliche und besondere Geruch nach trockner Kreide und nach Schulbuben. (Kreide riecht ja immer gleich, aber kleine Jungen wahrhaftig auch, stellte er überrascht fest.) All dies schien die dahineilende Zeit Lügen zu strafen. Hier in diesem Schulzimmer war er acht oder elf, höchstens aber zwölf Jahre alt. Wieder stand er der schrecklichen Miss Fink gegenüber, die durch ihre geradezu hellseherischen Fähigkeiten sofort geargwöhnt hatte, daß er eine lebendige Ringelnatter in der Hosentasche trug. «Dr. Hurley ist krank, er hat einen Rückfall seiner alten Bronchitis», fügte er hinzu.
«Eine Folge unmäßigen Tabakgenusses», konstatierte Miss Fink und warf dabei David, den sie verdächtigte, heimlich auf der Knabentoilette zu rauchen, einen durchdringenden Blick zu.
David verdrückte sich auf seinen Platz und machte sich wieder ans Abschreiben.

«Sehr wahrscheinlich. Jedenfalls ist er *hors de combat*», sagte Thomas. Er war ganz verblüfft und beinahe stolzgeschwellt über seine gepflegte Ausdrucksweise. «Als David kam, war ich zufällig bei Burnhams.»
«Sie wissen ja, daß Tommy eine ausgezeichnete Ausbildung genossen hat», warf Alexander ein.
«Ich weiß es», sagte Miss Fink. Natürlich wußte sie es. Sie selbst hatte diese Ausbildung ja als erste in die Hand genommen. Sie war es gewesen, die ihm tagtäglich und unermüdlich Ehrfurcht vor Fleiß und Streben nach Genauigkeit eingeprägt und die erzieherische Wirkung von Vorschriften vor Augen geführt hatte. «Nur...» Nur was? Nur, daß Dr. Baker trotz seiner stattlichen Größe von einem Meter achtzig, trotz seiner Examina und seiner Begabung in ihren Augen stets der Lausebengel blieb, der, sobald man ihm den Rücken gekehrt, mit den Ohren wackelte.
Thomas zeigte durchaus Verständnis für Miss Finks Zaudern. Er war in ehrerbietiger Haltung an der Tür stehengeblieben. «Vielleicht konsultiert Miss Fink doch lieber einen erfahreneren Arzt», meinte er.
Nichts lag Miss Fink jedoch ferner, als einen ehemaligen Schüler in seiner Berufsehre zu verletzen. Außerdem bedurfte sie dringend ärztlicher Hilfe.
«Ich wäre Ihnen für Ihren Rat dankbar, Herr Doktor», sagte sie und schilderte ohne Umschweife, als handle es sich um eine Aufzählung der Bodenschätze des Großen Seengebiets, die Symptome ihrer Erkrankung.
Thomas nickte. Jetzt durchquerte er das Klassenzimmer und stieg den niedrigen Podest zum Katheder hinauf (wobei ihm zumute war, als tue er nun den letzten und entscheidenden Schritt von der Kindheit in die Welt der Erwachsenen und ihrer Autorität). Mit der Fingerspitze drückte er auf eine Stelle des kerzengraden Rückens der Lehrerin.
Miss Fink zog die Luft durch die Zähne.
«Das genügt», sagte Thomas. «Tat es sehr weh?»
«Ja», sagte Miss Fink.
«Das habe ich befürchtet. Und was ist mit dem Bein? Ist es gefühllos?»

«Ja, es muß mir eingeschlafen sein. Denn sobald ich mich bewege ...»
«Aber gerade das müssen wir Ihnen strengstens untersagen», sagte Thomas.
«Was müssen Sie?» fragte Miss Fink befremdet. Es war schon sehr lange her, daß jemand versucht hatte, ihr seinen Willen aufzuzwingen.
«Wir müssen Ihnen jegliche Bewegung verbieten», wiederholte Thomas.
«Und wer, bitte, ist ‹wir›?» Miss Fink hatte ihre Frage mit einer gewissen Schärfe gestellt und dabei Alexander Burnham fixiert. Ihr Blick war eine Kampfansage.
Alexander fingerte nervös an seinem Priesterkragen. «Ich habe damit nichts zu schaffen», versicherte er. «Tommy ist der Arzt.»
«Wir... das sind wir Ärzte in der Klinik», beeilte sich Thomas zu erklären. «Also ich. Ich meine in diesem Falle ... mich.»
«Und wie lautet Ihre Diagnose?» fragte Miss Fink.
«Noch steht sie nicht fest. Ich muß Sie aber sofort in die Klinik schaffen, Miss Fink. Und zwar sofort.»
«Muß das sein?» widersetzte sich Miss Fink. «Der junge Dr. Hurley ...»
«Es muß sein», schnitt ihr Thomas das Wort ab. «Und zwar auf der Stelle.»
«Vielleicht kann ich mich nächste Woche dazu entschließen», meinte sie. In der nächsten Woche würde Dr. Hurley seinen Bronchialkatarrh überwunden haben und ihr wieder in seiner ganzen vertrauenerweckenden Tüchtigkeit zur Verfügung stehen. «Gegenwärtig bin ich zu beschäftigt. Ich muß die beiden oberen Klassen für die staatliche Leistungsprüfung vorbereiten. Sie findet am Montag statt.»
«Auf der Stelle!» wiederholte Thomas unerbittlich. Diesen bündigen Tonfall kannte sie. Sie selbst pflegte so zu sprechen, wenn ihre Geduld erschöpft war und sie jeden weiteren Firlefanz unterbinden wollte.
«Aber die fünfte Klasse beherrscht ihren Stoff noch nicht, weder die Winde noch Ebbe und Flut», wandte sie ein.

«Auch bei uns Menschen gibt es Ebbe und Flut», sagte Thomas. «Um es gerade herauszusagen, Miss Fink: in diesem Fall liegt die Entscheidung nicht bei Ihnen. Wenn es die Medizin gilt, steh ich auf der Kommandobrücke.»
«Jawohl, Thomas», sagte sie gefügig.
«Soll ich einen Krankenwagen bestellen?» fragte Alexander.
«Nein! Bitte nicht!» flehte sie. Voll Entsetzen malte sie sich aus, wie der Wagen mit heulender Sirene die Straße entlanggefahren kam. Sie sah sich selbst hilflos ausgestreckt auf einer Tragbahre, sah, wie man sie aus der Zedernhain-Schule trug. «Keine Ambulanz bitte!»
«Ich verstehe», sagte Thomas, und er verstand wirklich. Seine augenblickliche Machtvollkommenheit verlieh ihm die Gabe der Einfühlung. «Sandy und ich können Sie zu meinem Wagen tragen. Das wäre zwar nicht sonderlich bequem, aber ...»
«Aber diskreter», ergänzte Miss Fink. «Es würde nicht solch Aufsehen erregen.»
«Also gut», entschied Thomas rasch. Er wollte Miss Finks Fügsamkeit ausnutzen, solange sie währte. «Los, Sandy!»
«Meinen Hut, bitte», befahl Miss Fink, «meine Handschuhe und meine Tasche! Die Sachen liegen im Wandschrank.»
«Ich hole sie», erbot sich Alexander und ging auf die Schranktür zu. Die Hand schon auf dem Porzellanknauf, hielt er plötzlich zaudernd inne. Er war ja drauf und dran, einem schaurigen Geheimnis auf die Spur zu kommen. Wie oft hatte er nicht als kleiner Steppke, besonders dann, wenn ihn das Gewissen zwickte, zu dieser Tür hinübergeschielt und ängstlich wieder weggeschaut. Seines Wissens hatte außer der schrecklichen Miss Fink selbst kein menschliches Wesen je einen Blick hinter diese Tür getan. Natürlich hatten sie alle als Schulbuben die wildesten Vermutungen über diesen Schrank angestellt, aber daran, daß er eine Gespensterhöhle voll Spinngewebe und grausiger Marterwerkzeuge war, hatte niemand gezweifelt. Man hatte sogar von Blutlachen auf dem Fußboden gemunkelt, und ein Schlingel, der eine besondere Vorliebe für Gruselgeschich-

ten hegte (später wurde er ein erfolgreicher Bühnendichter), hatte sogar steif und fest behauptet, dort drinnen stehe, grinsend gegen die Wand gelehnt, das Skelett eines Jungen. Natürlich glaubte man nicht ernstlich an diese Schauermär, jedenfalls nicht mehr als an andere Gruselmärchen – wie zum Beispiel, daß Freitag nachts Gespenster umgingen oder daß man selbst eines Tages auf dem Friedhof begraben liegen sollte oder daß Miss Fink die Taugenichtse mit ihrem Zeigestock züchtigte. Und doch klammerten sich alle an diese Geschichten, weil das Gruseln das langweilige Schuleinerlei vergoldete.

Alexander öffnete die Tür. In der schmalen, weißgetünchten Kammer herrschte mustergültige Ordnung. An einem Haken neben der Tür hing ein Staubwedel. Auf dem Boden stand ein Paar Gummischuhe. Und in der Ecke lehnte nicht etwa ein klapperdürres Totengerippe, sondern, säuberlich eingerollt, ein Regenschirm. Alexander nahm Miss Finks Hut vom Regal – ein schlichtes schwarzes Gebilde mit gerader Krempe, eine Kopfbedeckung, sonst nichts –, ergriff ihre lange goldene Hutnadel, ihre grauen Handschuhe und ihre Tasche. Dann schob er sich rückwärts aus dem Kämmerchen hinaus und machte hurtig die Tür wieder zu, um zu verhindern, daß sein Sprößling David einen Blick hineinwarf und dadurch eine bittere Enttäuschung erfuhr.

Miss Fink zog die Handschuhe über ihre langen, schmalen Finger und nahm den Hut in die eine, die Nadel in die andere Hand.

Alexander guckte rasch fort. (Unter seinen Klassenkameraden hatte die Auffassung geherrscht, daß die Lehrerin ihren Hut dadurch befestigte, daß sie die lange goldene Nadel einfach quer durch den Schädel bohrte.) Mit fragendem Blick sah er zu Thomas hinüber.

Thomas antwortete nur mit einem Achselzucken. Sein Gesicht blieb todernst.

Jetzt thronte Miss Finks Hut tortengerade und fest auf dem Kopf. Sie streifte den Bügel der Handtasche über den Arm. «Ich erwarte Ihre Hilfestellung, meine Herren», sagte sie. «Lehnen Sie sich bitte vor – so!» befahl Thomas und half

ihr auf die Füße. «Stützen Sie sich auf das Katheder! – Los, Sandy!»
Die beiden Männer verschränkten ihre Hände und formten, genauso wie es Kinder beim Spielen tun, einen Sitz, den sie unter Miss Finks Rücken bereithielten.
«So, nun setzen Sie sich bitte», sagte Thomas, «und legen Sie uns die Arme um den Hals!»
Während der ganzen Zeit hatte David tief über sein Schulheft gebeugt dagesessen, eifrig darauf bedacht, nur ja nicht die Aufmerksamkeit auf sich zu lenken. Als er aber diesen seltsamen Befehl hörte und ihm klarwurde, an wen er gerichtet war, hob er den Kopf. Und ihm gefror das Blut in den Adern.
Sein Vater und Dr. Baker hatten Miss Fink einfach hochgehoben. Sie schwebte zwischen ihnen und hielt ihre knochigen Arme um ihre Hälse geschlungen. (Wie können sie das nur aushalten? fragte sich David schaudernd.) Ihre Füße baumelten herab.
«David, du darfst jetzt gehen», hörte er ihre Stimme.
«Jawohl, Miss Fink.»
Hochwürden musterte seinen Sohn grimmig. «Hast du etwa wegen schlechten Betragens nachsitzen müssen?»
«Jawohl, Vater.»
Alexander Burnham warf einen Blick auf die Tafel. Sein Gesicht verfinsterte sich. Genauso, fiel es David jetzt wieder ein, hatte es sich auch beim Frühstück verfinstert.
«Hast du es zwanzigmal abgeschrieben?»
«Nun fünfzehnmal.»
«Dann marsch, mach dich an die restlichen fünf!» knurrte der Vater. «Und dann noch obendrein fünfmal als Extrastrafe.»
Miss Fink erstarrte. Dies war wieder einmal ein für Eltern typischer Fehler. Erst allen Torheiten eines Kindes nachgeben, seine Unarten beschönigen und es dann in aufwallendem Zorn über Gebühr bestrafen!
«David war durchaus fleißig», sagte sie. «Er hat seine Arbeit unterbrechen müssen, weil er auf meine Anordnung einen Gang tat.»

«Es muß ihm aber endlich einmal beigebracht werden...», begann Davids Vater.
«Hier habe ich über ihn zu bestimmen», wies ihn Miss Fink zurecht. «Oder, um mit Thomas zu reden: das Klassenzimmer ist meine Kommandobrücke. – David darf jetzt gehen.»
«Jawohl, Miss Fink», murmelte Hochwürden. Gemeinsam mit Thomas trug er die stolze Last aus dem Zimmer.
Jetzt, da er allein war, begann David zu weinen. Er hatte ein weiches Gemüt und weinte, ganz überwältigt von der strengen Schönheit der Gerechtigkeit und tief ergriffen davon, daß ein Despot zu seiner Verteidigung geeilt war. Er weinte auch, weil er dumpf ahnte, daß die Welt dem Wandel unterworfen ist, und weil er sich jetzt, da er seinen eigenen planlosen Einfällen überlassen war, ganz verloren vorkam. Gleichzeitig war er wütend, daß er heulte. Er verabscheute sein weiches Herz. Sein Traum war es, Mittelstürmer einer berühmten Oberligamannschaft oder Pilot einer Weltraumrakete zu werden, kurz, so ein Held wie auf den Zugabebildern im Haferflockenpaket – und die waren nie heulend abgebildet!
«Verdammter Mist!» fluchte er laut vor sich hin, daß es im leeren Klassenzimmer hallte.
Seltsamerweise hatte dieser markige Fluch seine stärkende Wirkung eingebüßt. David kam sich dadurch nicht die Spur schneidiger oder draufgängerischer oder auch nur weniger verlassen vor. Aber dann, dachte er ganz erschrocken über solche Ketzerei, dann hat Miss Fink ja ganz recht gehabt. Durch Fluchen erreicht man ja wirklich nichts.

WÄHRENDDESSEN SCHWEBTE Miss Fink, von vier kräftigen Männerhänden getragen, durch den Korridor der Zedernhain-Schule. Das Portal stand weit geöffnet und gab den Blick auf den strahlenden Tag frei; durch den Gegensatz wirkte der Flur düster wie ein Tunnelgewölbe in einem Traum. Die Bilder an den Wänden – brave Kopien in Sepia von Galahad, wie er sein Pferd streichelt, von Wa-

shington, wie er im Schnee kniet, und von dem kleinen Bauernmädchen, wie es entzückt zur Lerche aufschaut, alle ausschließlich im Hinblick auf ihren erzieherischen Wert ausgewählt – sahen merkwürdig verschwommen und schemenhaft, und was noch seltsamer war, ausgemacht albern aus. Der Trinkbrunnen aber, eine Einrichtung, die Miss Fink aufs tiefste mißbilligte (für sie stellte er, genau wie das Billardzimmer, eine unverhohlene Aufforderung zu Laschheit und flegelhaftem Benehmen dar), hatte heute geradezu etwas weihevoll Erhabenes. Aus dem Lehrerzimmer im ersten Stock tönte Lorraine Ellwoods dünnes, seelenvolles Stimmchen herab; sie sang Mona Leckford zu Ehren ‹Freut euch des Lebens›. Es klang sehnsuchtssüß und überirdisch, wie ein Lied aus einer anderen Welt. Ja, alles war sehr, sehr seltsam. Das seltsamste aber war doch, daß sie, Miss Fink, ohne eigenes Dazutun schwebend einen Bereich verließ, wo ihre Anwesenheit Gesetz gewesen war.
«Halten Sie den Rücken steif, Miss Fink!» erklang Thomas' mahnende Stimme. «Zappeln Sie nicht herum!»
Miss Fink traute kaum ihren Ohren.
«Herumzappeln gehört nicht zu meinen Gepflogenheiten», entgegnete sie mit Würde.
Jetzt war das Portal erreicht. Davor lag, ein Stück der weiten, lärmenden Welt, der Schulhof. Dort würde sie den unverblümt starrenden Blicken der Öffentlichkeit preisgegeben sein. Wie würden sich die Kinder verhalten, wenn sie sie erblickten? Würden sie sie anstarren? Angaffen? (Miss Fink verabscheute Kinder, die mit offenen Mäulern gafften.) Würden sie kichern? Sie wußte es nicht. Sie wußte nur, daß Kinder in Haufen unberechenbar und undurchschaubar waren.
Aber sie mußte ihnen gegenübertreten, mußte ihnen die Stirn bieten. Ihr fiel der kleine Knabe aus Sparta ein, der es lächelnd ertrug, daß der Fuchs ihm die Eingeweide zerfleischte. (Allerdings war es sehr unrecht von ihm gewesen, den Fuchs zu stehlen – das hatte sie ihren Schülern immer wieder eingeschärft.) Auch Marie Antoinette auf dem Weg zur Guillotine kam ihr in den Sinn. Und dann,

nicht anders als dränge sich ihr eine andere historische Gestalt auf, sah sie das junge Mädchen vor sich, das sie selbst einst gewesen war. Sah, wie es sich nach dem schweren Schicksalsschlag wieder aufrichtete; wie es sein mattblondes, schimmerndes Haar – dieses Symbol alles Leichtherzigen, freudig Beschwingten – zu einem festen Knoten schlang; wie es sich vor einem Fenster über ein Schachbrett neigte. *Ich* bin zu durchschauen, dachte sie.

Alexander Burnham warf ihr einen kurzen, forschenden Blick zu. In seinen braunen Augen, die denen seines Sohnes verblüffend ähnelten, stand ängstliche Besorgnis. «Sie werden bald wieder auf dem Posten sein», tröstete er.

«Ich bin immer auf dem Posten», sagte Miss Fink.

OBWOHL MISS FINK FEST ENTSCHLOSSEN gewesen war, das Spießrutenlaufen durch die Kinderschar mit Anstand zu überstehen, blieb ihr diese Prüfung glücklicherweise erspart. Die Kinder hatten sich zum Schlagballspielen und um ein paar Prügeleien auszutragen hinter das Schulgebäude verzogen. Einzig ein paar Rotkehlchen auf dem Rasenvorplatz und ein kleines Mädchen, das sich im Geäst der den Namen der Schule rechtfertigenden Zeder versteckt hatte, wurden Zeugen von Miss Finks Abtransport.

Die Rotkehlchen hoben die Köpfe, starrten aus gelben Augen und pickten dann unbekümmert weiter nach Würmern.

Das unsichtbare Kind war Vicky Evans, die Traumsuse. Sie war auf den Baum geklettert, um allein zu sein und sich in Ruhe eine Geschichte ausdenken zu können. Gerade war ihrer Phantasie der erste dichterische Rohstoff entsprungen – ein in gebirgiger Mondlandschaft verirrter Forschungsreisender, eine Schloßruine und eine verzauberte Prinzessin –, als sie etwas erblickte, das an Seltsamkeit alle Traumgespinste übertraf. Sie sah, wie zwei stämmige Männer eine Frau davontrugen. Und diese Frau war Miss Fink! Ein Irrtum war ausgeschlossen. Selbst aus dieser

Entfernung und durch das dämmerige Grün der Zweige konnte es keine Täuschung geben, wem dieser altmodische schwarze Hut und diese Taschentuch-Ansteckblume am schwarzen Kleid gehörten.
Wie alle Kinder, denen die kleine Welt aus den Fugen geraten ist, reagierte auch Vicky auf dieses unaussprechliche Wunder zunächst nur mit fassungslosem Staunen. Genauso verhext hätte sie auch gestarrt, wenn ein weißes Kaninchen das Schnäuzchen zum Sprechen geöffnet oder ein Baby sich in ein Ferkelchen verwandelt hätte. Als sie dann aber mitansehen mußte, wie sich die Gruppe den gepflasterten Weg entlang über den Schulhof bewegte, packte sie das blanke Entsetzen. Miss Fink wurde ja geraubt! O Gott, man hatte sie durch Betäubungsmittel ‹willfährig gemacht›! Deshalb schrie sie also nicht!
Die Tatsache, daß Vicky die beiden Entführer kannte – daß Mr. Burnham ihr Gemeindepfarrer und Dr. Baker der Arzt war, der ihrer Großmutter die Gallenblase herausgenommen hatte –, verminderte ihr Grauen keineswegs. (Aus ihren bunten Serienheften wußte sie ja genau, daß Wölfe nicht nur in Schafspelzen, sondern auch in anderen Verkleidungen angeschlichen kamen.) Behende, wie einer dieser von Miss Fink verabscheuten Kletteraffen, schwang sie sich von Ast zu Ast hinab und hopste auf den Rasen. Dann wetzte sie über den Vorplatz, daß die Rotkehlchen auseinanderstoben, stürzte durch die Schulpforte und sauste, von wachsendem Entsetzen gepackt, den hallenden Flur entlang. Das Herz schlug ihr bis in die Kehle; sie brachte keinen Laut heraus. Erst als sie die Lehrerinnen erblickte, die in angeregter und noch immer rührseliger Stimmung schwatzend die Treppe herunterkamen, brüllte sie los.
«Vicky, mein Herzblatt!» schrie Miss Ellwood auf und eilte auf sie zu. «Hast du dir wehgetan?»
Vicky konnte nur stumm den Kopf schütteln. Sie heulte, schnappte zwischendurch nach Luft und bemühte sich vergeblich, etwas hervorzugurgeln.
«Irgend etwas muß das Kind erschreckt haben», erklärte Mona Leckford scharfsinnig.

«Reiß dich zusammen, Evans!» kommandierte die Zeichenlehrerin.
«Räuber!» keuchte Vicky schließlich hervor. «Miss Fink ist geraubt!»
Die Musiklehrerin ließ sich auf die unterste Stufe nieder und zog Vicky liebevoll an sich. «Vickylein», redete sie ihr gut zu, «du hast dir wieder eine Geschichte ausgedacht. Solche hübschen kleinen Märchen gibt es aber nur in Büchern, und das hast du durcheinandergebracht. Wir dürfen das, was wirklich ist, aber nicht mit dem verwechseln, was wir uns ausgedacht haben, nicht wahr, meine kleine Vicky?»
«Sie haben sie aber geraubt», schluchzte Vicky. «Ich hab's doch gesehen!»
«Klassische Hysterie!» gab Mona Leckford ihr Urteil ab. (Sie blätterte mit Vorliebe, wenn dies auch nie in gründliche Lektüre ausartete, in Büchern über krankhafte Seelenzustände.) Jetzt hielt sie ihren durchdringenden Forscherblick auf Vicky gerichtet. Zum erstenmal während ihrer kurzen Lehrerinnenlaufbahn fand sie ein Kind des Interesses wert.
«Aber nein, es liegt nur an ihrer lebhaften Phantasie», beschwichtigte Lorraine. «Nun wollen wir beide mal scharf nachdenken, mein Vickykind. Sieh mal, du hast sie gar nicht gesehen, du hast es dir nur ...»
In diesem Augenblick kam David aus dem Geographiesaal und erzählte, was sich zugetragen hatte.

MISS FINK WURDE NICHT ZUM AUTO des Arztes getragen. Thomas nahm davon Abstand, da er befürchtete, die Erschütterung könne der Patientin schaden. Hinter Miss Finks Rücken und über sie hinweg besprach er seinen Entschluß mit Alexander.
«Zum Krankenhaus sind es fünf Häuserblocks. – Traust du dir das zu, Sandy?»
«Wenn du es schaffst!» lautete Alexanders Antwort. Es klang gekränkt, als enthalte diese Frage eine Anspielung

auf sein Alter (er hatte Thomas ein paar Jahre voraus) oder auf die Kraft und Ausdauer eines Geistlichen. – «Tüchtig von dir!» lobte Thomas.
«Und wie wird Miss Fink es überstehen?»
«Solange sie den Rücken steif hält, wird es gehen», versicherte Thomas. «Und darin hat sie ja jahrelange Übung.»
Es berührte Miss Fink ganz eigenartig, daß man von ihr in der dritten Person sprach, so als sei sie gar nicht da oder taub. Und noch eigenartiger war es, daß ihr dies angenehm war. Denn die Tatsache, daß sie gar nicht nach ihrer Meinung gefragt wurde, verringerte ihre Besorgnis – zum mindesten für eine kurze Frist. Genau wie ihre Schüler im Geographiesaal, hatte sie jetzt nur an ihre gegenwärtige Aufgabe zu denken, und diese Aufgabe war klar umrissen. Sie hatte den Rücken steif zu halten.
So schwebte sie also zwischen ihren Trägern den Weg zurück, den sie am selben Morgen zu Fuß gewandert war. Die Ahornstraße entlang, deren Bäume ihre geflügelten, korallenfarbigen Samen in ihren Hut herabrieseln ließen, dann die Eichenallee hinauf und den Lafayette-Weg an ihrem eigenen Haus vorbei bis zur Ulmenstraße, wo im nächsten Häuserblock das Krankenhaus lag.
Trotz der Mittagsstille in Liberty Hill blieb Miss Finks Abtransport nicht unbemerkt. Polly Burnham saß auf der Veranda und wartete auf ihren Mann. Als sie ihn nun erblickte, wollte sie auf ihn zustürzen, was er ihr jedoch mit einem Kopfschütteln verwies. Sie sah ihm noch nach, wie er langsam dahinwanderte, sorgfältig bemüht, mit Thomas Schritt zu halten, und eilte dann ans Telephon, um Jincey anzurufen.
Jincey wiederum benachrichtigte ihre Schwester und ihre Schwiegermutter, und es dauerte keine fünf Minuten, da stand halb Liberty Hill an den Fenstern und spähte, teils erwartungsvoll, teils ängstlich, auf die Straße. Bot sich ihnen dann das angekündigte Schauspiel, überkam sie alle dieses schmerzlich bittere Gefühl, das wir erfahren, wenn sich uns zum erstenmal die erschütternde Tatsache offenbart, daß auch die Eltern der Vergänglichkeit unterworfen

sind und jäh wie durch einen Nachtfrost vom Hauch des Todes gestreift werden können. Wenn selbst Miss Finks Kräfte schwanden, wie stand es dann mit den eigenen? Hinter dem blühenden Antlitz des Lebens grinste der Totenschädel.
Jetzt näherte sich in einem Polizeiauto die in dem stattlichen Umfang von Wachtmeister Holloway verkörperte Gesetzesgewalt. Der Wagen bremste scharf am Kantstein.
«Hat es einen Unfall gegeben, Doc? Ist sie schlimm dran?» fragte Holloway. Er war Miss Fink, seit sie ihn einst, als es für ihn von größter Bedeutung war, vor allen Leuten ausgezeichnet hatte, blind ergeben. Aus seinem Munde hörte sich das ‹sie› an, als werde es mit großen Buchstaben geschrieben, so wie es einer göttlichen Macht zukommt.
«Wir kommen schon zurecht, Bill», sagte Thomas. «Du kannst aber schon zur Klinik sausen und dort Bescheid sagen, daß ich ein Einzelzimmer brauche. Ich bitte nicht darum, sondern ordne es an, verstanden?!»
«Wird gemacht, Doc!» Mit heulender Sirene fegte der Wagen im Hundertkilometertempo davon.
Jincey Baker stand in ihrem Vorgarten. Sie trug ein weites gelbes Kittelkleid. Ihr Haar schimmerte im Sonnenlicht. Ihr Teint war von rosig durchglühter Zartheit, wie es manchen Frauen während der letzten Wochen ihrer Schwangerschaft beschieden ist. Den Rücken ihres vollkommenen Näschens zierten – ein rührendes Überbleibsel aus der Kindheit – ein paar hingetupfte Sommersprossen. Sie sah aus wie der verkörperte Frühling.
Obwohl Thomas nun schon ein Jahr verheiratet war, war ihm die Schönheit seiner Frau noch immer eine Offenbarung. Einen kurzen Augenblick geriet ihm die ganze Welt ins Taumeln; er vergaß alles um sich her und wäre um ein Haar gestolpert.
Miss Fink aber war nicht geblendet. Sie stellte nur nüchtern fest, daß die junge Frau nun dem flatterhaften Schmetterlingsdasein anscheinend entwachsen und nicht mehr der alberne Backfisch von einst war.
«Guten Tag, Virginia!» grüßte sie.

«Guten Tag, Miss Fink!» erwiderte Jincey und sah ihren Mann fragend an. «Kann ich behilflich sein, Tommy?»
«Nein!» stieß Thomas brüsk hervor, wie um die zärtlichen Gefühle, die ihn zu übermannen drohten, gewaltsam abzuschütteln. «Kümmere du dich um dich selbst! Und daß du mir keine Dummheiten machst!»
Miss Fink konnte nicht umhin, Thomas' strenge Ermahnung im stillen gutzuheißen. Sein Ton war vielleicht unnötig barsch gewesen, aber konnte ein Mann etwas Klügeres tun, als dieser Virginia (die schließlich eine von den sprunghaften Webbs war) einzuschärfen, keine Dummheiten anzustellen?

ES WAR JETZT ANNÄHERND ein Jahr her – um korrekt zu sein, am ersten Juni vorigen Jahres –, als Miss Fink in ihrem Klassenzimmer eine Unterredung mit Jincey gehabt hatte, die durch Thomas' Erscheinen abgebrochen worden war. Schon damals, als sie die beiden zusammen fortgehen sah, hätte sie mit Sicherheit voraussagen können, wie sich das nächste Lebenskapitel dieser jungen Leute gestalten würde. An diesem ersten Juni hatte man in der Zedernhain-Schule die Abschlußprüfung gefeiert. Das Festprogramm war in gewohnter Weise abgerollt. Vierzig weißgekleidete Kinder der sechsten, nun zu entlassenden Klasse standen mit andächtig verzückten Gesichtern auf der Estrade der Schulaula – ein erquickendes Bild der Sittsamkeit und Wohlerzogenheit. Genaugenommen, fügten sich allerdings nur neununddreißig Prüflinge in dieses Bild, denn Sterling Baker, ein Racker, der durch seine roten Apfelbäckchen und seine kecke Selbstsicherheit auffiel, hatte den feierlichen Ernst der Stunde dadurch zu entweihen versucht, daß er den Kameraden mit seinen beweglichen Ohren Morsezeichen zufunkte, in der ruchlosen Absicht, diese zum Losprusten zu verleiten. Es gereichte dem gesamten Auditorium zur Ehre, daß es, von einer einzigen Ausnahme abgesehen, diesen unpassenden Scherz unbeachtet gelassen hatte. Nur Sterlings älterer Bruder, Dr. Thomas Baker, der als

einziger männlicher Gast der Veranstaltung beiwohnte, hatte einen kurzen Hustenanfall nicht unterdrücken können. So nahm alles seinen geordneten Verlauf. Diesmal sagte Fae Patricia Rigsbee, ein geziertes Püppchen, ‹das› Gedicht auf, wobei sie das blaue Band des Frühlings durch viel Händegeflatter zu versinnbildlichen und die lyrische Innigkeit der Verse durch himmelnde Blicke zu ersetzen suchte. Dann wurde der Preispokal verliehen, den diesmal Lester Knight junior erobert hatte; mit männlich vorgerecktem Kinn, so daß man fast befürchten konnte, er renke sich den Unterkiefer aus, stattete er seinen Dank ab und versicherte, diese Trophäe werde ihm «ein neuer An... hm... sporn zu weiteren Leistungen sein».
Darauf verließen die nun flügge gewordenen Zöglinge das Podium. Angeführt vom Rektor und dem geschlossenen Lehrerkorps, wandelten sie in feierlicher Prozession den Mittelgang der Aula entlang. Ihre hellen Kinderstimmen vereinigten sich in herzergreifendem Einklang zu dem Abschiedslied der Schule, das süß und weh erscholl, was weder der Melodie noch der Begleitung zu danken war.

«Dir, Hort der Kindheit, schwören wi-i-i-ir
Lieb und Treue für und fü-ü-ü-ür...»

sangen die Prüflinge und gelobten in den höchsten und falschesten Tönen, den Idealen ihrer ersten Alma Mater auch fürderhin nachzueifern, sollten auch noch so schwere Versuchungen sie auf ‹des Lebens stürmischer See› (das heißt auf der Oberschule) anfechten. Allen Müttern (selbst der einen, die sich nichts vormachte und geneigt war, in der Versetzung ihres Herzblatts so etwas wie ein Wunder zu sehen) wurden die Augen feucht.
Für Miss Fink war die Rührseligkeit der Mütterschar nichts Neues. Rund gerechnet dreißig Abschlußfeiern hatten sie gelehrt, daß es bei diesem Teil des Festaktes in der Gefühlsatmosphäre eine prompte Zunahme der Feuchtigkeit zu verzeichnen gab. Und da fast alle anwesenden Mütter einmal die Schulbank der Zedernhain-Schule gedrückt hatten und Miss Fink also wußte, wes Geistes Kind sie waren, hätte sie – falls man darauf bestanden – aufs Tüpfelchen genau

wiedergeben können, was jede in ihrem Herzen bewegte oder ihrer Nachbarin zutuschelte.
«Sie sind die Männer und Frauen der Zukunft», seufzte Mrs. Knight, die Mutter des kleinen Lester, gefühlvoll. Genau wie ihr Sohn besaß auch sie die Gabe, im geeigneten Augenblick die geeignete Plattheit von sich zu geben.
Mrs. Rigsbee, die zwischen ihrer jüngeren Schwester Jincey Webb und Mrs. Knight saß, unterdrückte ein höhnisches Lächeln. «Ja, was sollen sie wohl sonst werden? Ochsen vielleicht?» wisperte sie hinter ihrer Hand Jincey zu. Mrs. Rigsbee war übrigens zutiefst davon überzeugt, daß ihre begabte Fae Patricia den Pokal nur deshalb nicht bekommen hatte, weil eine ganz üble Begönnerung im Spiele war.
Jincey zuckte nur die Achseln. Was führen diese Frauen bloß für ein armseliges, spießiges Dasein, dachte sie. Sie lernen nicht seine Höhen und seine Tiefen kennen. Sie kreisen in ihren engen, abgezirkelten Bahnen, sausen vom Kaufhaus zum Elternrat, dann zum Bridgeklub und wieder zum Kaufhaus! Motorisierte Marionetten, nichts weiter! Sie schlug ihre schönen Augen mit schmachtendem Blick zur Decke auf. *Ich* habe wenigstens gelitten! *Ich* habe gelebt!
Am Ende der Prozession, drei Schritte hinter dem letzten, hingebungsvoll singenden Kind, wandelte gemessen wie stets Miss Fink. Und wie stets trug sie auch heute ein schwarzes Kleid. Sie sah also haargenau so aus wie sonst, wußte aber, daß die Mütter, die sie durch einen gefühlvollen Tränenschleier betrachteten, sie heute anders sahen. Gemeinhin fürchteten sie Miss Fink – auch wenn sie diese Tatsache dadurch zu bemänteln trachteten, daß sie sich über ihre spitze Nase, ihre ungerührte Miene und den straffen, winzigen Haarknoten im Nacken lustig machten. ‹Die schreckliche Miss Fink›, so hatten sie sie schon in der Kindheit genannt, und so nannten sie sie auch noch heute; und diese Bezeichnung bezog sich nicht so sehr auf die unerbittliche Strenge, mit der Miss Fink ihre Zöglinge auf den Pfad der Tugend wies, sondern war aus der Furcht vor ihrem

Scharfblick geboren. Man hatte bei ihr stets das unheimliche Gefühl, sie könne den Finger mit derselben unfehlbaren Sicherheit auf die häßlichen und dunklen Flecken des Charakters legen, mit der ihr langer Zeigestock auf die Hauptstadt von Bolivien oder die Quellen der Donau wies. An diesem Junimorgen aber dachte keine der Mütter daran. Im Vollgefühl schwelgenden Mutterglücks zur Milde gestimmt, sahen sie im Leben dieser alten Jungfer eine unermeßliche Tragik.

Heute hatte sie aufgehört, das ewig drohende Schreckgespenst ihrer Schulzeit zu sein, die Macht, die sie gezwungen hatte, sich den Mund zu schrubben, wenn sie an ihren Rattenschwänzchen gekaut oder ein häßliches Wort gebraucht hatten; die sie allein durch die Furcht vor ihrer schweigenden Verachtung gezwungen, stillzusitzen bis zum erlösenden Pausenzeichen, ganz gleich, wie nötig sie hinaus mußten; die sich zwar nie herbeigelassen, ihre Worte anzuzweifeln, jedoch stets gewußt hatte, wann sie schwindelten. Sie war auch nicht länger das gefühllose Scheusal, das sich später nicht einmal durch die herzigen Eigenheiten der kleinen Lieblinge rühren ließ – durch Püppis allerliebste Schüchternheit, Bubis drollige Sprache oder die einfach wonnige Art, in der Klein-Jackie genau wie ein richtiger kleiner Mann mit dem Fuß aufstampfte, sofern man ihm nicht seinen Willen ließ. Ach ja, sie war eine Enterbte und Beraubte.

Denn die sechste Klasse verließ sie ja für immer, und jedes einzelne dieser Kinder – so grundverschieden von allen anderen Kindern wie ein Stern vom andern – war einfach unersetzlich. Die Kleinen marschierten schnurstracks aus ihrem Leben hinaus, so wie es Juni auf Juni, Jahr um Jahr alle Schüler der sechsten Klasse taten – und sie würden nie, nie wiederkehren.

‹Arme Miss Fink!› entrang es sich dem Busen der Mütter in stiller Einmütigkeit. Miss Fink vernahm es mit jenem für die Regungen der Massenseele empfänglichen inneren Ohr, einer den wahrhaft berufenen Erziehern eigenen, wenn auch nicht sonderlich beglückenden Gabe. ‹Arme Miss Fink,

die keine Püppi, keinen Bubi, keinen Klein-Jackie hat!› In ihrem aufwallenden Gefühl wurden alle Mütter eins, schmolzen zu einem einzigen, warmen, quellenden Hefekloß von Mitleid zusammen. Verziehen war die ungerechte Preisverteilung. Mrs. Rigsbee griff nach Mrs. Knights Hand und drückte sie innig; die andere legte sie liebe- und verständnisvoll auf Jinceys Arm.
Jincey aber zuckte zurück und reckte ihr Näschen so geziert fein und leicht angewidert in die Luft, als wolle sie es über alle Banalität des Lebens erheben. Auf ihrem blassen Gesichtchen lag der müde Hochmut, der so charakteristisch ist für eine junge Schönheit, die eine Tragödie durchlebt hat. Obwohl Miss Fink sich bemühte, von ihrer Umgebung keine Notiz zu nehmen, konnte sie doch nicht umhin, Jincey zu bemerken. Es wäre auch kaum möglich gewesen, selbst die leiseste Bewegung dieses Köpfchens zu übersehen, denn Jinceys rotgoldenes Haar sprühte Funken wie das Fell einer Katze, die man im Dunkeln streichelt. Es entging Miss Finks Blicken auch nicht, daß Thomas Baker mit so weit aufgerissenen Augen zu Jincey hinüberstarrte, als schaue er in ein loderndes Flammenmeer.
All dies mißfiel Miss Fink sehr. Sie war über alle Einzelheiten von Jincey Webbs Enttäuschungen wohlunterrichtet und konnte es sich gut vorstellen (im Grunde konnte sie es sich natürlich nicht vorstellen, sich je in eine so heikle Lage zu bringen), wie empfindlich das Selbstgefühl verletzt sein mußte, wenn man in aller Öffentlichkeit verschmäht worden war. Aber sie mißbilligte diese blasse Witwenmiene der Trübsal. Wenn Virginia – denn Miss Fink hielt es für richtig, Menschen wie auch Tatsachen beim rechten Namen zu nennen – doch endlich damit Schluß machen wollte, umherzuwandeln, als schwebe sie über die zertretenen Orangenblüten eines Brautbuketts. Wenn sie endlich damit aufhören würde, ihre tragische Rolle zu spielen und mit den Augen zu himmeln wie ihre alberne kleine Nichte Fae Patricia –, ja, dann würde sie vielleicht die Früchte dieser bitteren Erfahrung ernten und ein erfülltes, gesundes und frohes Leben beginnen können.

Von Thomas Baker aber, der sicherlich ein tüchtiger Chirurg war und durch seinen Beruf mit dem Ernst des Lebens hinreichend vertraut sein dürfte, sollte man eigentlich erwarten, daß er seine Gedanken besser im Zaum hielt und ihnen nicht gestattete, sich in diesem rotgoldenen Irrgarten zu verlieren. Eigentlich müßte er, genausogut wie sie selbst, einsehen, daß diese verwirrende Lockenfülle Virginias nichts als Kummer bereitet hatte. Wenn ihre Mutter diese Pracht in feste Zöpfe geflochten hätte, wäre es zu diesem dummen Geschwätz von Schönheit und verführerischen Reizen überhaupt nie gekommen. (Mit Genugtuung dachte Miss Fink an ihr eigenes Haar: jede Woche eine Kopfwäsche, jeden Morgen und jeden Abend ein paar kräftige Bürstenstriche und dann ein vernünftiger Knoten ohne viel Fisematenten!) Falls aber Thomas durchaus das Bedürfnis verspürte, über irgend etwas anderes nachzugrübeln als seine beruflichen Aufgaben, dann hätte er es sich ruhig einmal durch den Kopf gehen lassen sollen, wie respektlos und unpassend (ein Fehler, der betrüblicherweise in der Familie lag!) sich sein jüngerer Bruder soeben aufgeführt hatte.

Aber wie sehr auch Jinceys herrliches Haar und Thomas' vor Verzückung halb verblödete Blicke ihr Mißfallen erregten, so fühlte sie sich dadurch doch weniger belästigt als durch die Woge süßlich schwelgender Gefühle, die ihr aus der versammelten Mütterschar entgegenschlug. Miss Fink war von der Überzeugung durchdrungen, daß ihre gesellschaftliche Stellung beneidenswert war, und es erschien ihr geradezu lachhaft, daß andere Frauen sich erdreisteten, sie zu bedauern – und dazu noch diese Sorte von Frauen, die sich an ihre männlichen Beschützer klammerten und als Mütter völlig den Verstand verloren und ihn durch eine verschwommene, schmachtende Gefühlsduselei ersetzten, die sie dann noch Instinkt nannten und heilig hielten. Miss Fink geriet nicht in Versuchung, zu lachen, denn Humor schien ihr nicht die geeignete Waffe gegen Unverschämtheit zu sein. Ihres Erachtens war diese weit überschätzte Gabe im Grunde nichts anderes als ein sittliches

Rudiment, das, genau wie die Mandeln, einzig dazu angetan war, Ärgernis zu bereiten. Ihr bot sich die Schaubühne menschlichen Daseins in glasklarem Licht; sie sah dort vieles, was gut, und vieles, was böse war, aber nirgends etwas Komisches. Nein, über etwas zu lachen war nicht ihre Art. Einen empörten Augenblick lang war sie sogar in Versuchung, mitten im Gang stehenzubleiben und sich – wie ein Wetterhahn an einem windstillen Tag – langsam nach allen Seiten zu drehen, um diese sentimentalen Glukken mit einem so eisigen Blick zu streifen, daß ihnen ein für allemal klar wurde, was sie von diesem mütterlichen Getue hielt.
Selbstverständlich gab die beherrschte Miss Fink dieser Regung nicht nach, sondern wanderte als Nachhut ihrer Schützlinge in erhabener Ruhe weiter. Ihr Platz im Festzuge war durchaus nicht der einer Einsamen oder Zurückgesetzten, wie die rührseligen Mütter glaubten. O nein, sie hatte ihn sich selbst gewählt, damals, nach der Abschlußfeier vor sieben Jahren, als etwas Unerhörtes geschehen war. Das letzte Kind im Zuge – ein kleines Mädchen namens Jincey, dessen Engelsgesicht und schimmerndes Haar die meisten Leute in lyrische Verzückung versetzten – hatte aus seinem gekräuselten Röckchen plötzlich eine Wasserpistole hervorgezaubert und dem vor ihm marschierenden Jungen in den Hosenboden geschossen, und flugs, wie auf ein verabredetes Zeichen, waren überall Wasserpistolen zum Vorschein gekommen. Die Prüflinge hatten die Reihe durchbrochen, waren dann durch das Schulgebäude getobt, über Tische und Bänke gesprungen, hatten die Blumenhütchen der weiblichen Zuschauer mit ihrer feuchten Munition beschossen und schließlich, statt die feierliche Schulhymne zu singen, einen ordinären Gassenhauer namens ‹Pistolenjenny› gegrölt. Seit jenem unseligen Tag hatte Miss Fink es für angebracht gehalten, die Kinder wissen zu lassen, daß das Auge des Anstands nicht nur vor, sondern auch hinter ihnen wachte.
Auch Jincey, die nun neunzehn Jahre alt und tief unglücklich war, dachte an dieses Erlebnis zurück. Und noch in der

Erinnerung an diese tosende Welle von Kühnheit, die sie alle gepackt, diesen trunkenen Sprung in die Freiheit, mußte sie lächeln. Aber sie erkannte jetzt, daß es gerade die strenge Zucht gewesen war, die sie alle zu diesem ungestümen Ausbruch verleitet hatte. In ihr erweckte Miss Fink keine mitleidigen Gefühle. Für sie war die Lehrerin das Symbol vergangener Zeiten, da das Leben noch klar und säuberlich gezeichnet wie eine Landkarte vor ihr gelegen hatte. Sie sah Miss Fink vor sich, wie sie zollstockgerade hinter dem Katheder stand und mit ihren hageren Fingern langsam den Globus drehte, um die tägliche Umdrehung der Erde zu veranschaulichen. Und in der Erinnerung überkam Jincey wieder die vertraute und beruhigende Gewißheit, daß es nur galt, sich den geltenden Regeln zu fügen – sich wohlerzogen ins Taschentuch zu schneuzen, sich vor dem Sprechen zu melden und seine Hefte in Ordnung zu halten – damit sich einem die Welt mit allem, was sie einschloß, fügt... Zum erstenmal seit Wochen erkannte Jincey wie in einer Erleuchtung, daß ein gebrochenes Herz doch ein recht lästiges Gepäck ist.

MISS FINK FOLGTE DER KLASSE auf den Flur hinaus. Die Mütter erhoben sich und fächelten sich mit den Programmzetteln Kühlung zu. «Nun ist auch dies zu Ende», klagten sie bewegt. «Aber stellt euch vor – jetzt haben wir unsere Lieben den ganzen Tag, die ganzen Ferien für uns!» Als sie plötzlich diese ununterbrochene Kette neunzig heißer Sommertage voll ungestörten Mutterglücks vor sich sahen, fügten sie, wie um ihre Begeisterung zu dämpfen, hinzu: «Die arme, gute Miss Fink!»
«Lieb von dir, daß du gekommen bist, Jincey», sagte Mrs. Knight. «Unsere kleine Fae ist bestimmt selig darüber. Übrigens, dieses grüne Kleid zu deinem Haar...» Ihr Blick war voll milden Verständnisses, wie es einer verheirateten, reifen Frau geziemt, die ein junges Ding mit enttäuschten Hoffnungen vor sich hat – aber er war auch gönnerhaft. Mein Mann, mein Lester, ist zwar kein Romeo, sagte

dieser Blick. Er besitzt auch keine Jacht. Und sein Adamsapfel ist nicht gerade eine Zierde, und er schnarcht, und seine Witze sind samt und sonders von vorgestern. Aber – er hat am Altar gestanden, wie er es versprochen hatte. *Er* hat auf mich gewartet!

«Ja, Jincey will mir ein bißchen Gesellschaft leisten. Sie ist doch unser Sonnenschein», flötete Mrs. Rigsbee und gab ihrem Schwesterchen einen zärtlichen Klaps. «Wir fahren jetzt in den Klub zum Essen, und nachher kannst du schwimmen gehen und dich in der Sonne aalen, Jincey. Dein Badezeug habe ich mitgenommen.»

Jincey war durch so viel Takt und Rücksicht dem Ersticken nahe. Und obendrein noch ‹unser Sonnenschein› genannt zu werden, war weiß Gott mehr, als sie ertragen konnte. «Tausend Dank», sagte sie, «aber ich glaube, ich fahre doch nicht mit.» Und in einem plötzlichen Entschluß, der sich gleichzeitig mit den Worten einstellte, fügte sie hinzu: «Ich möchte nämlich Miss Fink sprechen.»

Noch bevor ihre Schwester Einwendungen erheben konnte, war sie auch schon entwischt.

«Hallo, Ellen! Hallo, Jane!» begrüßte Thomas Baker nun die Damen Knight und Rigsbee. «Herrje, da merkt man, wie alt man geworden ist! Ihr beiden Mädels seid also würdige Familienoberhäupter, und ich stehe noch immer solo da.»

«War es nicht ergreifend?» fragte Mrs. Knight. «Ich hab bei dem Gesang wahrhaftig geflennt. Und die arme Miss Fink!»

«Die arme?» fragte Thomas. «Ich war wie gelähmt vor Schrecken, wie es mir immer in ihrer Gegenwart geht. Mir lief nur so der Angstschweiß herunter – höm, ich meine, ich transpirierte – und hab immerzu darüber gebrütet, ob ich auch ein reines Taschentuch bei mir habe.» Er zog ein Schnupftuch – es war blütenweiß – aus der Hosentasche und wischte sich die Stirn. «Nein, für mich wird sie immer ‹die schreckliche Miss Fink› bleiben!»

«Aber sie ist doch schon alt, Tommy», beschwor Mrs. Rigsbee ihn. «Und so allein! Und Jahr für Jahr muß sie die Kinder – anderer Leute Kinder – wieder hergeben!»

Ich für meine Person, dachte Thomas, könnte es mein Leben lang aushalten ohne diese Zierpuppe Fae Patricia, den Wichtigtuer Lester, dieses Früchtchen Sterling, meinen eigenen Bruder, oder irgendeinen anderen zwölfjährigen Balg. Von diesen aufsässigen Gedanken ließ er jedoch nichts verlauten, denn schließlich und endlich war er ein junger Arzt, der Karriere machen wollte. «Wo steckt denn eigentlich die kleine Jincey?» fragte er nun in gespielt gleichgültigem Ton. «Als ich sie zuletzt sah, war sie nicht älter als Fae. Mir war doch so, als hätte ich vorhin ihren brandroten Schopf entdeckt.»
«Ja, sie ist hier gewesen. Endlich ist es mir mal gelungen, sie aus dem Haus zu locken, seit... Mrs. Rigsbee beendete den Satz mit einer Handbewegung. «Sie ist fortgegangen, um mit Miss Fink zu sprechen.»
«Ein haarsträubender Fehlgriff», meinte Thomas. «Sie hätte doch warten und sich bei mir ausschluchzen können.» Dabei zog er – ganz der überlegene und unwiderstehliche Herzensbrecher, der sich seines Wertes bewußt ist – seine linke Augenbraue in die Höhe und schloß sich der zur Tür drängenden Besucherschar an.
Unterdessen war Miss Fink in ihr Klassenzimmer, ihr Reich, zurückgekehrt, hatte sich auf ihr Katheder gesetzt und die Augen geschlossen. Vor ihr standen die fünf Reihen der kleineren Pulte leer. Die beiden Tafeln waren blitzsauber gewaschen, verschwunden waren die Zeichnungen von Landzungen und Halbinseln. Die Tiere im Sandkasten schlummerten unter einer Schutzhülle von Segeltuch. Miss Fink hielt ihre Augen jedoch nicht geschlossen, weil es ringsum trostlos und öde aussah, sondern um im Geiste noch einmal die vierzig Kinder vorüberziehen zu lassen, die nun von ihr gegangen waren. Sechs lange Jahre hatte sie sie tagtäglich wie Tonfiguren zurechtgeknetet, geglättet und geformt, und sechs lange Jahre hatte sie sich unverdrossen bemüht, ihnen den Odem der Pflichterfüllung einzublasen. Jetzt waren sie davongewandert, ihrem Einfluß entzogen; jetzt konnte sie ihnen nicht mehr durch Lob oder Tadel den Weg weisen. Nein, sie wünschte sie sich nicht

zurück. Sie wünschte nur, daß sie auch ohne ihren ferneren Beistand zu tüchtigen, brauchbaren Menschen heranwuchsen. Dabei blieb ihr nichts, als zuzuschauen und abzuwarten. Ihr erging es wie einem Schriftsteller, der ein Buch in Druck gegeben, wie einer Köchin, die ihren Kuchen in den Ofen geschoben hat, wie einem Fluglehrer, der seinen Eleven zum ersten Alleinflug starten sieht. Ob es zum Guten oder Bösen ausschlug – ihr Werk war getan.

Aber wie sich ein Schriftsteller über den Wert einer poetischen Stelle im dritten Kapitel Gedanken macht, wie sich die Köchin wünscht, sie hätte ihrem Teig lieber Mandeln statt Vanille zusetzen sollen, und wie der Fluglehrer sich mit der Möglichkeit einer Notlandung beschäftigt, so quälte sich auch Miss Fink mit Fragen. Ihr erster Gedanke galt Fae Patricia. Gewiß, sie war ein fügsames und gutartiges Kind, aber heute, beim Aufsagen des Gedichts, hatte sie sich reichlich wichtig getan. Habe ich sie genug Bescheidenheit gelehrt? Genug gesundes Urteil, um der Vergötterung von seiten einer törichten Mutter und später vieler törichter Männer zu widerstehen? Plötzlich fiel ihr Faes Tante, Jincey Webb ein, und es gab ihr förmlich einen Stich.

Jincey war ein liebenswertes Kind gewesen, weder sonderlich begabt noch originell, aber durch und durch nett – fröhlich, gefällig und leicht zu lenken. Trotz einer gewissen Neigung zu triebhaften Handlungen (Beweis: die Geschichte mit der Wasserpistole) hatte sie einen ausgeprägten Sinn für Zucht und Ordnung gezeigt. Ihre Schulhefte waren wahre Schmuckstücke an Sauberkeit und Leserlichkeit gewesen – eine reine Augenweide. Ihre Haltung mustergültig – kerzengerade der Rücken, hocherhoben das Köpfchen und die Füße brav nebeneinander, wie festgewurzelt auf dem Fußboden. Aber dann, nur wenige Jahre, nachdem sie die Zedernhain-Schule verlassen, hatte sie sich verändert. Alles an ihr – ihr Teint, ihre Frisur, ihre offenen braunen Augen und, am auffallendsten, ihr Haar – hatte eine puppenhafte und genormte Vollkommenheit angenommen, die die meisten Beschauer blendete. Schlimmer war jedoch, daß Jincey selbst dadurch völlig verblendet wurde. In der Universität war sie unter lauten Beifallsrufen zum ‹Sweetheart› des Semesters gewählt worden. An einem ‹Abend für junge Talente› hatte sie den ersten Preis gewonnen und war anschließend nach New York gefahren, um beim Fernsehsender ein kleines Engagement anzutreten – mit ihrem kleinen und nichtssagenden Stimmchen irgendwelche läppischen Reklamelieder für ein Haarwaschmittel zu trällern. Und die Verlobung hatte nicht auf sich warten lassen. Der Auserwählte war der Sprößling einer schwerreichen Familie. Die Flitterwochen sollten auf einer Privatjacht im Mittelmeer verlebt werden. Und in New York wartete eine Wohnung auf sie, die man auf einen Wolkenkratzer aufgestockt hatte – ein über Manhattan schwebendes Zwölfzimmerlandhaus mit Terrasse und Lilienteich.

Sie war heimgekommen, um Hochzeit zu feiern, denn es war ihr Herzenswunsch gewesen, in der kleinen Kirche, in der sie schon getauft worden war, getraut zu werden und alle alten Freunde um sich zu versammeln, damit sie ihr Glück wünschten.

Aber diese Trauung erwies sich als Fata Morgana. Zwei Tage nach Jinceys Heimkehr brannte ihr Verlobter mit einer Bardame durch, ohne der Ahnungslosen etwas von seiner Sinnesänderung mitzuteilen. Sie hatte es zufällig in der Klatsch- und Tratschstunde des Radios als vollendete Tatsache erfahren.

Miss Fink war über diese Wendung der Ereignisse nicht sonderlich überrascht. Sie hatte einmal eine Photographie des entwischten Bräutigams in der Zeitung gesehen, und dabei waren ihr der verschlagene Blick und der launische Zug um den sinnlichen Mund aufgefallen. Wirklich überrascht aber hatte sie, wie Jincey diesen Schlag aufnahm. Sie hatte die Haltung vermissen lassen, die einem Zögling der Zedernhain-Schule anstand. Sie hatte gejammert und geschluchzt und sich gehenlassen. Sie hatte sich im Hause ihrer Schwester verkrochen und ihren Busenfreundinnen gestattet, ihr die Stirn mit Kölnisch Wasser zu kühlen. Kurzum, sie hatte nicht den Mumm gehabt – Miss Fink hätte sich selbstverständlich gewählter ausgedrückt –, den Tatsachen ins Gesicht zu sehen.

Hätte ich, fragte sich Miss Fink nun, ein übriges tun können, als Jincey noch klein war?

Sie seufzte und wandte ihre Gedanken dem Fall Sterling Baker zu. Es war merkwürdig und auch entmutigend, daß sich eine bestimmte Eigenschaft wie ein roter Faden durch eine ganze Familie ziehen konnte. Sterling war der jüngste von vier Brüdern. Thomas, Andrew, Randolph und Sterling – sie alle waren ihre Schüler gewesen. Alle hatten sie ein gespaltenes Kinn. Alle zeichneten sich durch eine besondere Beherrschung und Beweglichkeit der Muskeln aus – sie konnten mit den Ohren wackeln oder eine Augenbraue in die Höhe ziehen, ohne mit der andern auch nur im geringsten zu zucken. Alle waren von rascher Auffassungsgabe und durchaus empfänglich für sittliche Werte. Keiner von ihnen war der Lüge fähig. Aber trotz aller hartnäckigen Bemühungen war es Miss Fink nicht gelungen, sie von dieser leidigen Sucht, Faxen zu machen, zu heilen. Und natürlich fand sie bei der Mutter nicht die leiseste Unterstützung. «Ach, die Bengels werden schon noch früh genug ernst werden», hatte die rundliche, gutmütige Frau – wie es Miss Fink später zu Ohren kam – nur gesagt. «Das wollen wir getrost dem Schicksal und der schrecklichen Miss Fink überlassen!» Bei der Erinnerung an diese Äußerung von Mrs. Baker kniff Miss Fink die Lippen ein, als halte sie Stecknadeln fest.

JETZT ERKLANGEN ZÖGERNDE SCHRITTE vor der offenen Tür. Jincey Webb erschien auf der Schwelle. «Guten Morgen, Miss Fink!» grüßte sie mit der Stimme eines wohlerzogenen Kindes, die ihre damenhafte Aufmachung wie einen Maskenputz erscheinen ließ.

«Guten Morgen, Virginia!» sagte Miss Fink.

Jincey trippelte ins Klassenzimmer. Ihre grünen Schuhchen sahen aus wie zerbrechliche Schalen, die auf zierlichen, hohen Absätzen dahinschwebten. Ihr grünes Kleid rausch-

te wie vom Wind bewegtes Gras. Ihrem Haar entströmte eine diesem Raum durchaus unangemessene Duftwelle. Jincey ging schnurstracks zu dem dritten Platz in der dritten Reihe.
«Dies war mein Platz», sagte sie.
«Möchtest du dich nicht setzen, Virginia?» fragte Miss Fink höflich.
Jincey setzte sich. «Das Klassenzimmer ist so anders jetzt, so leer.»
Miss Fink war nicht zum Schwatzen aufgelegt.
Jincey machte einen neuen Versuch. «Genau wie das Leben auch ...»
Miss Fink schwieg.
«Es riecht hier auch gar nicht mehr so wie früher», versuchte Jincey es aufs neue. «Ich weiß noch genau, wie die Manchesterhosen der Jungen rochen – ein bißchen säuerlich, denn am Ende der Woche waren sie ja ganz dreckig. Und dann die nassen Turnschuhe!»
Miss Fink wahrte ihr Schweigen. Über Gerüche zu sprechen, insbesondere solche, die in Zusammenhang mit Personen oder Bekleidung standen, hielt sie für höchst unfein.
«Ist das noch immer dieselbe Wandkarte?» fragte Jincey und wies auf die große Weltkarte, die, eingerollt für den Sommer, hinter Miss Fink über der Tafel hing. «Ist China noch immer gelb?»
«Die Landkarte ist neu», ließ sich Miss Fink nun vernehmen, «und China ist jetzt rosa.»
«Ich hatte die alte Karte so gern. Die alte Welt.»
«Karthographie ist eine wechselvolle Wissenschaft.»
Jincey strich sich mit der flachen Hand das Haar aus der Stirn, wie sie es in Augenblicken der Verwirrung und Ratlosigkeit schon als Kind getan hatte. «Oh, Miss Fink», brach es nun mit bebender Stimme aus ihr hervor, «raten Sie mir doch, was ich tun soll!»
Miss Fink war keinen Augenblick um einen Rat verlegen. Sie erteilte ihn Jincey in drei kurzen Worten. «Tu deine Pflicht!» sagte sie.
Jinceys Augen füllten sich mit Tränen. «Aber was hat man

denn noch für Pflichten, wenn einem die Welt zusammengestürzt ist?»
«Wenn mich mein Gedächtnis nicht trügt, bist du jetzt neunzehn, Virginia», war alles, was Miss Fink darauf erwiderte. Diese Feststellung war frei von jedem höhnischen Unterton. Auch sie war erst neunzehn gewesen, als ihre Welt zusammengestürzt und dann wieder neu erstanden war. Jetzt konnte sie ohne Bitterkeit, aber auch ohne Sehnsucht an jene alte, vergangene Welt zurückdenken; sie war zu einer lieblichen Erinnerung verblaßt, einem Märchen, das man Kindern vor dem Einschlafen erzählt. Die neue Welt aber war Wirklichkeit. Ob sie darin glücklich war, fragte sie sich nicht. Sie tat ihre Pflicht. Sie erfüllte eine Aufgabe. Sie war Miss Fink.
«Das alles ist so gekommen», begann Jincey und erzählte Miss Fink genau, wie es gekommen war. Nichts an ihrem Geständnis zeugte von Schlechtigkeit. Wie Miss Fink schon vermutet hatte, war alles nur Eitelkeit und törichte Vertrauensseligkeit gewesen. Jincey erzählte, wie sie Michael, den Bösewicht dieses Dramas, im Stork-Club kennengelernt hatte. «Er sprach Französisch mit den Kellnern und trug eine Seidenweste.»
Sie erwähnte alle Lokale, in die er sie zum Essen ausgeführt hatte. «Haben Sie schon mal Champagner getrunken, Miss Fink?»
«Nein.»
«Eigentlich schmeckt er genau wie Brause, aber die Wirkung ist ganz anders.» Sie berichtete treuherzig von allen Komplimenten Michaels. Sie erzählte von seinem Heiratsantrag. («Du bist die Sonne meines Lebens», hatte er gesagt.) Und sie war schon drauf und dran, die beseligenden Gefühle zu schildern, die sie bei seiner Umarmung durchströmt hatten, als Miss Fink ihr Einhalt gebot.
«Verschwiegenheit ist die unerläßliche Voraussetzung für wahre Vornehmheit», ermahnte sie das junge Mädchen.
Dann kam Jincey auf den Abend zu sprechen, als sie im Hause ihrer Schwester die furchtbare Nachricht hörte. «Al-

les, alles war aus!» Tränen kullerten ihr die Wangen hinab, und sie sah jetzt durchaus nicht mehr hübsch, aber sehr rührend und kaum älter als zehn Jahre aus. «Am nächsten Tag bekam ich dann ein Telegramm, darin stand: ‹Goldkind, nur du kannst verstehn.›»

«Und konntest du verstehen?» fragte Miss Fink.

«Nein», jammerte Jincey. «Ich kann und kann es nicht verstehen! Können Sie es denn?»

«Ganz gewiß», lautete die Antwort. «Hast du kein Taschentuch, Virginia?»

«Ich hab's vergessen», mußte Jincey gestehen.

Miss Fink öffnete das Schubfach ihres Katheders und entnahm ihm ein Papiertaschentuch. Wie eine Königin, die von ihrem Thron herabsteigt, um Almosen unter die Armen zu verteilen, so schritt sie von ihrem Podest herunter, um es Jincey zu überreichen, und kehrte dann wieder hoheitsvoll zu ihrem Katheder zurück.

Jincey tupfte sich die Augen und schneuzte sich das Näschen. «Und was soll ich jetzt tun?» fragte sie und wartete mit gefalteten Händen auf eine Anweisung.

Natürlich wußte Miss Fink auch die Antwort auf diese Frage. Bei ruhiger und nüchterner Betrachtung war Jinceys Problem nicht schwieriger als andere. Und doch zauderte sie. Einem Erwachsenen den Schritt zu seiner Rettung genau vorzuschreiben, hieß ihn verweichlichen und des unveräußerlichen Rechts auf Mißgriffe und Irrtümer berauben, die zur Festigung seines Charakters nötig waren. In diesem Fall aber bestand Jincey gleichsam darauf, als Kind behandelt zu werden. Sie hatte sich auf ihren alten Platz gesetzt. Sie hatte ihr Taschentuch vergessen.

«Also gut», sagte Miss Fink gelassen. «Zuerst einmal mußt du nach Haus gehen und dich in dein Schlafzimmer einschließen. Dort mußt du auf die Knie sinken und deinem himmlischen Vater danken.»

«Danken!» Jincey schnappte nach Luft. «Aber wofür denn?»

«Dafür, daß er dich vor einem schlimmeren Geschick als dem Tod bewahrt hat.» Aus Miss Finks Mund, in gleich-

mütigem, aber bestimmtem Ton, klangen diese Worte weder melodramatisch noch abgedroschen.
«Als dem Tod?» fragte Jincey staunend.
«Als dem Tod», wiederholte Miss Fink ungerührt. «Es ist offensichtlich, daß sich die Gefühle des jungen Mannes, dem du deine Zuneigung geschenkt hast, gewandelt haben.»
Jincey nickte nur stumm, überwältigt von Kummer.
«Und doch hätte er die Möglichkeit gehabt, die Trennung mit Anstand zu vollziehen. Er hätte dich bitten können, ihn von seinem Versprechen zu entbinden.»
Jincey begann von neuem zu weinen.
«Er hat diesen ehrenhaften Weg jedoch nicht gewählt», fuhr Miss Fink fort. «Und warum nicht?»
«Ich weiß es nicht», klagte Jincey.
«Dann will ich es dir sagen.» Miss Fink sprach in belehrendem und nachsichtigem Ton. Mit der gleichen Geduld hätte sie auch den Unterschied zwischen Längen- und Breitengraden erklären können. «Weil er ein Flegel, ein Feigling und ein Mensch niedriger Gesinnung ist.»
«Oh!» entfuhr es Jincey. Es klang so entsetzt, als habe sie soeben eine Gotteslästerung anhören müssen. Aber allmählich, ganz sachte, verklärten sich ihre Züge. Sie atmete auf und flüsterte wie erlöst: «Und ich habe immer gedacht, ich hätte was falsch gemacht.»
«Dein Fehler lag in deiner leichtgläubigen Unbesonnenheit. Sein Fehler aber in Unehrenhaftigkeit.» Miss Fink ließ ihren Worten eine kleine Pause folgen, um sie dem Bewußtsein des jungen Mädchens so recht einzuprägen.
«Und nachdem du dem Allmächtigen deinen Dank dafür abgestattet hast», fuhr sie dann entschieden fort, «daß er dich vor einer unseligen Ehe bewahrte, mußt du deine Pflichten gegen dich selbst und deine Mitmenschen überdenken. Du mußt dich einer nützlichen Tätigkeit zuwenden.»
«Meinen Sie, daß ich auch unterrichten könnte?»
«Ganz bestimmt nicht. Aber es gibt ja noch andere lohnende Aufgaben.»
«Vielleicht könnte ich Krankenschwester werden.»

«Vielleicht», stimmte Miss Fink zu. Krankenschwestern waren diszipliniert. Sie trugen Tracht, und ihre Schuhe hatten niedrige, solide Absätze. Und ihr Haar! Die Vorstellung, Jinceys Lockenpracht durch ein Netz gebändigt und von einem gestärkten weißen Häubchen gekrönt zu wissen, löste in Miss Fink Befriedigung aus.
«Oder ich könnte einem Orden beitreten», spann Jincey ihren Traum weiter und hielt dabei ihre Hand in einer seelenvollen, entsagenden Geste an den Busen gepreßt. «Ich könnte Nonne werden.»
«Wer will hier Nonne werden?» Thomas Baker stand in der Tür und stieß die Frage so atemlos und erregt hervor, als sei er gerade in letzter Minute bei einem Patienten erschienen, um eine falsche Verordnung zu verhüten.
«Guten Morgen, Thomas!» sagte Miss Fink.
«Guten Morgen, Miss Fink!» beeilte sich Thomas zu erwidern. Er war jetzt ins Klassenzimmer getreten: ein großer, schlanker junger Mann mit einem humorvollen Zug um den Mund, festem Blick und eigensinnigem Kinn. «Schau mal an, die kleine Jincey!» rief er in gespielter Überraschung. «Heiliger Bimbam! Das Küken ist ja erwachsen geworden!» Sein Ton verriet, daß er diese Tatsache für besonders begrüßenswert hielt, so als sei sie eigens zu seinem Besten arrangiert.
«Du aber auch», meinte Jincey.
«Weiß Gott!» Er war jetzt neunundzwanzig. Hatte den Krieg mitgemacht, dann Medizin studiert und gehörte nun zum Ärztestab des Krankenhauses. Und ob er erwachsen war! «Aber daß du es auch bist, will mir gar nicht in den Schädel. Obwohl es dir reizend steht.»
«Danke schön», lächelte Jincey. «Nett, daß du das findest.»
«Zum letztenmal habe ich sie nämlich gesehen, bevor ich zur Uni ging», wandte er sich erklärend an Miss Fink. «Damals war ich gerade aus der Marine entlassen, und sie kam gerade aus unserer guten alten Zedernhain-Schule hier. Bei der Gelegenheit hat sie doch meinen Bruder Randy mit der Wasserpistole in den ...»

«Es kann Virginia unmöglich angenehm sein, daran erinnert zu werden», schnitt ihm Miss Fink das Wort ab.
«Ja, es war wirklich höchst ungebührlich», versicherte Thomas. «Sie müssen ja wie erlöst sein, daß Sie uns Bakers nun endlich los sind. Sterling ist ja das letzte schwarze Schaf in der Familie.»
«Sterling hat recht gediegene Eigenschaften», sagte Miss Fink, ohne die geringste Absicht, witzig zu sein. «Sein Mangel an Ernst allerdings ...»
«Ja, das ist schon ein Familienübel», fiel Thomas ein. «Ich kann ein Liedchen davon singen. Bin nämlich selber ein wahrer Märtyrer dieser Veranlagung und glaub beinahe, daran liegt es nur, daß ich immer noch Junggeselle bin. Stellen Sie sich doch vor: ich hab ein nettes Mädel, wir sind unterwegs in den siebenten Himmel, und dann – gerade im zärtlichsten, herzbubbernden Augenblick, da muß ich irgendeinen dummen Ulk machen!»
Jincey warf den Kopf in den Nacken und lachte. Es klang, als läuteten silberne Glöckchen. Wieder starrte Thomas wie geblendet.
«Sterlings Betragen bei der Abschlußfeier ist unentschuldbar», sagte Miss Fink.
«Er hat mir mit den Ohren SOS zugefunkt, während Fae das Gedicht aufsagte. Und ich hab ihm das früher mal beigebracht», gestand Thomas.
«Es war sehr ungehörig!»
«Ich werde mit meiner Mutter ein Wörtchen reden, sobald sie aus Boston zurück ist. Sie weiß am besten, wie man solch einem Bürschchen die Leviten liest.»
«Davon bin ich überzeugt», sagte Miss Fink.
Jincey krauste ihr zierliches Näschen. «Findest du nicht, daß es hier ganz anders riecht als früher, Tommy?»
Thomas ging einen Schritt auf sie zu und schnupperte.
«Und ob! Viel, viel besser!»
Wieder mußte Jincey hell auflachen.
Miss Fink konnte das, was sich hier vor ihren Augen abspielte, nicht gutheißen. Trotz ihres soeben gefaßten, ernsthaften Vorsatzes war Jincey noch lange nicht gegen

Schmeicheleien gefeit. Den Webbs steckte der Hang zum Romantischen ebenso tief im Blut wie den Bakers das Faxenmachen.
«Ich nehme an, daß im Krankenhaus viel Arbeit auf Sie wartet, Thomas», wechselte Miss Fink daher das Thema.
«O ja! Ich muß jetzt auch los.» Er schielte zu Jincey hinüber. «Mein Wagen steht draußen. Wenn ich dich irgendwo absetzen kann...»
«Herrlich!» rief Jincey und sprang auf. «Auf Wiedersehen, Miss Fink! Und vielen, vielen Dank! Ich werde es mir zu Herzen nehmen.» (Aber Miss Fink sah ihr an, daß sie schon jetzt die Hälfte vergessen hatte.) «Und auch über die Schwesternlaufbahn nachdenken. Vielleicht kann Tommy mir da sogar helfen.»
«Das werde ich sehr gewissenhaft tun», beteuerte Thomas tiefernst. Und plötzlich, als er sich schon mit Jincey zum Gehen wandte, lächelte er Miss Fink zu mit einem so unbeschreiblichen Schmelz in den Augen, wie sie es noch nie erlebt hatte. Ein Vers flog ihr durch den Sinn, den sie irgendwo einmal vor langer Zeit gelesen und seitdem völlig vergessen hatte. Darin hieß es vom Leben – oder war es von der Liebe? –, es sei ‹süß wie Honig auf der Zunge›.

MISS FINK SETZTE IHREN HUT AUF; einen Spiegel verschmähte sie dabei. Dann schloß sie die Fenster und ließ die grünen Rollos herab. In dem wässerig-grünen Schimmer wirkte der Raum geheimnisvoll, fast wie in einem Traum. Einen kurzen Augenblick tauchte vor ihr in flüchtiger Vision eine Kinderschar aus diesem Dämmerlicht auf, neue und doch vertraute Gesichter. Alle Müdigkeit des langen, arbeitsreichen Jahres schwand dahin, und frohe Erregung und neue Schaffensfreude durchpulsten sie. Eine seltsame Empfindung! Vielleicht war es das, was die Leute unter Glück verstanden.
Ich bin vierundfünfzig, dachte sie, und mit siebenundsechzig brauche ich erst aufzuhören. Sie hielt inne und rechnete nach (andere Frauen hätten dabei die Finger zu Hilfe ge-

nommen). Wenn die beiden sich beeilten – und Tommys Lächeln und Jinceys Lachen sprachen dafür, daß sie nicht säumen würden –, dann konnte sie ihr erstes Kind noch bis zur Abschlußprüfung führen.
Und dieses Kind würde ihre strenge Zucht auch nötig haben. Denn daß aus Jincey eine völlig vernarrte Hätschelmutter werden würde, war klar. Sie würde ihre Küken in den Schlaf lullen, ihre Wehwehchen bepusten und ihnen die albernsten Kosenamen geben, wie Schnucki, Wonni oder Schnüppchen. Und Thomas würde als Vater weiß Gott keinen Staat machen! Sich einen Vater vorzustellen, der ein ‹Märtyrer seines mangelnden Ernstes› war! Einen Vater, der keinem Ulk widerstehen konnte!
Und doch, spann Miss Fink ihre Gedanken weiter, gehörte all dies, die schimmernde Lockenpracht, die unvernünftigen Schuhchen und die Duftwolke nicht ausgenommen (denn Jinceys liebliches Parfum hing noch immer in der Luft), wahrscheinlich zum Wirken einer höheren Macht, an der sie nicht zweifelte. Denn wenn jeder auf ihrem Niveau lebte, wenn jeder von ihrer hohen Warte und mit der vollkommenen Klarsicht die harten, ernsten Wahrheiten des menschlichen Lebens durchschaute, dann würde es weder Eltern noch Kinder geben. Dann wäre die ganze Welt nur voller Lehrer.
Von diesem hochherzigen Gedanken bewegt, verließ Miss Fink ihr Klassenzimmer. In der Eingangshalle, unter dem Bild von Galahad mit seinem Pferd, hatte die Zeichenlehrerin einen Stand mit Erfrischungen für die Prüflinge und Gäste aufgeschlagen. Miss Fink schritt huldvoll grüßend durch die Mütterschar. Als sie sich Mrs. Knight näherte, sah sie, wie diese Dame ihrem preisgekrönten Sprößling Lester ein Riesenstück Mandeltorte entriß und ihm tüchtig eins auf die Hand gab.
«Du vernaschter Lümmel!» zischte Mrs. Knight durch die Zähne. «Den Magen wirst du dir verderben und Leibschmerzen kriegen, und das geschieht dir recht!»
«Guten Morgen, Mrs. Knight!» ertönte Miss Finks Stimme. «Sie sind sicherlich sehr stolz auf ihren Lester.»

Mrs. Knight fuhr herum. Rasch schob sie das zu Boden gefallene Tortenstück mit dem Fuß unter das lang herabhängende Papiertischtuch. Als sie dann in die heiteren, wolkenlosen, allwissenden Augen der Lehrerin aufschaute – als sie mit Blitzesschnelle die Vorstellung überkam, welch ungetrübtem Sommer, ohne Ärger und Sorge für die Kinder, Miss Fink entgegensah –, war Mitleid wirklich das letzte, was sie empfand.
Irgendwie gelang es ihr aber doch, eine beglückte Miene aufzusetzen. «Alles, was aus ihm geworden ist, verdankt er nur Ihnen, Miss Fink», flötete sie und legte den Arm um die Schultern ihres hoffnungsvollen Sohnes.
Miss Fink quittierte diesen Tribut mit einem Neigen ihres Hauptes. «Nun, auch ich habe es mir zur Regel gemacht», sprach sie, «jeden Erfolg nur als weiteren Ansporn zu neuen Leistungen zu betrachten.»

JETZT, VON DER HÖHE IHRES SITZES auf den verschlungenen Händen der beiden Männer, blickte Miss Fink auf Virginia hinab und sah, daß diese – trotz aller äußeren Reize, ihres seidigen Haares und ihrer sanften Augen, trotz ihres zierlichen Wuchses und ihrer natürlichen Heiterkeit – in nicht geringerem Maße als Lester junior ‹einen Ansporn› erfahren hatte. In dem milchigen Licht dieses Aprilmorgens stand Jincey in ihrem Garten – noch immer schön und sich dieser Schönheit noch immer ein wenig zu bewußt, aber ohne Albernheit und eitles Getue. Sie trug ihr ungeborenes Kind hoch, wie man im Volksmund sagt, und sie trug es mit Stolz. Auf ihrem Gesicht lag das stille Leuchten innerer Berufung. Die Mutterschaft, dachte Miss Fink, ist zwar eine bescheidenere Sendung als die einer Lehrerin – eher ein Talent als eine Fähigkeit, eine Begabung, die mehr aus dem Instinkt als aus der Intelligenz schöpft –, unzweifelhaft aber ist sie die wahre Bestimmung dieses Mädchens, dieser jungen Frau. Sie hatte ihre Aufgabe gefunden, und dieser Aufgabe würde sie vorbehaltlos ihre ganze Kraft widmen. Auch das war schließlich eine Leistung, der Miss

Fink die Achtung nicht versagen konnte. Ja, es gewährte ihr geradezu eine ästhetische Befriedigung – nicht anders, als wenn ein träges und schlampiges Kind plötzlich Interesse zeigte oder eine Karte zum erstenmal mit peinlicher Sorgfalt zeichnete (wobei es die Farben der einzelnen Länder vor dem Ineinanderlaufen zu bewahren wußte) oder die Wahrheit auch dann bekannte, wenn diese eine sofortige Bestrafung nach sich zog.

Als die Gruppe nun an Miss Finks Wohnung vorüberkam – einem großen, weißen Haus mit halbrundem Flurfenster aus geschliffenem Glas und kannelierten Säulen, das nun schon lange in kleine Wohnungen aufgeteilt war – bat Miss Fink die Männer anzuhalten, damit sie noch ein paar Toilettensachen holen könne.

«Nein!» lehnte Thomas entschieden ab.

«Ich kann sie ja nachher holen», erbot sich Hochwürden.

«Das dürfte man doch wohl besser einer Dame überlassen», wies ihn Miss Fink zurecht.

Alexander wurde blutrot. «Gewiß, gewiß», stotterte er. Bei dem bloßen Gedanken, in Miss Finks jungfräuliches Gemach einzudringen, ihren Kamm, ihre Zahnbürste und verschiedene andere Artikel intimer Körperpflege auch nur zu berühren, überlief es ihn heiß und kalt. «Ich werde Polly bitten, die Sachen zusammenzusuchen.»

«Jetzt sind wir gleich da», sagte Thomas, als sie in die Ulmenstraße einbogen.

«Wenn es mir gestattet ist, meiner Neugier Ausdruck zu verleihen», begann Miss Fink mit Würde, «dann möchte ich gern etwas über die Dauer meines Aufenthaltes im Krankenhaus erfahren. Muß ich damit rechnen, bis morgen früh dort zu bleiben?»

«Länger», sagte Thomas.

«Heute ist Mittwoch, und ich würde es begrüßen, spätestens am Montag wieder in der Schule zu sein.» Sie würde den Kindern bei ihren Prüfungsarbeiten zwar nicht wirklich helfen können, ihnen aber durch ihre bloße Anwesenheit eine gewisse Stütze sein; wahrscheinlich würden sie dann nicht so leicht den Kopf verlieren.

«Auch am nächsten Montag nicht», eröffnete ihr Thomas. «Vielleicht am übernächsten. Oder in einem Monat. Es kommt ganz darauf an.»
«Oh», sagte Miss Fink nur.

IM SCHLAFZIMMER SEINES neben dem Krankenhaus liegenden Holzhäuschens war John Wesley Evans gerade aus dem Bett gekrochen. Wes, wie er allgemein genannt wurde, war ein Mann mit Charme, aber leider unseligen Gewohnheiten. Jetzt erholte er sich mal wieder von den Nachwehen einer ausgiebigen Sauftour und war gerade dabei – wer wollte ihm das verübeln? –, sich einen stärkenden Schluck hinter die Binde zu gießen. Mit dem Glas in der Hand trat er ans Fenster und prostete einem neuen Tag und einem neuen Start zu. Der klare Whisky funkelte im Sonnenlicht. Feuer im Herzen eines edlen Juwels, dachte er und grinste dümmlich über seinen malerischen Vergleich. In diesem Moment erblickte er Miss Fink.
Der Anblick versetzte ihm einen Schock. Nun ja, es war nicht das erste Mal, daß er einer alkoholischen Halluzination zum Opfer fiel, aber bisher waren es nur immer recht verschwommene und nebelhafte Gestalten und Fabeltiere gewesen, Schlangen oder derartiges Kroppzeug. Etwas so Haarsträubendes wie jetzt hatte er noch nie gesehen.
«Pearl, komm her!» rief er seiner Frau zu, die gerade ins Zimmer trat, um ihm ein rohes Ei mit Worcestersauce zu bringen. «Rasch!»
Pearl stürzte herbei. «Aber das ist ja Miss Fink! Deine schreckliche Miss Fink!»
«Was? Du siehst sie auch?» staunte Wes. Er atmete auf; vor Erleichterung traten ihm Schweißperlen auf die Stirn. «Aber was siehst du noch? Wer trägt sie?»
«Tommy und Sandy», berichtete Pearl getreulich. «Sie muß krank sein!»
«Sie muß mehr als krank sein», sagte Wes. Das Gesicht seiner alten Lehrerin – eine tragische, wie in Erwartung des Todes angelegte Maske, so kam es ihm vor – erschüt-

terte ihn tief. Wenn er sich auch in vielen und sogar sehr wesentlichen Eigenschaften von Miss Fink unterschied, bewunderte er sie doch zutiefst. Denn das, was Miss Fink verkörperte, nämlich Sicherheit, Standhaftigkeit, Überlegenheit, ersehnte er. Und gar nicht so selten hatte gerade die erschreckende Erkenntnis, welch Abgrund ihn von seinem Idol trennte, ihn zur Flasche greifen lassen.

«Auf Händen trugen sie dich, Sieger im Städtchen,
mit Triumph durch die Gassen voll jubelnder
Mädchen ...»,

murmelte er versonnen.

«Was sagst du da, Schatzi?» fragte sein Weib ängstlich.

«Von Housman», sagte er und stellte sein Glas hin, ohne auch nur daran genippt zu haben. «Jetzt ist Schluß damit! Ein für allemal!»

«Ja, Schatzi, jetzt hast du's überstanden», sagte Pearl, wie sie es schon unzählige Male zuvor gesagt hatte. Sie ahnte zwar nicht, was in ihm vorging (schließlich und endlich war sie in einer anderen Stadt groß geworden), spürte aber, daß irgend etwas in ihm angerührt, ein Quell frischer Zuversicht in ihm aufgebrochen war. Nun konnte sie wieder aufatmen und für ein paar Wochen – und wenn sie Glück hatte, sogar für ein paar Monate – ein friedliches Leben an der Seite eines nüchternen Ehemannes führen. «Kannst du ein Ei schlucken?»

Geistesabwesend schluckte Wes das Ei.

Er starrte noch immer aus dem Fenster. Jetzt konnte er Miss Fink nur noch von hinten sehen – die schmalen, züchtig unter dem Rock hervorschauenden Füße, den ungebeugten Nacken, den steifen und biederen Hut, der ihr wie ein Doktorbarett auf dem Haupt thronte –, aber der eine Blick in ihr bleiches, starres Gesicht hatte auch genügt. Dieses Antlitz würde er bis an sein Lebensende nicht mehr vergessen. Die hochmütige, aristokratische Nase, die edle, ruhige Stirn und diese Augen, die – so glaubte er jedenfalls – den Blicken unseres ewigen, brutalen und schnöden Widersachers mit vollendeter Fassung und kühler Geringschätzung begegneten.

Aber wie schon so oft, war auch diesmal wieder das poetische Temperament mit Wes durchgegangen. Miss Fink dachte nicht an den Tod. Sie dachte an die Leistungsprüfung.

EIN KRANKENHAUS IST, genau wie ein Theater oder ein Klassenzimmer, eine geschlossene Welt für sich, die sich um ihre eigene Achse dreht. Seine hypnotische und einlullende Wirkung ist so mächtig, daß das gewohnte Leben draußen verblaßt. Selbst Miss Fink mit ihrer starken Widerstandskraft gegen fremde Einflüsse unterlag diesem Zauber. Das Krankenhaus fand ihre Billigung. Die strengen Vorschriften, die gewissenhafte Ausführung aller Anordnungen und die nüchterne Entschlossenheit dieser Anstalt, nicht mehr zu scheinen, als sie war, hielt sie für höchst lobenswert. Der schwache, überall spürbare Geruch von Äther, Lysol oder Formaldehyd störte sie nicht: er gehörte zu diesem Ort wie der Geruch von Bohnerwachs und Kindern zur Schule. Sie schätzte es, wie rasch und zielbewußt die Krankenschwestern durch das Haus eilten, und selbst das Geraschel ihrer gestärkten, schneeweißen Schürzen gefiel ihr. Ihr gefiel auch, daß sie ihr Haar so schlicht trugen (in Netze gezwängt und von steifen Häubchen gekrönt, die nur wie durch Zufall kleidsamer wirkten als ihr eigener schwarzer Hut), und es befriedigte sie zutiefst, daß alle in ihren Brusttaschen gefältete Taschentücher trugen, in Gegenwart der Ärzte Haltung annahmen und die Vorgesetzten, so wie es sich gebührte, mit dem Titel anredeten. Ja, selbst der Tatsache, daß auch sie sich zu fügen hatte, konnte sie – wenn auch mit anfänglichem Widerstreben – ihre Achtung nicht versagen.
Natürlich beabsichtigte sie nicht, ihr Selbstbestimmungsrecht völlig preiszugeben; sie lieferte es gleichsam nur zur zeitweiligen Aufbewahrung ab, genauso wie die beiden Wertgegenstände, die sie stets bei sich trug. Der eine davon war ein Perlmuttkästchen mit einem Dutzend Visitenkarten, auf denen in vornehmer Blockschrift ihr Name gedruckt stand (ganz schlicht und ohne Zusätze: Miss Fink);

der andere war eine schwere, goldene Sprungdeckeluhr, die ihrem Vater gehört hatte. In diesem Haus war es nicht nur überflüssig, sich auszuweisen (ihr Name stand ja draußen an der Tür), sondern auch den Ablauf der Zeit zu messen. Hier weilte man, allem entrückt, in der Gegenwart.

Als Mr. Spivey, der Rektor der Zedernhain-Schule, sie besuchte, um sich nach ihrem Ergehen zu erkundigen und ihr zu versichern, daß er sich höchst persönlich ihrer Unterrichtsstunden annehmen werde (oder wie er sich ausdrückte: daß er an ihrer Stelle im Tor stehen und den Ball abfangen werde; denn er hielt das Leben für eine Art höheren Sport), fand er sie seltsam still und zufrieden vor. Nicht ein einziges Mal fixierte sie ihn mit diesem durchdringenden, kühlen Blick, wie so oft auf Lehrerkonferenzen, so daß er sich wie ein dummer Junge vorkam. Selbst als sie auf die Vorbereitungen für die kommende Prüfung zu sprechen kam – zum Beispiel auf die in der fünften Klasse herrschende Unsicherheit betreffs der Winde und Gezeiten –, war nichts von ihrer alten Halsstarrigkeit oder hochmütigen Überlegenheit zu spüren. Am nächsten Tag berichtete der Rektor dem Kollegium mit verdächtigem Räuspern: «Der alte Mannschaftskapitän verschnauft ein Weilchen auf seinen Riemen!» (Wie viele Männer, die eine Schwäche für Vergleiche aus dem Sportsleben haben, neigte auch Mr. Spivey dazu, eine Art Potpourri daraus zu machen.)

Das durch Bill Holloway benachrichtigte Krankenhaus war in voller Bereitschaft für Miss Finks Empfang. Nach neuzeitlichen Maßstäben gemessen, war es zwar nur klein und unbedeutend, für Liberty Hill aber war es von beachtlicher Stattlichkeit und allemal neu genug, um stolz darauf zu sein. Als die Nachricht eintraf, daß sich das moralische Gewissen des Städtchens nahe, schwor sich der gesamte Stab, vom leitenden Direktor abwärts bis zur jüngsten Lehrschwester, sein Bestes herzugeben.

Die beiden Flügel der Eingangstür standen weit aufgerissen. An der einen Seite hatte sich der Verwaltungsdirektor persönlich postiert (Miss Fink erinnerte sich, daß er schon als Schulbub ausgeprägtes Organisationstalent verraten hatte), an der andern stand William Holloway. Beide hatten stramme Haltung angenommen, wie in Erwartung eines hohen Staatsbesuches. Als Miss Fink an ihnen vorbeigetragen wurde, neigte sie sich huldvoll grüßend einmal nach rechts und einmal nach links.

Im Vestibül nahe bei der Tür war ein Bett aufgestellt; vor der moosgrünen Wand schimmerten die blendendweißen Laken wie frisch gefallener Schnee. Neben der Liegestatt wartete schon eine schlanke, schwarzhaarige Schwester.

Behutsam, so daß sie nur einen kurzen schmerzhaften Stich verspürte, ließ man Miss Fink aufs Bett gleiten. Sie blickte auf und sah in besorgte Gesichter; für sie, die es stets gewohnt gewesen war, aus der Höhe auf andere Gesichter hinabzublicken, eine neue Erfahrung.

«Ich habe Ihnen eine Privatschwester bestellt, vorausgesetzt natürlich, daß dies Ihrem Wunsch entspricht», sagte der Direktor. «Es ist zwar nur eine unserer Lehrschwestern, anders ließ es sich für den Tagdienst leider nicht einrichten. Aber Mrs. Green ist eine besonders tüchtige Kraft.»

«Ich gebe mir alle Mühe, es zu werden», sagte die Schwester und breitete eine Decke über Miss Finks Knie. «Erinnern Sie sich noch an mich, Miss Fink? Ich hieß früher McVay, Billie Jean McVay.»

«Gewiß», sagte Miss Fink. Sie erinnerte sich sehr gut an Billie Jean: ein träges siebenjähriges kleines Ding mit schwarzen Kulleraugen, das einige Jahre später, mit zwölf, durch seine frühentwickelte Sinnlichkeit – eine zunächst noch kaum spürbare erotische Ausstrahlung –, ein beunruhigendes Element in die Klasse gebracht hatte. «Ich erinnere mich sehr gut an Sie, Mrs. Green.»

«Inzwischen bin ich natürlich vernünftiger geworden», meinte Billie Jean, als habe sie die Gedanken ihrer Patientin gelesen.

Jetzt verabschiedete sich Alexander, und auch Thomas zog sich nach ein paar raschen Anweisungen für die Schwester zurück. Ein dringender Fall warte auf ihn, teilte ihm der Direktor mit. Vor einer halben Stunde habe man den klei-

nen Knight, Lester junior, eingeliefert: Leibschmerzen und vermehrte Leukozyten. Seine Mutter, die bei ihm sei, befände sich jedoch in weit besorgniserregenderem Zustand als ihr Sohn.
«Das kann ich mir vorstellen», sagte Miss Fink. Ja, sie konnte sich nur zu gut vorstellen, wie sich Jane Knight bei einer Blinddarmentzündung ihres Sohnes anstellte. (Denn Jane war eine geborene Simpson, und Simpsons waren fahrig gewesen und hatten im Examen die Nerven verloren.)
Thomas, der die Familie Simpson ebenfalls gut kannte, lachte kurz auf, wurde aber gleich darauf wieder ernst. Sekundenlang hatte er sich in die Zukunft versetzt gefühlt und Jincey vor sich gesehen, wie sie verzweifelt neben ihrem erkrankten Kind saß, sich mit zarten Fingern das schöne Haar raufte und Gott anflehte, den Arzt nur rasch, rasch zu schicken. «Ich schaue nachher noch mal bei Ihnen rein, Miss Fink», sagte er und ging eilig davon, ohne auch nur einen Blick zurückzuwerfen.
Miss Fink fühlte sich dadurch nicht vernachlässigt. Sie wußte, daß Thomas ihren Fall in das dafür bestimmte Fach seines Gedächtnisses verstaut hatte – genauso wie sie es mit den Problemen der dritten Klasse zu halten pflegte, wenn die vierte im Anmarsch war.
«Ich bringe Sie jetzt nach oben», kündigte Billie Jean an, packte das auf Rollen laufende Bett am Fußende und schob es durch den Korridor zum Aufzug.
Miss Fink hatte diesen Korridor schon früher durchquert, allerdings als Besucherin, also aus eigener Kraft und in aufrechter Haltung. Jetzt, da die Kraft sie verlassen und die Haltung sich verändert hatte, erschien er ihr ebenso seltsam verwandelt, wie kurz zuvor die Halle der Zedernhain-Schule.
Die Schürze der Krankenschwester raschelte leise – wie Binsen an einem Seeufer, mußte sie denken –, das Licht hatte etwas eigentümlich Wäßriges, und ihr war, als treibe sie auf einem Boot dahin. Und wie durch den wiegenden Rhythmus schlagender Wellen überkam sie das Gefühl tie-

fen Friedens. Und dieser Rhythmus gebar eine Erinnerung. Ein paar Verse kamen ihr in den Sinn, eine Parodie, die einer ihrer nicht gerade ehrerbietigen Schüler vor vielen Jahren auf sie verfaßt hatte.

Geoffrey Lyons war der Name dieses Dichterlings gewesen. (Ein dicker Junge mit mürrischer, fast blöde wirkender Miene, die sich ganz unvermittelt aus nicht erkennbarem Grund erhellen konnte.) Er hatte sich ein paar Zeilen aus Tennysons *Königsidyllen* zum Vorbild genommen, jene elegischen Strophen, wo ‹Elaine, die schöne, lieblich holde Maid, die Lilie von Astolat› besungen wird. ‹Miss Fink, die grimmig schreckliche Miss Fink, die Meduse vom Zedernhain›, hatte Geoffrey auf einen Zettel gekritzelt.

Irgendein petzsüchtiger Musterknabe hatte ihr diese Verse, fraglos in der Absicht, sie zu ärgern und dem Dichter eins auszuwischen, auf das Katheder geschmuggelt. Der Petzer hatte jedoch beide Ziele verfehlt, denn Miss Finks Ehrenkodex verbot es ihr, einer anonymen Mitteilung Beachtung zu schenken. Und genauso wie sie es verschmähte, gutes Betragen durch irgendwelche Lockmittel oder barsche Reden zu erreichen oder den Unterricht zu einer bloßen Unterhaltungsstunde herabzuwürdigen, hielt sie es auch für unter ihrer Würde, sich über einen zwölfjährigen Lausebengel zu ärgern. Als Geoffrey zwanzig Jahre später durch seine Theaterstücke berühmt wurde, nahm sie dies mit leiser Genugtuung, jedoch nicht sonderlich überrascht zur Kenntnis.

Damals hatte Geoffrey sie gebeten, der Premiere seines ersten Stückes beizuwohnen, und sie war seiner Einladung auch gefolgt. Er hatte ihr eine Orchidee und ein Flugbillett nach New York übersandt. Und obwohl Miss Fink nie zuvor geflogen war, hatte sie sich durchaus behaglich gefühlt, als die riesige Maschine sie über Landstriche hinwegtrug, deren Umrisse ihr rein akademisch längst vertraut waren. (Umsichtig wie sie war, hatte sie sich so weit wie möglich nach vorn gesetzt, um den Piloten beim Navigieren beraten zu können, falls sich dies als nötig erwies.) Auch im Theater hatte sie sich durchaus wohl gefühlt. Geoffreys Stück, das die Erlebnisse dreier Matrosen schilderte, die auf einer tropischen Insel mitten unter einer nur mit Blattschürzen bekleideten Mädchenschar gestrandet waren, schien ihr zwar einer gewissen Gepflegtheit der Sprache zu ermangeln, setzte sie aber auch nicht in Verlegenheit. Nichts konnte Miss Fink je in Verlegenheit setzen. Unmittelbar nach der Vorstellung bestieg sie das Nachtflugzeug nach Haus, um am nächsten Morgen keinesfalls verspätet zum Unterricht zu erscheinen.

Nach Schulschluß hatte sie sich hingesetzt und einen Brief verfaßt. ‹Mein lieber Geoffrey›, schrieb sie mit ihrer zierlichen, gestochenen Schrift, ‹als Ihre ehemalige Lehrerin freue ich mich über den Ihnen beschiedenen äußeren Erfolg. In derselben Eigenschaft sehe ich mich jedoch genötigt, Ihnen eine gewähltere Sprache sowie Angemessenheit des Ausdrucks zu empfehlen. Mit jedem beliebigen, ungekürzten Wörterbuch steht Ihnen ein Schatz von dreihunderttausend verschiedenen Wörtern zur Verfügung. Sollte es da wirklich unvermeidlich sein, daß Sie den Personen Ihres Stükkes Wendungen in den Mund legen, die mehrfach plump, häufig lästerlich und (sofern ich ihren Sinn nicht mißdeutet haben sollte) gelegentlich sogar unschicklich sind?› Ehe sie ihren Namen unter den Brief setzte, zögerte sie einen Augenblick, und sekundenlang blitzte es sogar seltsam in ihren Augen auf – fast hätte man es als schalkhaftes Zwinkern bezeichnen können. Sie unterschrieb: ‹Ihre schr. Miss Fink.›

Ein paar Tage später wußte die Klatschspalte der Zeitung zu berichten, Geoffrey Lyons habe mit seinen Kumpanen in seiner Stammkneipe gehockt und beim Lesen dieses Briefes geheult wie ein Kettenhund und dazu Gott angefleht, ihn zu einem besseren Menschen zu machen. Miss Fink hatte dieser Geschichte keinen Glauben schenken können. Sie hielt es für gänzlich ausgeschlossen, daß irgendeines ihrer ‹alten Kinder› – und seien es selbst solche, die in die schaffenden Künste hineinpfuschten – Anstand und Beherrschung bis zu diesem Grade vermissen ließen.

ALS SIE SO, scheinbar schwebend und wie getragen, dahinglitt und ihr Geoffreys dreiste Zeilen in den Sinn kamen, war ihr plötzlich, als gäbe es noch außer diesem Spottvers zwischen ihr und der Lady von Astolat etwas Verbindendes. Auch Elaine wurde davongetragen; auf einer Bahre liegend, war auch sie davongeglitten. War dieses Bett vielleicht...? War sie etwa...?

Aber nein, diese halb zu Ende gedachten Fragen waren ja unsinnig. Sie hob gebieterisch die Hand, wie um sie in ihren Winkel zurückzuscheuchen.

«Ist Ihnen nicht gut, Miss Fink?» fragte Billie Jean.

«Ich dachte an den Dichter Tennyson.»

«Oh, das ist aber hübsch», sagte Billie Jean. Mit den viktorianischen Dichtern war sie zwar nicht vertraut, um so sicherer aber fühlte sie sich in der Wahl des Adjektives ‹hübsch›. An wen oder woran Miss Fink auch immer dachte, daß es ‹hübsch› war, stand für sie außer Zweifel.

Das Zimmer, in das Miss Fink jetzt gerollt wurde, war klein und blau getüncht; das Fenster gab den Blick auf knospende Baumkronen und Giebeldächer frei: ein großes, gerahmtes Bild, das die Wand kleiner erscheinen ließ.

«Jetzt wollen wir uns mal ausziehen, und dann werden wir uns auch gleich wohler fühlen», sagte Billie Jean. Ihr Ton war heiter-scherzend, dahinter aber stand stählerne Entschlossenheit. Er verriet nur zu deutlich, daß sie das Kommando zu übernehmen gedachte.

«Das Fürwort ‹wir› ist in diesem Falle irreführend», korrigierte Miss Fink. «Es sei denn, Sie beabsichtigen ebenfalls sich zu entkleiden.»

Billie Jean kicherte nervös in sich hinein, ließ sich aber nicht beirren.

Sie machte sich daran, Miss Fink auszuziehen. («Sie helfen nicht dabei», befahl sie. «Dr. Baker will es nicht haben, daß Sie sich auch nur im geringsten anstrengen.») Zunächst befreite sie ihre alte Lehrerin von dem Kleid, dann vom Unterrock, dem Hemd und den Beinkleidern und schließlich von ihrem altmodischen Korsett. Und dann steckte sie die gefürchtete Respektsperson kurzerhand in die Badewanne.

«Aber ich habe schon heute früh meine übliche Reinigung vorgenommen», protestierte Miss Fink.

«Das gehört hier zum Reglement», erklärte Billie Jean, wobei sie den flachen, jungfräulichen Bauch ihrer Patientin einseifte.

Miss Fink gab sich geschlagen. Sich irgendeinem Reglement zu widersetzen, war unvereinbar mit ihren Grundsätzen.

«Und hier hab ich was Erfrischendes, das unsere Haut hübsch weich macht... Ihre Haut, meine ich.» Billie Jean verrieb ein paar Tropfen einer Hautemulsion auf Miss Finks Hals und Schultern. «Wissen Sie, woran ich immer denken muß, wenn ich meine Patienten damit einreibe? An die kleine Dose mit Talkumpuder, die Sie mir in der dritten Klasse zu Weihnachten geschenkt haben.»

«In der zweiten Klasse», verbesserte Miss Fink. Ihre Weihnachtsgeschenke waren ein für allemal festgelegt. Talkumpuder erhielten die Mädchen der zweiten Klasse; die der dritten bekamen einen Zelluloidfingerhut.

«Mein Puder hatte Fliederblüten auf der Streudose», fuhr die Krankenschwester träumerisch fort und stopfte dabei Miss Finks Arme in die Ärmel eines Batistnachthemds.

«Ja», sagte Miss Fink.

«Ich war mächtig stolz drauf», schwatzte Billie Jean weiter, während sie die Bettdecke zurückschlug. «Und als Sie mir den Puder schenkten, sagten Sie etwas, das ich bis auf den heutigen Tag nicht vergessen hab. Sie sagten: ‹Dies ist für den Gebrauch nach dem Waschen bestimmt.›»

«Diese Äußerung enthielt aber keine persönliche Anspielung», fiel Miss Fink rasch ein. «Ich pflege diesen Grundsatz allen kleinen Mädchen einzuschärfen.»

«Ich hab's auch gar nicht persönlich aufgefaßt», beteuerte Billie Jean. «Ja, es ist doch zu komisch, was einem als kleines Gör so Eindruck macht. Ich kann den Satz noch hören, als wenn Sie ihn vor zehn Minuten gesagt hätten!» Sie ließ das Wasser aus der Badewanne laufen und hängte Seiflappen und Handtuch (fein säuberlich und mit glattgezogenen Zipfeln, wie Miss Fink befriedigt feststellte) auf den Halter. Dann kehrte sie noch immer plappernd zum Bett zurück. «Sie wissen ja, wie versessen die meisten Mädchen darauf sind, sich bei jeder Gelegenheit mit Kölnisch Wasser zu bespritzen; keinen Parfumautomaten können sie ungeschoren lassen. Ich hab das aber nie mitgemacht. Ich würde mir direkt schlampig vorkommen. Die andern sagen ja immer, ich soll mich nicht so haben.»

«Jeder handelt eben nach seiner Art.» Miss Fink spürte plötzlich, wie erschöpft sie war, und hätte es dankbar begrüßt, wenn die Krankenhausordnung den Pflegerinnen auch Schweigepflicht auferlegt hätten oder wenn es wenigstens, wie in der Schule, Vorschrift gewesen wäre, durch Meldung um Sprecherlaubnis zu bitten.

Leider mußte nur Miss Fink allein den Mund halten, denn zwischen ihre Lippen steckte Billie Jean jetzt ein Thermometer.

«Nicht etwa, daß ich mir gar nichts aus Parfum mache», spann sie ihre Gedanken laut weiter, nachdem eine Minute lang, während sie den Puls zählte, wohltuendes Schweigen geherrscht hatte. «Ich glaub, daß jedes normale weibliche Wesen eine Schwäche dafür hat. Wenn ich nur an meine Kleine denke, meine Ava! Sie wird erst fünf, aber auf mein ‹Blue Grass› von Elizabeth Arden ist sie schon ganz wild.» Sie zog das Thermometer heraus. «Aber jedesmal, wenn sie um einen Tropfen bettelt, kriegt sie von mir zu hören: ‹Erst wenn du dich hübsch gewaschen hast!›»

«Gründlich», murmelte Miss Fink.

Billie Jean, die diese stilistische Verbesserung für eine lobende Bemerkung hielt, nickte. «Ja, das predige ich ihr jedesmal.» Sie las die Temperatur ab und kritzelte eine Zahl auf einen kleinen Block.

«Wie hoch ist meine Temperatur?» fragte Miss Fink.

«Das ist nur für die Ärzte bestimmt», sagte Billie Jean und tätschelte ihrer Patientin wie zur Entschuldigung die Hand. «Auch wenn ich's Ihnen verrate, würden Sie nicht wissen, was es zu bedeuten hat. Wir schreiben es nämlich in Zentigraden auf.»

Miss Fink verteidigte sich mit keinem Wort gegen diese zartfühlende Unterstellung ihrer Unwissenheit, sondern murmelte: «Meine Frage war indiskret.»
«O nein! Durchaus nicht!» widersprach Billie Jean. «Alle Patienten fragen danach. Aber Sie wissen ja, wie es mit Vorschriften ist.»
«Ja, ich weiß.»
«Ach ja, dieses Parfum, dieses ‹Blue Grass›», fing Billie Jean wieder an, eifrig bemüht, zu diesem unverfänglichen Thema zurückzukehren. «Bill Holloway hat es mir geschenkt. Er will mir auch bald noch etwas anderes schenken. Einen Ring.»
«Einen Verlobungsring?» fragte Miss Fink.
Billie Jean nickte. «Ich fühle mich wie im siebenten Himmel! Fünf lange, einsame Jahre bin ich nun schon Witwe, und jetzt ...»
Miss Fink murmelte irgend etwas Bedauerndes. Sie wußte, daß Billie Jean vor Jahren in den Westen gezogen war, um dort in einer Fabrik zu arbeiten, und bald darauf einen Mr. Green geheiratet hatte, der ein vorzeitiges und dunkles – vielleicht sogar unrühmliches – Ende gefunden hatte. Genaueres darüber hatte man in Liberty Hill nie erfahren können. Fest stand, daß Billie Jean mit neuem Namen und einem Kind heimgekehrt und Krankenschwester geworden war.
«... und jetzt bin ich die glücklichste Frau der Welt», seufzte sie.
«Aber Ihr Leben ist doch auch so ausgefüllt. Sie haben doch Ihr Kind und Ihre Arbeit.»
«So ausgefüllt ist das Leben einer Frau nie, daß nicht ein Mann noch Platz hätte.»
Miss Fink schwieg dazu.
«Bill vergöttert Sie richtig, Miss Fink», fuhr Billie Jean fort. «Er sagt immer, Sie sind für ihn der Inbegriff wahrer Vornehmheit.»
«William Holloways Urteil bedeutet mir viel», sagte Miss Fink.
Und das war durchaus keine leere Höflichkeitsphrase. Sein

Urteil wog für sie genauso schwer wie ihr eigenes. Wäre dies der guten Gesellschaft von Liberty Hill zu Ohren gekommen, wäre sie sicherlich sprachlos gewesen. Denn dort hielt man – und das nicht ganz ohne Grund – Miss Fink für so etwas wie einen Snob. Ihr Snobismus war allerdings nicht von der gewöhnlichen Sorte, die sich zielsicher wie eine Brieftaube auf Geld oder Ansehen stürzt. Sie war ein moralischer Snob. Und das war William Holloway in seiner Art auch.

Daß man einem Menschen alles beibringen kann, tadellose Umgangsformen ebensogut wie die Namen aller Nebenflüsse des Nils, war klar. Durch gutes Beispiel und sechsjährigen Drill – täglich fünfundvierzig Minuten von Montag bis Freitag und von September bis Mai – hatte Miss Fink es erreicht, daß die meisten Kinder sich einem Sittenkodex unterwarfen, der ihren eigenen Neigungen völlig entgegengesetzt war. Hin und wieder aber – oh, höchstens ein dutzendmal während ihrer langen Tätigkeit – war ihr ein Kind begegnet, dem sittlicher Instinkt, wenn auch noch mikroskopisch klein, so doch deutlich ausgeprägt, ebenso angeboren war wie die Erbsünde. Es war etwas sehr Geheimnisvolles um diesen angeborenen Sinn für das Gute – und er war weit seltener als mathematische Begabung oder überdurchschnittliche Eignung für das Baseballspiel. Obgleich sie gegen Überraschungen jeglicher Art gefeit war, verursachte ihr die Entdeckung dieser seltenen Gabe stets von neuem Herzklopfen. Und sie hatte sie in William Holloway entdeckt.

Alle Anzeichen hatten gegen den Jungen gesprochen. Sein Zuhause – falls man es überhaupt so nennen durfte – hätte man bestenfalls als ‹unzureichende Unterkunft› bezeichnen können. Er war ein Waisenkind und hauste mit seiner Großmutter, einem Weibsbild von zweifelhaftem Ruf, in einer verfallenen Bretterbude nah bei der Gasanstalt. Zum ersten Schultag war er barfuß mit dick verschorften Zehen erschienen. Sein Haar war verfilzt. Auf seinem blassen Gesichtchen unter dem linken Auge prangte eine bräunlich-blaue Beule. Den einen Ellbogen hielt er gekrümmt,

wie um einen Schlag abzuwehren. Die Mütter, die ihre sechsjährigen, geputzten Lieblinge an diesem bedeutungsvollen Tag in die Zedernhain-Schule brachten, hatten dieses kleine Elendsbild entsetzt angestarrt, und eine von ihnen, Mrs. Holmes, hatte die Lehrerin sogar angefleht, ihren Sohn so weit weg wie möglich von William zu setzen.
«Ich bin wirklich eine gute Demokratin», hatte sie gesagt, «aber ich möchte um keinen Preis, daß Charlie sich irgend etwas wegholt!»
«Meine Sitzordnung ist alphabetisch», hatte Miss Fink sie kalt abgewiesen. Insgeheim aber wollte sie fast verzagen. Es war schon schwierig genug, mit ungezogenen, wenn auch geschrubbten und gestriegelten Abc-Schützen aus guter Familie fertig zu werden. Ein verwahrlostes, ungewaschenes und ungekämmtes Kind von dem übelberüchtigten Stadtrand aber stellte ein wirkliches Problem dar.
Doch dann hatte William sie in Erstaunen versetzt.
Alle Vorschriften über gutes Benehmen und Disziplin, die Miss Fink den andern Kindern mühsam eintrichtern mußte (‹einpaukte›, wie die Lästermäuler behaupteten), machte sich William freudig zu eigen. Grüßte er an der Tür mit einem ‹Guten Morgen›, so geschah es mit wahrer Inbrunst. Bei ihrem ‹Aufgemerkt!› nahm er mit stolzer und undurchdringlicher Miene Haltung an wie ein Soldat, der sein Gewehr präsentiert. Er begann sich zu waschen. Und wie ein Ehrenzeichen trug er stets ein sauberes Taschentuch in der Brusttasche. Miss Fink betraute ihn an den freien Sonnabenden mit kleinen Arbeiten, wie Laubharken oder Grasmähen. Und William machte sich mit Feuereifer und großer Gewissenhaftigkeit an die Erfüllung dieser Aufgaben. Später trug er auf ihre Empfehlung Zeitungen aus, und im ganzen Städtchen gab es keinen zuverlässigeren Zeitungsjungen als ihn. Er kam niemals zu spät und warf die Zeitungen nicht etwa zusammengeknüllt in irgendeine Ecke, sondern legte sie ordentlich gefaltet auf die Haustreppe. (‹Was wert ist, getan zu werden, ist auch wert, gut getan zu werden›, lautete einer von Miss Finks Grundsätzen, und William richtete sich getreulich danach.)

Kurz bevor er die Zedernhain-Schule verließ, holte Miss Fink zu Hause ein altes, ledergebundenes Ordnungsbuch hervor und trug neben seinem Namen einen einzigen Buchstaben ein. Aber dieser Buchstabe war das Zeichen für ihre uneingeschränkte Anerkennung.

Das Ordnungsbuch war durchaus keines dieser gewöhnlichen Klassenbücher, die über Betragen und Aufmerksamkeit der Schüler oder ihre Verstöße gegen die Schulordnung Aufschluß geben. Nein, dieses Buch war beinahe ebenso heilig wie jenes goldene, in dem Abu Ben Adams Engel seine Aufzeichnungen eintrug. Keines Menschen Auge, ausgenommen Miss Finks natürlich (allerdings behaupteten viele, daß es nichts Menschliches, sondern entweder etwas Un- oder Übermenschliches habe), hatte je darin gelesen. In ihm waren die Namen aller Kinder verzeichnet, die seit Beginn ihrer Unterrichtstätigkeit die Zederhain-Schule besucht hatten. Neben jedem Namen war nichts weiter zu erblicken als ein Buchstabe. Dieser Buchstabe aber verriet, welchen Wesenszug Miss Fink bei dem Namensträger für entscheidend hielt. Es wäre ihr ein leichtes gewesen, dieses Charaktermerkmal schon am ersten Tage mit unfehlbarer Sicherheit zu nennen, je nachdem wie ein Kind ihren Geographiesaal betrat, ob verschüchtert, lärmend oder nach der Mutter jammernd. Aus reiner Nachsicht aber ließ sie ihr Urteil bis zum Schulschluß anstehen. Denn wie wenig auch so ein Häuflein Mensch anfänglich zu verheißen schien, so bestand doch immer die Möglichkeit, daß man es nach einem halben Dutzend Jahren zu einer annehmbaren Form zurechtbiegen und -kneten konnte. Erst dann, wenn ihre Arbeit an dem Kind so gut wie beendet war, erst wenn ihr Zögling sich anschickte, ihrer Aufsicht für immer zu entrinnen, sah sie sich bereit, seinen Charakter als endgültig zu betrachten.

Der häufigste Buchstabe in ihrem Ordnungsbuch war L für Lenkbar. Dieser Buchstabe wurde dem Durchschnitt ihrer Schüler bewilligt – Kindern, denen es nicht bestimmt war, einmal im ‹Who-is-Who› zu stehen, die aber doch der Vernunft zugänglich waren und unter kluger Anleitung zu achtbaren Bürgern heranwachsen konnten. Dann gab es eine Anzahl W's für Willig. Sie wurden solchen Kindern verliehen, deren Streben nach Höherem stärker ausgeprägt war als üblich. Hier und da fanden sich ein paar U's für Unbeholfen und ab und zu auch ein K – eine ausgemacht schlechte Note – als Abkürzung für Kindisch. Dieses Zeichen tauchte bei einer bestimmten Sorte von kleinen Mädchen mit Schmollmäulchen auf, aus denen sich später mollige Damen entwickelten, alberne Geschöpfe, die noch in gesetztem Alter ihrer Vorliebe für rüschenbesetzte, alle rundlichen Reize enthüllende Badeanzüge nachgaben und in einen Tränenstrom ausbrachen, wenn die Zugehfrau einmal absagte. Ein O für Orginell erhielten Kinder, die andersgeartet waren als der Durchschnitt, die zum Beispiel, ohne Miss Fink zu fragen, ihren eigenen Einfällen nachgaben: eine Karte von Dänemark mit Wikingerschiffen zierten oder jede Gelegenheit ergriffen, tiefsinnige Betrachtungen vom Stapel zu lassen. (Ein O war keineswegs ein Zeichen von Miss Finks Wertschätzung, sie verlieh es sogar mit einem gewissen Bedauern. Neben Geoffrey Lyons Namen prangte ein O.) William Holloway aber erhielt den Buchstaben, mit dem sie ohne ungebührliche Selbstüberschätzung oder unechte Bescheidenheit auch ihren eigenen Namen versehen hätte. Es war ein Z. Und es bedeutete Zufriedenstellend.

Und doch wußte sie, trotz ihrer Wertschätzung, von diesem Jungen, sobald er sich außerhalb ihres Geographiesaals befand, weniger als von den meisten andern Kindern. Sie hatte es sich zwar zur Gewohnheit gemacht, die Kinder von Zeit zu Zeit in ihrem Heim aufzusuchen, zu Williams Großmutter aber war sie nie gegangen. In diesem Falle hatte sie eine Trennung von Schule und Heim für angebracht gehalten.

So bekam sie die verwahrloste Spelunke am Stadtrand erst zu Gesicht, als William ihrer Hut schon jahrelang entwachsen war. Und da hatte die Bretterbude trotz all ihrer Erbärmlichkeit doch eine gewisse Würde ausgestrahlt. Über der Tür war ein Strauß Nelken befestigt gewesen, ein Zeichen, daß es ein durch den Tod geweihtes Haus war.

In einer größeren Welt als der Zedernhain-Schule, wo Versuchungen lauerten und die klassisch einfachen Regeln von Recht und Unrecht keinen Rückhalt mehr boten, hatte William sich nicht bewährt. Er hatte sozusagen die Schule des Lebens geschwänzt, hatte gebummelt und in Spielhallen herumgelungert. Einmal war er sogar wegen verbotenen Glücksspiels vor das Jugendgericht geschleppt worden. Und doch hatte Miss Fink den Glauben an ihn keinen Augenblick verloren, denn das, was ihn von der breiten Masse unterschied – seine angeborene Empfänglichkeit für das Gute und Wahre –, war ihrer Ansicht nach unzerstörbar. So wie ein Diamant, den man in den Schmelztiegel warf, später wieder zu seiner ursprünglichen kristallinischen Form erstarrte, so würde auch William, wenn ihm das Glück nur ein wenig hold war, zu seinem alten ‹Z› zurückfinden. Sie hätte ihm gern dabei geholfen, dieses Glück einzufangen. Aber was konnte sie tun? Schließlich war sie Lehrerin und nicht Fürsorgerin.

Eines Tages, als William siebzehn Jahre alt war und längst die Schule hinter sich hatte, hörte Miss Fink, daß seine Großmutter gestorben sei. Die Umstände, unter denen sie ums Leben gekommen, waren recht abstoßend: man hatte ihr während einer wüsten Keilerei, in der es um den Gewinnanspruch aus einem Geldautomaten ging, mit einer Bierflasche den Schädel eingeschlagen.

Die Beerdigung sollte am Nachmittag stattfinden. Nach der Schule setzte sich Miss Fink ihren Hut auf, streifte die Handschuhe über und machte sich auf den Weg zum Trauerhaus. Auf der verfallenen, windschiefen Veranda stand ein Häuflein Nachbarn versammelt. Miss Fink schritt, gemessen grüßend, an ihnen vorüber geradewegs auf die Tür zu.

Drinnen empfing sie William in seinem schlechtsitzenden, offensichtlich geliehenen dunklen Anzug. Er war im Laufe der Jahre gewaltig in die Höhe geschossen. Vor ihr stand nun ein schlaksiger, magerer Bursche mit kräftigen Schul-

tern – aber noch nie zuvor hatte sie in einem Gesicht eine so seltsame Mischung von Verdutztheit und Kummer gesehen. Er sah wie geprügelt aus, und unwillkürlich mußte sie an die dicke Beule denken, mit der er am ersten Schultag erschienen war. Sie streckte ihm die Hand hin.
«Ich bin gekommen, William, um dir mein herzliches Beileid zu sagen.»
William ergriff ihre Hand. Er straffte die Schultern. «Ich danke Ihnen, Miss Fink!» sagte er. «Möchten Sie vielleicht nähertreten, um Großmutter zu sehen?»
Obwohl es kaum etwas gab, was Miss Fink weniger zu sehen wünschte, folgte sie William doch in das Vorderzimmer. Dort ruhten in einem billigen Sarg die sterblichen Überreste der sehr wenig achtbaren Mrs. Holloway. Im Tode hatte es die alte Frau jedoch zu so etwas wie einem wohlanständigen Ansehen gebracht, eine Leistung, die ihr – davon war Miss Fink überzeugt – im Leben nie gelungen wäre.
«Sie hat gelebt, so gut es eben ging», sagte William. «Aber ihr war ja auch nicht...» – er warf Miss Fink einen verehrungsvollen Blick zu – «... ja auch nicht eine so gute Ausbildung vergönnt wie mir.»
«Nun ist sie von ihren Sorgen erlöst», sagte Miss Fink.
«Hoffentlich. Manche Leute behaupten ja, man ist es auch dann nicht.»
Kerzengerade in der Limousine des Bestattungsinstitutes sitzend, fuhr Miss Fink an Williams Seite zum Friedhof. Gleich nach dem Begräbnis verabschiedete sie sich von ihm. «Ich gehe zu Fuß nach Hause», erklärte sie. «Körperliche Bewegung darf man nicht vernachlässigen.»
Dann schaute sie William voll ins Gesicht und sprach mit klarer Stimme, so daß alle übrigen Trauergäste es hören konnten: «Ich werde deine Laufbahn mit Interesse verfolgen.»
Und mit diesen Worten schritt sie davon und überließ ihn sich selbst, damit er in jener Einsamkeit, in der die wahren Entscheidungen gedeihen, die Wahl treffen konnte, seinem Leben Inhalt zu geben oder es zu vertun.

Und es stellte sich heraus, daß William zur Vernunft kam. Er trat ins Heer ein und kehrte nach drei Jahren, ehrenvoll verabschiedet und siebzig Pfund schwerer, nach Liberty Hill zurück. Den staatlichen Ausbildungsbeitrag für gediente Soldaten verwandte er zum Besuch von Fortbildungskursen und zur Bestreitung seines Lebensunterhaltes während dieser Zeit. Er erwarb die mittlere Reife. Und mit sicherem Instinkt für seine eigentliche Begabung entschloß er sich, ein Hüter des Gesetzes zu werden.
Allmorgendlich, wenn Miss Fink ihn an der Kreuzung der General-Grant- und Ahornstraße stehen sah – schmuck und vertrauenerweckend, die große, weißbehandschuhte Hand erhoben, um den Verkehr zu stoppen oder Kinder über die Straße zu lotsen –, hatte sie einen Augenblick lang ihre helle Freude – ein Gefühl, das bei ihr aber immer noch den geziemenden Ernst bewahrte. Dort stand ein Mann, der mit sich im Einklang lebte. Ein Mann, der seinen Beruf liebte. Für ihn, das wußte sie mit Sicherheit, war das Los eines Polizisten ein glückliches Los.
Was hingegen sein häusliches Los anbelangte, das er sich mit dieser Billie Jean gezogen hatte, ja, da war Miss Fink durchaus nicht so sicher. Immerhin wusch sich Billi Jean den Hals, bevor sie sich mit Parfum bespritzte. Und das war schon ein Lichtblick.

«ABER ICH HABE SIE SICHER ERMÜDET», sagte Billie Jean reumütig. «Ich plappere nämlich immer so drauflos, wenn ich aufgeregt bin. Sehen Sie, Bill, der hält nämlich große Stücke auf Sie, und Sie sind doch die schreckl . . ., na ja, Sie sind eben die, die Sie sind . . ., und da bin ich eben ganz durchgedreht.»
«Das ist nur natürlich», sagte Miss Fink.
«Eine Krankenschwester darf sich aber nicht erlauben, natürlich zu sein», rügte sich Billie Jean selbst. «Eine Schwester darf nur an ihre Patienten denken.»
Im Zimmer herrschte jetzt Stille. Miss Fink lag ausgestreckt in wohliger Ruhe. Es war, als sei das stets straff gespann-

te Band, das sie an ihre verantwortungsvolle Aufgabe gefesselt hielt, plötzlich zerrissen. Sie schloß die Augen und ließ ihre Gedanken auf und nieder tanzen wie Korken auf dem Wasser. Freundliche, ferne Bilder tauchten auf. Ein goldener Nachmittag mit wandernden Wolkenschatten über einem Rasenplatz, wo sie mit dem jungen Archäologen saß und über die untergegangenen Städte der Antike sprach. Ihre Mutter, wie sie Rosen in einer Silberschale ordnete. Eine Sternschnuppe, und die kleinen Schwestern, die sich jubelnd etwas wünschten. Der Vater, wie er am Kamin lehnte und etwas vorlas. Oft aber, wenn diese Erinnerungen wie Rauch wieder zerflatterten, dachte sie an gar nichts.

Billie Jean brachte ihr die Suppe und fütterte sie mit einem Löffel. Eine Laborantin entnahm ihrer Fingerspitze einen Blutstropfen und trug ihn in einem Reagenzglas fort. All dies nahm sie kaum wahr.

Durch das Fenster drangen die fröhlichen oder zankenden Stimmen von Kindern auf dem Heimweg von der Schule. Diese Laute kamen wie aus einer fremden Welt, aus einer Zeit, die weit, weit zurücklag.

Jetzt trat ein Assistenzarzt ins Zimmer, ein untersetzter, noch junger Mann mit kurzem Bürstenhaarschnitt und rosig glänzenden Apfelwangen. Er strotzte förmlich von geradezu beängstigender Jugend. In seinem weißen Kittel und den weißen Hosen kam er Miss Fink vor wie ein Junge der sechsten Klasse, der sich für die Abschlußfeier herausgeputzt hat. Das umgehängte Stethoskop, die Hornbrille und sein tiefer Baß wirkten nur wie die armselige Verkleidung und dilettantische Verstellung eines Schmierenkomödianten und trugen keineswegs dazu bei, seiner Rolle Glaubwürdigkeit zu verleihen.

Auch Billie Jean, die bei seinem Erscheinen sofort aufgesprungen war und eine ehrerbietige Haltung angenommen hatte, schien in dieser Komödie mitzuspielen. «Dies ist Dr. Temple, Miss Fink», stellte sie vor.

«Ja?» sagte Miss Fink; es klang wenig überzeugt.

«Ich bin Dr. Bakers U. A.», verkündete der Unterarzt mit

einer Stimme, die er irgendwoher aus der Bauchhöhle zu holen schien.
Da Miss Fink nicht wußte, was ein U.A. war, verbiß sie sich eine Bemerkung.
«Hoffentlich fühlen Sie sich einigermaßen wohl», setzte der U. A. das Gespräch fort. «Sie klagen also über Schmerzen in der unteren Rückenpartie und über völlige Taubheit des rechten Beins, nicht wahr?»
«Danke, ich fühle mich wohl», sagte Miss Fink und fügte hinzu: «Ich habe auch nicht geklagt.»
«Wir gebrauchen den Ausdruck im medizinischen Sinne», erläuterte Dr. Temple. «Bevor ich Ihre Krankheitsgeschichte aufnehme, möchte ich Sie untersuchen.»
«Sie?» fragte Miss Fink.
«Nur oberflächlich», versicherte er. «Die eingehende Untersuchung überlasse ich Dr. Baker.»
Miss Fink suchte nach Worten des Protestes. Es war bei Gott befremdend genug gewesen, von Thomas Baker Anordnungen entgegenzunehmen und von Billie Jean abgeseift zu werden, aber einem altklugen Kind mit albern verstellter Stimme auf Gnade und Ungnade ausgeliefert zu sein, ging wahrhaftig zu weit.
Aber schon hatte Billie Jean ihr das Nachthemd aufgeknöpft und der Arzt das Stethoskop auf ihre Brust gepreßt. Unter diesen Umständen war es noch das Würdigste, sich ins Unvermeidliche zu fügen.
Eine Taschenlampe blitzte ihr in die Augen, in die Nase und den Rachen. Ihr Blutdruck wurde gemessen. Ihre Rippen, der Solarplexus und der Unterleib wurden beklopft.
«Die Bauchmuskulatur ist wirklich noch prima», gab der junge Mann sein Urteil ab. In seinem Ton lag so viel ehrliche Bewunderung, daß Miss Fink ihm seine Taktlosigkeit verzieh. Unfeine Ausdrucksweise schien eine Art Berufskrankheit zu sein, die mit dem Studium des menschlichen Körpers zusammenhing und eher zu beklagen als zu verdammen war. Auch der junge Dr. Hurley pflegte sich ja ähnliche Schnitzer zu leisten.

Nach beendeter Untersuchung verließ Billie Jean das Zimmer.
«Und jetzt wollen wir mal die Krankengeschichte aufnehmen», verkündete Dr. Temple.
Seine Fragen waren höchst persönlicher Natur und ihrer Ansicht nach auch höchst überflüssig. Sie beantwortete sie trotzdem.
Geboren im Jahre 1896. Ihre Mutter sei damals neunzehn, ihr Vater achtunddreißig gewesen, nein, ihres Wissens habe es bei ihrer Geburt keine Komplikationen gegeben. «Es versteht sich von selbst, daß meine Mutter mir die Entbindung niemals geschildert hat.»
Ja, sie habe Geschwister. Zwei beträchtlich jüngere Schwestern. Sie lebten jetzt in einem anderen Staat und hätten heranwachsende Kinder. Nein, eifersüchtig auf die Schwestern sei sie nie gewesen.
Auf Flora und Lucie eifersüchtig! Auf diese unselbständigen Geschöpfe, die nur das nachplapperten, was sie von ihren Männern gehört hatten, und beim Anblick einer Maus kreischend auf Stühle kletterten!
Ja, sie habe die üblichen Kinderkrankheiten durchgemacht.

DAMALS, ALS SIE DIE MASERN gehabt hatte, war sie fünf Jahre alt gewesen. Man hatte ihr ein riesiges Himmelbett ins Wohnzimmer gestellt und ihr alle Puppen zur Gesellschaft ins Bett gepackt. Vor dem Fenster saß die Mutter und nähte Puppenkleidchen oder erzählte Märchen. Und jeden Abend kam der Vater mit einem kleinen Geschenk. Einmal war es eine Spieldose, die *Sur le Pont d'Avignon* spielte, dann ein silberner Ring mit Vergißmeinnichtblüten aus Email, eine Korallenkette und ein Kanarienvogel im Käfig. Und eines Abends brachte er ihr sogar einen Globus.
Er stellte die Weltkugel auf den Tisch und zeigte ihr die Seen und Flüsse, die Erdteile und Länder. «Dies ist Frankreich», hatte er gesagt. «Dort leben Künstler, und die Leute sprechen ganz anders als wir. Sie sagen ‹ma petite fille› statt ‹mein kleines Mädchen›. Und dies hier ist die Schweiz.

Da sind die Berge das ganze Jahr über mit Schnee bedeckt. Man nennt sie die Alpen. Und hinter diesen Alpen, da liegt Italien. Schau mal, es sieht genau aus wie ein Stiefel.»
«Und wo ist *hier*?» hatte sie gefragt.
«*Hier* ist hier», hatte der Vater geantwortet und den Finger auf einen Punkt gelegt. «Hier sind wir daheim. Aber eines Tages, wenn du erst groß bist, dann machen wir beide eine weite, weite Reise. Eine viel weitere Reise als irgendein anderer. Dann steigen wir auf einen Dampfer und fahren zuerst über den Atlantischen Ozean» – er zeichnete die Fahrt mit dem Finger nach – «und dann hier herum um das Kap Horn, und hier über den Stillen Ozean. Und in China, da gehen wir beide an Land und essen Schwalbennester. Und dann fahren wir nach Indien, um uns die Fakire anzuschauen; das sind Zauberer, weißt du, sie werfen ein Seil in die Luft und klettern daran hoch.»
«Darf ich auch dran hochklettern?» hatte sie gefragt.
«O nein; denn wenn du das tust, dann steh ich ja ganz allein unten. – Und dann reiten wir auf Kamelen quer durch die Wüste. Und fahren auch nach Venedig, wo alle Straßen aus Wasser sind und wo die Leute nicht in Wagen fahren, wenn sie einkaufen wollen, sondern in Booten. Die nennt man Gondeln.»
All die fremden Namen hatten sie in Entzücken versetzt, das wunderbarste von allem war aber doch, daß die Erde rund war. Bisher hatte sie immer geglaubt, sie sei flach und viereckig wie der Deckel einer Pralinenschachtel; und daß man nur weit genug wandern mußte, um an den Rand zu kommen, wo man leicht herunterpurzeln konnte. Und übermannt von dem neuen, schwindelnden Gefühl staunenden Entzückens war sie eingeschlummert.

NEIN, BEANTWORTETE SIE Dr. Temples Fragen, an Kopfschmerzen habe sie nie gelitten. Auch an keiner Allergie. Erkrankungen der Luftwege seien bei ihr selten. In der Familie lägen weder Epilepsie, Nachtblindheit noch Neigung zu Hautausschlägen oder Depressionszuständen.

«Und wie steht es mit Ihrem Gefühlsleben?»
«Wie bitte?»
Der junge Arzt errötete, was ihn noch jungenhafter aussehen ließ. «Hm – die Liebe, wissen Sie. Irgendwelche Enttäuschungen. Oder überhaupt Gefühle der Unzulänglichkeit.»
«Ich habe mich nie für unzulänglich gehalten.»
«Es war auch nur ... nur eine Routinefrage», stotterte er. «Ich darf Ihr Gefühlsleben also als normal bezeichnen?»
«Ja, das dürfte die angemessene Bezeichnung sein.»
«Neigen Sie zu Phantasievorstellungen?»
Einen Augenblick lang zauderte Miss Fink. War sie verpflichtet, diesen eigenartigen Schwebezustand im Korridor zu erwähnen? Mußte sie gestehen, daß ihr bisweilen im leeren Klassenzimmer Kindergestalten erschienen waren?
«Bis zu einem gewissen Grade», bekannte sie schließlich.
Dr. Temple ließ es dabei bewenden.
«Ich danke Ihnen, Miss Fink», sagte er. «Dr. Baker kommt natürlich noch. Wenn ich aber irgend etwas für Sie tun kann ...» Er lächelte ihr plötzlich gewinnend und ganz unprofessionell zu. «Wir beide sind eigentlich alte Bekannte», sagte er. «Ich kenne Sie sozusagen schon mein ganzes Leben.»
«Sie kennen mich?» Miss Fink musterte sein Gesicht. Irgend etwas darin kam ihr flüchtig, ganz vage nur, vertraut vor.
«Meine Mutter ist eine geborene Adams, sie stammt aus Liberty Hill.»
«Natürlich, Angela Adams!» sagte Miss Fink. Er hatte die gleichen kurzsichtigen braunen Augen, den gleichen altklugen Ausdruck und die gleiche Stirn wie Angela Adams – und genau wie bei ihr saß über jeder Augenbraue ein Wulst, als wolle sich ein kleines, dickes Horn durch die Haut bohren. Und er hatte auch genauso etwas Naseweises wie sie. «Ich hätte es sofort merken müssen.»
«Es ist ja schon lange her. Als meine Mutter vierzehn war, zog ihre Familie nach Kansas. Aber sie erinnert sich noch sehr gut an Sie.»

«Auch ich erinnere mich noch sehr gut an sie», sagte Miss Fink ohne sichtliche Begeisterung. «Sie war ein sehr wißbegieriges Kind.»

ANGELA ADAMS – in ihrem Ordnungsbuch hatte sie ein V für Vorlaut erhalten – hatte Miss Fink vor vielen Jahren indirekt wertvolle Hinweise für die Behandlung der Schüler erteilt. Da ihr Name mit ‹A› anfing, hatte sie den ersten Platz in der vordersten Reihe innegehabt, wo sie sich gern mit aufgestützten Ellenbogen, das Kinn in der Hand, hinflegelte, anstatt gerade mit gefalteten Händen dazusitzen. Während die meisten Kinder die Sucht haben, sich durch Radschlagen und Purzelbaumschießen hervorzutun, zeigte Angela eine besondere Vorliebe für geistige Kunststückchen. ‹Warum› und ‹Wie› waren ihre Lieblingswörter – höchst unangenehme Wörter für eine blutjunge Lehrerin, die nach dem Ruf der Unfehlbarkeit strebte –, und Angela krähte sie so triumphierend hervor, als sei es ihr geglückt, die Lehrerin endlich einmal reinzulegen.

Und beinahe wäre ihr dies sogar einmal gelungen, wenn sie sich rechtzeitig beschieden und ihr Spiel nicht zu weit getrieben hätte.

Miss Fink hatte aus einem Buch über die Futtersuche der wilden Tiere vorgelesen. «Bären lieben Honig», las sie. «Sie fressen auch gern rote Ameisen, deren Geschmack an Pökelfleisch erinnert.»

Sofort fuchtelte Angela wild mit der erhobenen Hand. «Woher weiß er denn das, Miss Fink?» schoß sie ihre Frage ab. «Woher weiß denn der Mann, wie Ameisen schmekken?»

Neununddreißig Augenpaare richteten sich vertrauens- und erwartungsvoll auf Miss Fink. In dieser heiklen Situation eilte Angela selbst zur Rettung. Im Triumphgefühl ihres bevorstehenden Sieges wurde sie übermütig und verspielte ihre Chance.

«Hat er denn schon mal eine Ameise gekostet, um das festzustellen?» fragte sie höhnisch. «Oder hat es ihm vielleicht ein Bär persönlich verraten?»

Die Klasse kicherte. Im allgemeinen mißbilligte Miss Fink jedes Gelächter im Schulzimmer, diesmal aber klang es ihr wie Musik in den Ohren. Sie sah Angela mit ernstem, durchdringendem Blick fest in die Augen.
Das kleine Mädchen wurde über und über rot. Es faltete brav seine Hände.
«Man soll sich nie dümmer machen, als man ist, Angela», sagte Miss Fink schließlich und machte eine Pause, bis es wieder mucksmäuschenstill in der Klasse war. Dann las sie weiter:
«Die Giraffe ist ein Pflanzenfresser. Ihr langer Hals befähigt sie dazu, das Laub von den Bäumen zu knabbern.»

«SIE HAT UNS OFT VON IHNEN erzählt», sagte Dr. Temple in dem schwärmerisch sehnsüchtigen Ton eines Jungen, der seine Mutter abgöttisch liebt. «Sie hat uns immer gesagt, daß sie genauso wären wie Mary Poppins.»
«Was für eine Mary?»
«Mary Poppins. Das ist eine Amme in einem Märchen, die zaubern kann. Sobald sie nämlich ins Kinderzimmer kommt, hören alle kleinen Bälger auf zu brüllen, und alle Knöpfe rutschen von allein in die richtigen Knopflöcher. Nach allem, was meine Mutter mir erzählt hat, hatten Sie in moralischer Hinsicht genau dieselbe Wirkung auf eine Rasselbande lärmender Gören.»
«Es war keine Zauberei», sagte Miss Fink.
«Vielleicht ist es doch eine Art Zauberei, Charakter zu haben», meinte Dr. Temple. «Mutter hat Sie auch immer mit meiner Lateinlehrerin verglichen. Bei der lief auch alles wie am Schnürchen. Wenn Sie es darauf ankommen lassen, kann ich Ihnen noch heute jedes Verb konjugieren, egal, ob regelmäßig oder unregelmäßig.»
Miss Fink ließ es nicht darauf ankommen. «Der Vergleich ehrt mich», sagte sie nur.
«Sie hatte natürlich einen viel engeren Horizont als Sie», fuhr er fort.
(‹Und mit welchem Zollstock, bitte schön, hast du denn die

Weite meines Horizontes gemessen?› fragte sich Miss Fink im stillen.)
«Das lag wahrscheinlich daran, daß sie sich ihr ganzes Leben lang mit trockener Grammatik beschäftigt hat. Wissen Sie, was sie zu mir gesagt hat, als ich das College verließ?»
«Nein.»
Dr. Temple grinste in der Erinnerung daran. «Sie sagte: Auf Wiedersehen, Adams! Und schaffen Sie sich bloß keine neuen Ideen an!»
Miss Fink konnte an diesem Rat der Lateinlehrerin durchaus nichts Belustigendes finden. Er schien ihr im Gegenteil klug, vernünftig und für den Sohn von Angela Adams sehr angebracht. «Und haben Sie sich neue angeschafft?» fragte sie.
Dr. Temple lachte. «Sehr wenige», gestand er. «Weil es nämlich gar nicht viele gibt, wissen Sie!»
Und mit einem Kopfnicken war er verschwunden. Erst jetzt fiel es Miss Fink auf, daß er ihren körperlichen Zustand mit keinem Wort erwähnt hatte – obwohl man sich bei ihm weiß Gott nicht über mangelnde Redseligkeit beklagen konnte. Sie äußerte ihr Befremden darüber zu der Krankenschwester.
«Er ist nicht der diensttuende Arzt», erklärte Billie Jean. «Sie sind Dr. Bakers Privatpatientin.»
«Aber was fehlt mir...?» begann Miss Fink, und der Mund wurde ihr ganz trocken. «Was vermutet Dr. Baker denn?»
Billie Jean schüttelte den Kopf. «Was Sie zu wissen bekommen sollen, wird er Ihnen schon sagen.»
«Ich kann aber nicht einsehen, welchen Sinn diese Geheimniskrämerei hat.»
«Ach, geben Sie sich gar keine Mühe, es einzusehen», meinte Billie Jean. «Überlassen Sie das Denken nur ruhig uns!»
Überlassen Sie das Denken nur uns! *Uns!* Dieser Billie Jean McVay, die jeden kleinen Jungen angestarrt hatte wie ein Leckermaul die Kirsche auf einem Tutti-Frutti-Becher! Und diesem Thomas Baker, diesem Faxenmacher, Spaßvogel und Ohrenwackler! Und diesem pausbäckigen Wichtig-

tuer und Sohn von Angela Adams! O nein, das Denken übernahm sie selbst. Es war eine lebenslange Gewohnheit, die vor langen Jahren übernommene und niemals auch nur für einen Augenblick abgelegte Bürde des Lehrers. Denn diese moderne Idee, die Kinder dahin zu bringen, daß sie ‹es selbst herausfanden›, hielt sie für nichts weiter als pädagogische Trägheit. Ganz abgesehen davon, daß diese Methode den Kindern die Ehrfurcht vor der Gültigkeit des Wissens raubte. Im Geographiesaal war jedenfalls sie es, die die Schlußfolgerungen zog. Und sie teilte sie den Schülern mit, damit sie sie in klarer Vollständigkeit und ohne Herumgerätsel in regelmäßigen Zeilenabständen säuberlich in ihre Schulhefte eintrugen.

Aber dies hier war nicht der Geographiesaal.

Billie Jean strickte die Spitze einer überdimensionalen Wollsocke. Hin und wieder, wie um die Gedanken ihrer Patientin von der Durchforschung unfruchtbaren Gebietes abzulenken, zitierte sie irgendeine drollige Bemerkung ihrer kleinen Ava, dieses süßen Plappermäulchens.

Die Tür tat sich auf, und Mrs. Knight kam auf einen Sprung herein, um über das Befinden ihres Sprößlings Lester zu berichten. (In ihrem besorgten Mutterherzen wähnte sie, Miss Fink verzehre sich nach dieser Nachricht.) «Tommy hat ihm den Blinddarm gerade noch in letzter Minute herausgeholt», erzählte sie. «Der Eiter spritzte nur so raus!»

Auch Mr. Spivey erschien, um aus der Schule zu berichten. Er tat es in munterem, frischfröhlichem Ton, der von gekünsteltem Optimismus nur so bebte.

Alexander Burnham schaute ebenfalls herein und lieferte die versprochenen Toilettenartikel ab. Er blieb nur ein paar Minuten und war sehr darauf bedacht, ausschließlich über allgemeine und unverfängliche Themen zu sprechen, die zu allem, was Krankheit hieß, auch nicht die geringste Beziehung hatten. Im Efeu über der Kirchenpforte, so plauderte er, nisteten ein paar Rotkehlchen. Geoffrey Lyons mache heute abend auf seinem Weg von New York nach Hollywood bei seinem Bruder Station. Jincey Bakers Zustand sei unverändert, und sie werde allmählich recht ungeduldig.

«Ist er nicht ein wundervoller Pfarrer?» sagte Billie Jean, nachdem sich Hochwürden entfernt hatte. «Er verurteilt niemand und vertraut darauf, daß die Menschen ihre Fehler wiedergutmachen.»
«Ja», sagte Miss Fink, «er ist eine Zierde seines Standes.»
Aber die Vorzüge Alexander Burnhams interessierten sie im Augenblick weniger. Sie wartete auf Thomas Baker.
Thomas kam jedoch erst nach dem Abendessen. Unterdessen war Billie Jean schon von der Nachtschwester abgelöst worden, einer energischen Person mittleren Alters, die nicht aus Liberty Hill stammte. Eigentlich sei sie ja als Stationsschwester ausgebildet, teilte sie Miss Fink unverzüglich mit; sie habe nur eben ein paar Erholungstage vor einer neuen Anstellung einlegen wollen. Und Miss Finks Pflege habe sie nur übernommen, um dem Direktor gefällig zu sein.
«Mich interessiert nämlich die Theorie der Krankenpflege», erläuterte sie.
«Aha», sagte Miss Fink trocken und ohne sich beeindruckt zu zeigen. Es war gut möglich, daß diese Nachtschwester einen schärferen Verstand besaß als Billie Jean, aber ihre praktische Begabung war entschieden geringer, und Bescheidenheit und Demut fehlten ihr völlig. Sie hielt die Erfüllung der kleinen Pflichten am Krankenbett – das Aufschütteln des Kopfkissens, das Beckenholen und Pulszählen – für unter ihrer Würde, so wie Mona Leckford das Lesen von Longfellows Gedichten in der fünften Klasse.
Jetzt kam Thomas ins Zimmer geeilt. Er war von Kopf bis Fuß in Grün gekleidet. Grüne Hosen, ein grüner, kurzärmliger Kittel und auf dem Kopf eine grüne, turbanähnliche Kappe. Miss Fink war sehr befremdet. Sollte er, so fragte sie sich, in einem Festzug zu Ehren des Frühlings mitgewirkt haben?
«Dies ist die neueste Mode im Operationssaal», klärte Thomas sie gleich auf. «Grün ist nämlich wohltuend für die Augen. – Sie glaubten wohl schon, ich hätte Sie ganz vergessen, nicht wahr?»

«Nein.» Es kam Miss Fink gar nicht in den Sinn, daß man sie vergessen haben könnte.
«Ich hab pausenlos zu tun gehabt. Langweiliger Kram, der einen Haufen Zeit kostet. Da war erst der kleine Knight ...»
«Lester ißt zu gierig und zuviel», sagte Miss Fink. «Mrs. Knight hat mir erzählt, daß die Gefahr eines Durchbruchs bestanden hat.»
Thomas lachte. «Sein Blinddarm war recht und schlecht entzündet, aber lebensgefährlich war es nun gerade nicht. Zu Jane habe ich natürlich gesagt, daß sein Appendix nur so Eiter spritzte. Schließlich muß sie ja was haben, womit sie sich im Bridgeklub dicketun kann.»
«Dann darf man also hoffen, daß Lester seiner baldigen Genesung entgegensieht?»
«Er hat schon jetzt einen Mordsappetit. Ich schätze, daß er schon morgen ein bißchen aufstehen kann.» Er tätschelte Miss Fink flüchtig die Hand. «Ich wollte nur mal reinschauen, um festzustellen, ob alles in Ordnung ist.»
Miss Fink war jedoch nicht gewillt, ihn so leichten Kaufs davonkommen zu lassen.
«Ich hätte gern ein paar Fragen betreffs meiner eigenen Gesundheit an Sie gerichtet», sagte sie.
«Aber ja, gewiß doch», meinte Thomas in diesem gespielt offenherzigen Ton, den Miss Fink nun schon kannte. «Ob ich sie aber beantworten kann, weiß ich nicht. Dr. Temple ..., wissen Sie übrigens, daß er Angela Adams' Sohn ist?»
«Ja», antwortete sie knapp. Nach dem Köder schnappte sie nicht.
Dr. Temples Befund sei negativ gewesen, berichtete Thomas nun, und das sei sehr erfreulich. Ihr Blutdruck – systolisch und diastolisch – sei ideal. Die Refraktion des Auges normal. Die Herzfunktion ungeschwächt. Eine Unterleibsgeschwulst sei nicht feststellbar.
«Und was vermuten Sie?» fragte Miss Fink.
«Auf Vermutungen lasse ich mich nicht ein. Morgen werden wir eine wirklich erschöpfende Untersuchung vornehmen. Vielleicht ist es dann am Freitag möglich, mit einiger

Sicherheit etwas auszusagen. Bis dahin...» Er ging zur Tür. Dort blieb er stehen und wandte sich noch einmal um. «Bis dahin», wiederholte er gleichsam beiläufig, aber doch mit sehr entschiedenem Unterton, «erwarte ich von Ihnen, Miss Fink, daß Sie die Tugend der Geduld üben.»
«Jawohl, Herr Doktor», sagte Miss Fink. Und sie schloß die Augen und ergab sich in das Unvermeidliche. Aber nie zuvor hatte etwas derartig an ihren Kräften gezehrt wie dieses untätige Sich-Fügen.

IN DER NACHT schlug das Wetter um. Der nächste Tag, Donnerstag, war rauh und naßkalt. Die Kinder in der Zedernhain-Schule waren unruhig. Mr. Spivey berief sie in die Aula, um ihnen eine Rede zu halten.
«Wie ihr alle wißt», begann er, auf dem Podium stehend, «befindet sich Miss Fink zu unserem Kummer im Krankenhaus. Der Erdkundeunterricht darf deshalb aber nicht vernachlässigt werden, denn keiner von uns will Miss Fink enttäuschen. Ich selbst werde sie vertreten!»
Eine Woge von Gekicher und Gelächter brandete durch die Aula. Allein die Vorstellung, den glatzköpfigen Mr. Spivey mit seinem riesigen Adamsapfel und seinem zähnefletschenden Grinsen an Miss Finks Stelle auf dem Katheder sitzen zu sehen, hatte für alle Schüler etwas unwiderstehlich Komisches.
«Mit andern Worten», überbrüllte Mr. Spivey das Gelächter, «wir gehören alle zur selben Mannschaft! Unsre Mannschaftskapitänin ist im Handgemenge verletzt worden, und ich springe für sie ein. Und ich möchte genauso prima Spiele liefern wie sie. Aber ihr kennt schließlich die Spielregeln besser als ich. Wenn ich also im Abseits stehe, müßt ihr mir's sagen. Okay?»
«Okay», brüllte das Auditorium.
«Und wir alle werden uns tüchtig ins Zeug legen?»
«Klar!» Verschiedene Jungen spuckten in die Hände, und ein paar andere schossen imaginäre Kopfbälle.
Als Mr. Spivey dann eine Stunde später auf seinem (aller-

dings rechtmäßig) angemaßten Platz im Geographiesaal thronte, stellte er überrascht fest, daß die Kinder Wort hielten.
Um acht Uhr fünfundvierzig kam die erste Klasse hereinmarschiert.
Wenn er auch Junggeselle war, besaß Mr. Spivey doch ein väterlich empfindendes Herz und war, wie viele einsame Männer – insbesondere die schweren, massigen Typen – ganz vernarrt in alles Winzige. Die Knirpse der ersten Klasse waren also seine erklärten Lieblinge. Ihnen Lutschbonbons zuzustecken und mit ihnen in den Pausen Ringelreihen zu spielen, bereitete ihm diebisches Vergnügen; glaubte er gar ihre Zuneigung errungen zu haben, war er überglücklich. Wenn die Kleinen ihren Rektor grüßten, strahlten sie für gewöhnlich über das ganze Gesicht – heute aber wahrten sie sozusagen Abstand und zwangen auch ihn dazu.
Die erste, die den Geographiesaal betrat, war ein lispelndes, kleines Ding in einer Schulschürze, das von jedermann ‹Schwesterchen› genannt wurde. Als sie jetzt ihren Rektor begrüßte, wurde sie zwar puterrot, blieb aber ganz ernst.
«Guten Morgen, Mis-ster S-spivey!» lispelte sie.
«Guten Morgen, Schwesterchen!»
Schwesterchen schüttelte das Köpfchen. «Mis-s Fink s-sagt aber immer Annabel s-su mir», verbesserte sie ihn. «Und s-suers-st müs-sen S-sie mich s-surechtweisen, weil ich gelis-spelt habe.»
Mr. Spivey räusperte sich. «Sprich meinen Namen richtig aus», befahl er barsch. Da er sich dabei wie ein Schuft vorkam, blinzelte er Schwesterchen begütigend zu.
Schwesterchen ließ sich durch sein Zwinkern jedoch nicht irremachen. «Guten Morgen, Missster Ssspivey!» zischelte sie ernsthaft hervor.
Mit dem Rest der Klasse kam er einigermaßen zurecht, mußte sich allerdings für ein paar Schnitzer (er hatte Raymond ‹Dickerchen› und Susan ‹Mausi› genannt) entschuldigen.
Dickerchen – oder Raymond – meldete sich. «Gratuliere!» rief er.

«Vielen Dank!» antwortete Mr. Spivey.
«O bitte!» sagte Raymond und faltete wieder die Hände auf dem Pult.
Die andern machten es genauso. Die Klasse gab keinen Pieps von sich. Alle Kinder hielten die Hände – wie Mr. Spivey später Miss Ellwood erzählte – so rührend aneinandergepreßt wie hockende Küken ihre Flaumflügelchen; ihre runden Augen waren gespannt auf ihn gerichtet.
«Und was muß ich jetzt tun, Raymond?» fragte Mr. Spivey.
«Jetzt müssen Sie sagen: ‹Aufgemerkt bitte, der Unterricht beginnt.›»
So leiteten die Kinder Mr. Spivey Schritt für Schritt durch die Unterrichtsstunde.
Nach der alten Regel, daß ein Kapitän sein Schiff als letzter zu verlassen hat, pflegte sich Mr. Spivey erst eine volle Stunde nach Schulschluß auf den Heimweg zu machen. Zu seiner Überraschung entdeckte er, daß auch die Musiklehrerin, Miss Ellwood, heute länger geblieben war. Er traf sie auf dem Flur, wo sie, in ein rotes, durchsichtiges Regencape gehüllt, das Gesicht durch die Kapuze rosig überhaucht, angetrippelt kam. Bei jedem Schritt läuteten lieblich kleine Silberglöckchen, die an dem Reißverschluß ihrer Überziehschuhe baumelten.
«Ein paar kleine Mädelchen aus der Dritten haben sich etwas ganz Herziges für Miss Fink ausgedacht», zwitscherte sie. «Einen Miniaturgarten in einer Blumenschale. Ich bin ein bißchen länger geblieben, um ihnen dabei zu helfen. Sie wissen ja, welchen Wert Miss Fink darauf legt, daß alles akkurat gemacht wird.»
«Das ist aber sehr nett von Ihnen», lobte Mr. Spivey.
«Ach ja, sie selbst hat es mir beigebracht», seufzte Lorraine, und ihre Vergißmeinnichtaugen wurden feucht. «Es ist schon lange, lange her.»
Selbst Mr. Spivey begriff, daß diese Anspielung auf die weit zurückliegende Jugend ihm einen galanten Protest entlocken sollte. Da er weiblichen Wesen gegenüber jedoch sehr schüchtern war, fiel ihm nichts Passendes ein.

«Ich habe Miss Finks Unterricht übernommen, und mir ist wahrhaftig zumute, als ob man mich durch eine Wringmaschine gedreht hat», bekannte er.
«Oh, das kann ich Ihnen nachfühlen», rief Lorraine lächelnd. Gleichzeitig blinkte in ihrem Auge eine einsame Träne, ein von einer Wimper aufgespießter Tautropfen.
«Solch Drill ist mir mein Lebtag noch nicht vorgekommen», fuhr er fort, «und das Tollste ist – den kleinen Rackern gefällt das sogar!»
«Ja, ja», nickte Lorraine. «Im Grunde mögen sie es.» Mit einem feinen, nach Maiglöckchen duftenden Tüchlein tupfte sie die einsame Träne fort. «Sie war ... ich meine natürlich ... sie ist eine einzigartige Lehrerin!»
Der Anblick dieses sanften Geschöpfes, das, ganz Gefühl und Weiblichkeit, über den alten Haudegen Miss Fink Tränen vergoß, griff Mr. Spivey ans Herz. «Sie haben ganz recht, wenn Sie *ist* sagen. Wir müssen zuversichtlich sein und dürfen die Hoffnung nicht aufgeben. Ich weiß zwar, daß Thomas Baker ernstlich besorgt ist, aber schließlich ... schließlich ist kein Spiel zu Ende, bevor es nicht abgepfiffen worden ist.»
«Wie schrecklich grausam kann doch das Leben sein!» klagte Lorraine. «Gerade war sie noch dabei, der Vierten den letzten Schliff für die Prüfung zu geben, und ohne daß man was Böses ahnte ...»
«Ja, ja. Aber mit ihren Unterrichtsmethoden kann ich mich nicht befreunden. Ich bin der Meinung, daß man zu Kindern kameradschaftlich sein muß. Ich glaube an die Demokratie auch im Klassenzimmer.»
«O ja», flötete sie, «das tue ich auch!»
«Nein, befreunden kann ich mich damit nicht, aber ich muß doch zugeben, daß die Kinder bei der Sache sind. Ich erkläre mir das so: Miss Fink nimmt ihre Aufgabe ernst, und Kinder haben ein feines Gefühl. Man kann ihnen nichts vormachen. Sie merken gleich, wenn jemand wirklich mit dem Herzen dabei ist, und legen sich dann auch ins Zeug!»
«Ich finde es ja so wundervoll von Ihnen, daß Sie dafür Verständnis zeigen», schwärmte die Musiklehrerin.

«Ja, ich gebe mir stets Mühe, tolerant zu sein», beendete Mr. Spivey das Thema und fragte sie dann, ob er sie nach Hause fahren dürfe. Er schlug vor, unterwegs in der ‹Quelle› eine Tasse Kaffee zu trinken, denn er würde gern einen Bericht mit ihr besprechen, den er über Probleme des außerplanmäßigen Unterrichts an der Elementarschule abzufassen gedenke.
«Oh, Herr Rektor, das wäre ja himmlisch!» jubelte Lorraine.

WIEDER BRACHTE Thomas Baker seiner Frau Jincey das Frühstück ans Bett. Er bemühte sich zwar, so unbeschwert und vergnügt zu sein wie sonst, aber sein scherzhafter Ton wirkte heute recht gezwungen. Er schien mit seinen Gedanken woanders zu weilen.
«Machst du dir eigentlich meinetwegen Sorgen oder wegen Miss Fink?» fragte Jincey.
«Wegen euch beiden. Aber mit der Sorge um dich muß es jetzt ein Ende haben.» Er ergriff ihre Hand. «Ich muß dich einfach beiseite schieben, dich aus meinen Gedanken verbannen.»
«Kannst du das denn?»
«Ja.» Er sah ihr forschend in die Augen. «Ich bin doch Miss Finks Arzt.»
Jincey hätte am liebsten losgeheult. Nicht etwa, weil sie Angst hatte. Sie gehörte zu den glücklichen Frauen, die durch die Schwangerschaft in eine solche Hochstimmung versetzt werden, daß ihnen die Möglichkeit eines unglücklichen Ausgangs überhaupt nicht in den Sinn kommt. Aber sie hatte damit gerechnet, ihren Mann in der schweren Stunde zur Seite zu haben, und war nun enttäuscht; genauso enttäuscht wäre sie auch gewesen, wenn er sie nicht zu einer Party begleitet hätte.
«Na ja», meinte sie, «ich hab ja schließlich meinen eigenen Arzt. Und ich könnte mir vorstellen, daß Dr. Tillet heilfroh ist, wenn du ihm nicht in die Quere kommst.»
«Ich werde mit Sam Tillet reden», sagte Thomas.
«Das kann ich selbst tun. Trotz meines interessanten Zu-

standes ist es mir immer noch möglich, ein Telephon zu bedienen. – Hör zu, Tommy! Spaß beiseite, ich weiß, was ich tun werde. Ich ziehe noch heute zu deiner Mutter. Dann brauchst du keinen Gedanken mehr an mich zu verschwenden. Und wenn ich morgen immer noch herumkrebse, dann leg ich mich einfach in die Klinik und warte es da ab.»
«Eine großartige Idee!» rief Thomas begeistert. Man merkte ihm an, daß er mächtig stolz auf seine junge Frau war. Sie war zehn Jahre jünger als er, und er hatte sie aus Liebe geheiratet – einer leichtherzigen Liebe, die sich an ihren Reizen, ihrem goldenen Haar, dem klingenden Lachen und der betörenden Figur entzündet hatte –, und darum betrachtete er ihre praktische Vernunft, die er erst in der Ehe entdeckt hatte, als ein zusätzliches Geschenk, auf das er eigentlich keinen Anspruch erheben durfte.
«So dumm, wie ich aussehe, bin ich nie gewesen», meinte sie und warf ihren Kopf in den Nacken. Die Locken ihres verwuschelten Haares glommen im Lampenlicht auf wie feine Kupferfäden.
«Dein Haar ist wie ein Heiligenschein», flüsterte Thomas.
«Da war Miss Fink aber anderer Meinung! In ihren Augen war es ein Werkzeug des Teufels, nur dazu angetan, mich eitel zu machen und die kleinen Jungens von ihren Schulaufgaben abzulenken.» Jincey lachte hell auf. «Und sie hatte ja so recht! Einmal, ich weiß noch . . .» – aller Übermut schwand aus ihrer Stimme, und sie sprach nun sanft und zärtlich gurrend wie ein Täubchen, während sie die Arme an den Körper gepreßt hielt, als wolle sie diese Erinnerung an ihrem Herzen wärmen –, «. . . da packte sie es, strich es mir aus der Stirn und knotete es mit einem Stückchen Bindfaden zusammen.»
Thomas hatte oft genug mit angesehen, wie Miss Fink dies bei anderen kleinen Mädchen getan hatte. Noch jetzt zwischen Tür und Angel versuchte er sich vorzustellen, wie Jincey dabei ausgesehen haben mochte – gekränkt oder bockig? Jetzt, da die Kindheit seines jungen Weibes in der eines neuen Wesens aufgehen sollte, war er an seiner Vorstellung von ihr als Kind irre geworden. Jinceys Erinnerungen

deckten sich auch nicht mit den seinen. In gewissem Sinne war er zwar der Held ihrer Träume gewesen, jedoch in absentia. Und genaugenommen waren auch Jinceys Erinnerungen trügerisch. Allein Miss Fink wußte, wie es wirklich gewesen war.

DER VORFALL, an den Jincey dachte, hatte sich während des Zweiten Weltkrieges im Geographiesaal abgespielt. Miss Fink hatte darauf gewartet, daß die sechste Klasse hereinmarschiert kam. Plötzlich war ihr, als sei sie nicht allein. Irgend etwas oder irgend jemand schien außer ihr im Klassenzimmer anwesend zu sein. In der Ecke, nahe beim Sandkasten, schien dieses Etwas innezuhalten und sie zu mustern. Aber selbst als es hinter ihr an der Wand entlangstrich, selbst als sie hörte – oder doch beinahe hörte –, wie ein Stück Kreide auf der Tafel quietschte, wandte sie sich nicht um. Sie wußte ja, daß niemand da war. Ihre Nerven spielten ihr wieder einmal einen Streich, und Miss Fink hielt gar nichts von Nerven.
Durch die geöffnete Tür beobachtete sie, wie die sechste Klasse den Musiksaal verließ und den Flur entlangkam. Die Kinder stürmten heraus und wurden für zwei kostbare Minuten der Freiheit wie von einer Woge allgemeiner Ausgelassenheit fortgerissen. Auch an anderen Tagen kamen sie aus dem Musiksaal getobt, heute aber lärmten sie mehr als gewöhnlich. Es mußte an der Jahreszeit liegen. Es war ein warmer Tag, und die Kinder waren wohl von der gleichen drängenden Ungeduld erfüllt wie das Wetter. Sie hörte einen dumpfen Knall – jemand wurde mit einem Buch aufs Hinterteil geklatscht –, hörte eine Stimme ein atemloses ‹Letzten, Randy!› kreischen und danach Geprusche und Gekicher.
Als die Horde sich aber Miss Finks Zimmer näherte, rissen sich die Kinder zusammen wie stolze, gut dressierte Ponies. Höflich brachten sie ihren Morgengruß vor und begaben sich gesittet zu ihren Plätzen. Und auf ein Nicken von ihr setzten sie sich.

Miss Fink sah, daß Jincey Webb Dauerwellen hatte, eine Entdeckung, die sie ohne das geringste Entzücken zur Kenntnis nahm. Gestern noch war ihre kupferrote Mähne brav aus dem sommersprossigen, ernsten Gesichtchen zurückgebürstet und in ordentliche Zöpfe geflochten gewesen; heute hing ihr ein buschiger Besen künstlichen Lockengekräusels bis auf die Schultern herab. Leider war nur allzu deutlich, daß ihre Gedanken dadurch ebenso kraus geworden waren. Jincey saß mit einer Miene da, die von nicht zu überbietender, geradezu beneidenswerter Selbstzufriedenheit zeugte. Ja, man konnte sich wirklich fragen, ob ihr ein langes Leben voll schönster Erfolge jemals wieder ein ähnlich ungetrübtes Triumphgefühl bescheren würde.

Randy Baker linste zu Jincey hinüber und wackelte ihr mit den Ohren zu. Miss Fink sah ihn nur an. Sofort wurden seine Augen kreisrund vor lauter Unschuld, seine Ohren erstarrten.

Miss Fink hielt ihren Blick auf ihn gerichtet. Plötzlich aber sah sie nicht mehr Randy, sondern seinen Bruder Thomas vor sich. Noch vor ein paar Jahren hatte er auf demselben Platz wie Randy gesessen, und auch seine lausbübischen Augen hatten genauso scheinheilig und tugendsam dreingeblickt. Und dann sah sie Thomas, wie er auf einem Floß im Stillen Ozean dahintrieb. Für sie sah er aber anders aus, als die Zeitungen ihn geschildert hatten: nur Haut und Knochen und ein abgezehrtes, junges, von einem struppigen Bart umwuchertes Gesicht. Der Thomas, den sie vor sich sah, glich aufs Haar seinem Bruder Randy. Er trug eine Zahnspange und hatte ein Grübchen im Kinn. Und er war mutterseelenallein, verloren in diesem öden, grauen Wellengebirge der stürmischen See.

Ein heftiges Schwindelgefühl packte sie. Sie setzte sich aber nicht. Es hatte nichts zu bedeuten. Während all der letzten Jahre war es hin und wieder über sie gekommen – und auch wieder vergangen.

«Schlagt eure Hefte auf!» befahl sie.

Heute war Dienstag, und Dienstag war der Tag für die Klassenarbeiten. Miss Fink hatte es damals, als sie in diesem Raum die Herrschaft ergriff, so angeordnet und nie auch nur mit dem Gedanken gespielt, an dieser Einteilung etwas zu ändern. Mit Gedanken zu spielen, war nicht ihre Art. Allwöchentlich am Dienstag schrieben also die Schüler auf linierte Seiten Sätze, deren Inhalt ihrem Entwicklungsstadium angemessen war. Die Kleinsten schrieben zum Beispiel (das heißt: sie malten sorgfältig nach, was auf der Tafel stand): ‹Der Jakochse ist ein sehr nützliches Tier›, und später folgte dann der schon beträchtlich schwierigere Satz über das Kamel. Die dritte Klasse verfertigte nach einem vorgeschriebenen Muster eine Liste der einzelnen Staaten Amerikas; man fing mit Maine an, ging dann die Atlantikküste hinunter bis Florida, kletterte über Alabama bis Michigan empor und so fort. Da die höchste Klasse schrittweise auf die unvermeidlichen, nur zu bald drohenden Gefahren selbständigen Denkens vorbereitet werden mußte, hatte sie solche Tatbestände aufzuzeichnen, aus denen sich eine menschliche Nutzanwendung ableiten ließ; danach mußten sich die Kinder in eigenen Worten darüber auslassen. Miss Finks Vorrat an derartigen geographischen Maximen war beträchtlich. ‹Die Passatwinde behalten festen Kurs bei›, lautete ein Satz; oder ‹Das Leben nördlich des fünfzigsten Breitengrades erfordert Widerstandskraft und Ausdauer›; oder ‹Gibraltar ist gegen alle Gefahren durch die Erosion gefeit›.

Sie war gerade dabei, einen geeigneten Satz auszuwählen, als sich ein Junge in der hintersten Reihe an einem heimlich gelutschten Pfefferminzplätzchen verschluckte. Krebsrot und hustend und keuchend stürzte er mit hervorquellenden Augen aus dem Klassenzimmer, um Wasser zu trinken.

Miss Finks Blicke folgten ihm. Vor ihrem geistigen Auge aber standen zwei Hosenmätze, die nun schon seit langem die Zedernhain-Schule verlassen hatten.

Sie hatte diese Bürschchen beim Trinkbrunnen erwischt (wo sie überhaupt nichts zu suchen hatten, denn zu dieser Zeit gehörten sie in die Schulbibliothek; aber bedauerlicherweise ließ die Bibliothekarin es an straffer Disziplin

fehlen), und die beiden Racker hatten über sie gesprochen. «Wetten, daß Miss Fink sogar Joe Louis vermöbeln kann?» hatte der eine Steppke gefragt.
«Was? Die olle Bohnenstange?!» hatte der andere höhnisch gekräht. «Die leg ich mit dem kleinen Finger um!»
Und in diesem Augenblick hatte er aufgeschaut -- Miss Fink direkt ins Gesicht. Sie hatte ihn eine lange, lange Weile mit ihren grauen, völlig ausdruckslosen Augen angesehen. Die Spitze ihrer langen Nase war leicht gerötet, jedoch nicht über das normale Maß hinaus. Nach einer ganzen Ewigkeit hatte sie gesprochen.
«Thomas Baker», kam es in nüchternem, sachlichem Ton, «du schwatzt zuviel. Stimmt es?»
«Jawohl, Miss Fink», hatte Thomas mit jämmerlicher Piepsstimme vorgebracht und war dann, ohne auch nur einen Tropfen zu trinken, davongetrottet. Noch lange Zeit nachher brach ihm bei der Erinnerung an diesen Vorfall der Schweiß aus. Was er freilich nicht ahnte, war, daß sich auch Miss Fink noch daran erinnerte – und zwar sehr gut erinnerte.
Seit dem Tage von Pearl Harbor war Miss Fink von Gesichten heimgesucht worden. Sie lebte schon damals ganz allein. Ihre Schwestern waren verheiratet, ihre Mutter war tot. Eines Abends, als sie in ihrem Wohnzimmer Hefte korrigierte, spürte sie mit den unheimlich geschärften Sinnen der alten Lehrerin, daß sie nicht mehr allein war. Sie hatte das feste Gefühl, daß jemand im Zimmer sei; forschend blickte sie sich um: ein Vorhang bauschte sich raschelnd in einem Luftzug, die alte Nippes-Etagere ihrer Großmutter warf einen grotesken Schatten auf den blankgebohnerten Fußboden; ein Strahl des Lampenlichts wies wie ein Finger auf die Goldschrift eines alten Reisebuches ihres Vaters. Weiter war nichts zu entdecken. Aber der Rotstift in ihrer Hand zitterte, und einen Augenblick lang schnürte sich ihr die Kehle in wortlosem, verzweifeltem Kummer zusammen. Lähmend überkam sie das Gefühl der eigenen Unwürdigkeit. Und nie zuvor in ihrem Leben war sich Miss Fink unwürdig vorgekommen.

Dieses merkwürdige Erlebnis wiederholte sich, bis ihr plötzlich die Erleuchtung kam, wer sich da in ihre Einsamkeit drängte. Es waren die Kinder, die sie einst unterrichtet hatte. Der Krieg hatte diese Kinderschar von damals in alle Winde zerstreut. Da war ein Mädchen – ein eitles, törichtes Ding war sie gewesen –, die als Krankenschwester in Corregidor Dienst tat. Jedenfalls stammte die letzte Nachricht von ihr aus Corregidor. Einer der Jungen war in Tunis gefallen. Andere landeten als Vortrupp an der Küste von Anzio, kämpften im Dschungel von Neu-Guinea oder flogen durch den von Flakfeuer erhellten Nachthimmel Deutschlands. Sie alle aber fanden zurück zu Miss Fink. Sie erschienen ihr als Sieben-, Zehn- oder Zwölfjährige. Nur daß ihre Gesichter jetzt vom Schimmer einer Schönheit überglänzt waren, die sie früher nie bemerkt hatte. Und wie Blumen ihre Blütensterne zur Morgensonne kehrten, waren ihre Blicke aufwärts gewandt. Mit Armen und Beinen jedoch zappelten sie übermütig umher in der unbekümmerten Daseinsfreude der Kinder. Aber dann, als Miss Fink sie näher ins Auge faßte, wurden sie still. Ihre Gesichter erloschen. Ihre kleinen Hände falteten sich. Und schließlich zerrann ihr Bild; sie waren verschwunden.

Das Kind, das ihr am häufigsten erschien, war Thomas Baker. Die Zeitungen waren voll von seiner Heldentat gewesen. Sein Schiff war in Grund gebohrt worden, die Offiziere getötet, und Thomas hatte den Befehl übernommen. Über hundert Männer verdankten ihr Leben seiner Geistesgegenwart. Tagelang war er auf einem Floß dahingetrieben, ohne Nahrung und nur mit dem Schluck Wasser in der Feldflasche. Als man ihn endlich herausfischte, hing ihm die Zunge schwarz und von Durst geschwollen aus dem Munde. Das war es, was Miss Fink ans Herz griff – er hatte nichts zu trinken gehabt.

Der Thomas, der sich ihr zeigte, war ein stämmiges Bürschchen in Knickerbockers. Das Kinn hielt er keck und selbstbewußt hochgereckt, aber sein Grübchen zitterte bedenklich. Und er fuhr sich mit der Zungenspitze über die trockenen Lippen.

Die Kinder kamen jedoch nur des Nachts. Wenn das Licht wiederkehrte, glaubte Miss Fink mit offenen Augen geträumt zu haben. Wie gewöhnlich aß sie ein weichgekochtes Ei mit Toast, schluckte die übliche Vitaminpille zum Orangensaft und wandelte dann gemessenen Schrittes zur Schule, um sich aufs neue in unerschütterlicher Autorität der vertrauten Aufgabe zu widmen. Mit den lieblichen und flüchtigen Gestalten, die sie nachts heimsuchten, hatten die Kinder in der Schule nicht viel gemein. Und kein Unbefugter würde sich je erdreisten, in den Geographiesaal einzudringen. Jedenfalls hatte es bis auf den heutigen Tag keiner gewagt.

JETZT KEHRTE DER JUNGE, der vorhin halb erstickt aus dem Klassenzimmer gestürzt war, wieder. Plötzlich hüstelte auch ein anderer in der Fensterreihe. Dann ließ sich ein dritter aus der Mitte vernehmen. Bald ertönte aus allen Ecken, wie Froschgequake aus einem Tümpel, ein heiseres «Höm-höm». Miss Fink wußte sehr gut, was es mit diesem Räuspern auf sich hatte. Es war ein in der Schule übliches Signal – ein Zeichen der Aufsässigkeit. Die Kollegen hatten ihr erbittert davon berichtet. In ihrer Klasse aber war es nie zuvor laut geworden.

Da hob Randy Baker zaghaft die Hand. Das Hüsteln erstarb. Atemlose Stille lag über dem Klassenzimmer. Kleine Schweißperlen blinkten auf Randys Stirn. Miss Fink sah es. Seine Handfläche glänzte feucht.

«Nun, Randolph?» fragte sie.

Randy stand auf. Miss Finks Schüler standen stets auf, sobald man das Wort an sie richtete. Er rieb sich verlegen sein rundliches Bäuchlein. «Ich hab gestern 'nen Brief von Tommy gekriegt», brachte er schließlich hervor.

«Erhalten, Randolph», verbesserte Miss Fink. «Du hast gestern einen Brief von deinem Bruder erhalten. Das ist ja erfreulich.»

«Jawohl, Miss Fink», nickte Randy. Er druckste herum; offensichtlich fiel es ihm schwer, weiterzusprechen. «Er hat

mir einen Dollar geschickt. Den hat er im Erholungsheim beim Pokern gewonnen.»
«Daß Thomas spielt, betrübt mich zu hören», sagte Miss Fink. «Aber wir alle sind stolz auf sein tapferes Verhalten. Falls du uns nichts Interessanteres mitzuteilen hast, darfst du dich wieder setzen, Randolph.»
«Höm-höm», ließ sich der Junge hinter Randy vernehmen.
«Er hat eine Medaille bekommen», fuhr Randy nun fort, «für besondere Tapferkeit.» Die Feierlichkeit dieser Worte schien ihn mit neuem Mut zu befeuern. «Er läßt der Klasse was bestellen.»
«Hast du den Brief mitgebracht?» fragte Miss Fink. «Wenn dies der Fall ist, darfst du die betreffende Stelle vorlesen.»
Randy angelte einen Luftpostumschlag aus seiner Jackentasche.
Die Klasse wurde unruhig. Unterdrücktes Kichern klang auf, erstarb aber gleich wieder.
«Aufgemerkt, bitte!» befahl Miss Fink.
Randy entfaltete den Brief. Der Bogen war schmuddelig und zerknittert; es war ihm anzusehen, durch wie viele Hände er schon gewandert und daß er eifrig studiert worden war. Wieder räusperte sich Randy. Diesmal war es nicht das Signal des geheimen Mitteilungsdienstes. Miss Fink kannte den Unterschied genau. «Er ist aber mächtig lang», wandte Randy ein, in der stillen Hoffnung, sich drücken zu können.
«Dafür haben wir Zeit», entschied sie.
Randy begann zu lesen. Seine Stimme klang hell und klar und war, wie es vor dem Stimmbruch häufig ist, von fast mädchenhafter Süße.
«Das Komische mit der Welt ist», las er, «daß sie genauso aussieht, wie man sie sich vorstellt. Als sie mich mit dem Lazarettflugzeug nach Kalifornien zurückflogen, linste ich runter, und glaub mir, Kleiner, alles sah haargenauso aus wie auf der Landkarte im Geographiesaal der geliebten (ha-ha-ha!) alten Zedernhain-Schule. Ich entdeckte eine Halbinsel. Und dann eine langgestreckte Wasserfläche, die

fast vollständig von Land umgeben war. Ein paar Atolle hab ich auch zu sehen gekriegt. Und das sind tatsächlich solche Kringel wie Spritzkuchen. Der Rand ist mit Palmen gespickt und das Loch in der Mitte voll Wasser. Es hat dieselbe Farbe wie die blaue Kreide, die ich einmal gemaust habe und mit der ich dann ein Bild von Miss Fink aufs Pflaster schmierte. Weißt du noch?»

Randy schluckte krampfhaft.

«Fahre fort, Randolph», ermahnte ihn Miss Fink.

«Du möchtest also wissen, ob ich bange war, als diese gottver...» – Randy lief krebsrot an, las aber tapfer weiter – «gottverdammten» – in seiner Verlegenheit hatte er das Wort unnötig kräftig hervorgeschmettert – «gelben Japse uns im Sturzflug bombardierten. Und ob! sag ich dir. Aber da hat es mich plötzlich wie ein Blitz durchzuckt, daß mein Bammel auch nicht größer war als damals, wo mich die alte Miss Fink beim Trinkbrunnen erwischte. Du weißt schon, als ich mich damit dicketat, daß ich sie unterkriegen kann. Und da hab ich mir gesagt: Damals bist du nicht getürmt, also wirst du es jetzt auch nicht tun. Viel Platz zum Türmen war ja auch gar nicht da.»

Die Klasse platzte los.

«Und als ich dann später», las Randy verbissen weiter, «auf meinem Floß herumgondelte wie Robinson – na, rat mal, an wen ich da denken mußte! Nicht etwa an eine Filmpuppe! Nein, an unsere Miss Fink! Mir fiel nämlich ein, mit was für einem Fischblick sie uns immer angestarrt hat, wenn wir mal nach einem Schluck Wasser gierten. Um mit meinem Vorrat auszukommen, bildete ich mir ein, wieder im Geographiesaal zu sitzen. Und auch, als die Pulle dann leer war, trieb ich dieses Spiel weiter. Die ganze Zeit über hab ich mir eingeredet: in fünf Minuten muß es ja klingeln, dies kleine Weilchen kannst du's also noch aushalten. Und ich sag dir, das hatte auf dem Stillen Ozean dieselbe Wirkung wie in der Penne. Das kannst du den Jungs in der Klasse von mir bestellen.» Randy brach unvermittelt ab.

«Höm-höm!» erklang es wieder.

«War das der Schluß?» fragte Miss Fink.
Randy blickte ihr fest in die Augen. Einen flüchtigen Augenblick glaubte sie, er werde ‹ja› sagen. Und wenn er es tat, dann wäre der Fall damit erledigt gewesen.
Aber Randy schüttelte den Kopf. «Nein, Miss Fink», gestand er, «da steht noch was.» Sein Gesicht nahm die Farbe einer reifen Tomate an. «Da steht» – er schluckte – «da steht» – er holte tief Luft – «da steht: gib der schrecklichen Miss Fink einen Kuß von mir!»
Miss Fink stieg von ihrem Podium herab. Sie neigte den Kopf vor und hielt Randy ihre Wange hin.
«Nun, Randolph», sagte sie. «Ich warte.»
Eine spannungsgeladene Stille lag über der Klasse. Dann aber, als den Kindern die volle Bedeutung ihrer Worte klar wurde – ging es wie ein Aufstöhnen durch den Raum. Randy faltete seinen Brief zusammen und stopfte ihn wieder in die Jackentasche. Dann setzte er sich in Bewegung und marschierte auf seine Lehrerin zu, schicksalergeben wie ein Märtyrer zum Schafott. Er trat keinen Schritt näher heran, als unbedingt nötig war, lehnte sich steif aus den Hüften vor und drückte seine gespitzte Schnute gegen ihre Wange. Ein schmatzender Laut ertönte: eine kleine Explosion im Klassenzimmer.
«Ich danke dir», sagte Miss Fink. «Übermittle bitte Thomas meine Grüße.» Sie richtete sich gerade auf und musterte die Klasse. Zu ihrer Überraschung grinste niemand.
Da ertönte Jincey Webbs Stimme. Sie schwatzte einfach darauf los, ohne sich vorher zu melden.
«Ach, das war wie 'ne Medaille», sagte sie versonnen. «Als wenn er Miss Fink einen Orden angesteckt hätte.»
Einen Augenblick lang war ihr Gesichtchen wie von einem inneren Licht verklärt, dann löschte ein Schatten dieses Leuchten aus. Es war, als habe Jincey etwas überirdisch Schönes erspäht, etwas sehr Trauriges oder sehr Hehres, jedenfalls etwas, das für ihr kindliches Gemüt zu überwältigend war. Sie begann zu weinen. Ihr Kopf plumpste auf das Pult. Ihr rotes Haar fiel vornüber und entfaltete sich wie ein gekräuselter Fächer.

Und all die andern kleinen Mädchen weinten mit ihr. Die Jungen aber starrten todernst geradeaus in die Luft.
Zum erstenmal in ihrem Lehrerinnendasein geriet Miss Fink in Verlegenheit. Jetzt hätte sie gern eine kleine Rede gehalten, ein paar eindrucksvolle und dankerfüllte Worte darüber gesagt, was ihr das Leben bedeutete. Und wie hochherzige Kinder seien. Aber diesmal fehlten ihr die Worte.
Und da erkannte sie, daß es nicht etwa Hochherzigkeit war, wofür sie der Klasse zu danken hatte, nein, etwas weit Wertvolleres, etwas weit Selteneres. Es war Gerechtigkeit.
Noch als sie darüber nachsann, kam ihr zum Bewußtsein, daß sie ihre Pflicht vernachlässigte – die erste Pflicht des Lehrers, Ordnung zu halten.
Sie holte ein Endchen Schnur aus der Schublade ihres Katheders hervor. Dann schritt sie den Gang entlang auf Jincey Webb zu, raffte ihr Haar, dieses Wunderwerk an Kunst und Natur, zu einem Schopf zusammen und umknotete es dicht am Nacken mit dem Bindfaden.
«Jetzt ist es dir aus dem Weg», sagte sie.
Beim Klang ihrer Stimme, dieser kühlen, korrekten und alltäglichen Stimme, kamen die Kinder wieder zur Besinnung. Sie setzten sich kerzengerade auf, schnaubten sich die Nasen mit ihren blitzsauberen Taschentüchern und falteten die Hände auf den Pulten.
«Die Federhalter bereit!» befahl sie.
Ein leichter Schleier trübte ihren Blick, und buntschillernd wie durch ein Prisma nahm sie die Kinderschar wahr. Sommersprossen, gestriegelte Scheitel, Schürzen und Polohemden badeten in irisierenden Regenbogenfarben. Ihre Liebe strömte diesen Kindern entgegen – denen, die mit gezücktem Federhalter vor ihr saßen, und denen an fernen Orten, die sie ihnen einst auf der Landkarte gezeigt hatte. Ihr Gefühl wallte nicht zärtlich auf wie die Hätschelliebe einer Mutter, nein, es brauste dahin wie ein grimmiger, von Stolz und Hoffnung geschwellter Strom – die Liebe eines alten Generals, dessen Herz den Soldaten in die Schlacht folgt.

Sie schritt zur Tafel und ergriff ein Stück Kreide. ‹Über den fünfzigsten Breitengrad ...› schrieb die schreckliche Miss Fink.

DER BRIDGEKLUB, der jeden Donnerstag tagte, war so klein und exklusiv, wie ein Bridgeklub eben zu sein hat. Er zählte genau vier Mitglieder: vier noch recht jugendliche Damen, die sich dem Spiel mit gebührendem Ernst zu widmen pflegten. Heute – man traf sich bei Mrs. Reese – war man allerdings nicht ganz bei der Sache.

«Wenn du nicht die Zehn ausgespielt hättest, dann hätten wir unsern Kontrakt gemacht», wandte sich Mrs. Reese gereizt an ihre Partnerin, Mrs. Knight. «Der Tisch war durchaus gut.»

«Ich kann mich heute einfach nicht auf die Karten konzentrieren», entschuldigte sich Mrs. Knight. «Hab ja auch in den letzten Tagen zu viel durchgemacht. Erst diese schreckliche Aufregung mit meinem Lester. Immerhin war es ja eine Sache auf Leben und Tod! Und nun auch noch diese Geschichte mit Miss Fink. Gelähmt ist sie!»

«Ja, um Himmels willen, ist es denn wirklich eine Lähmung?»

«Gott, schließlich kann sie ihr Bein nicht bewegen. Und warum soll man nicht das Kind beim rechten Namen ...»

«Bis jetzt hat Tommy jedenfalls noch keine endgültige Diagnose gestellt», fiel ihr Mrs. Briggs ins Wort. Als Jincey Bakers Schwester glaubte sie besser im Bilde sein zu müssen als die anderen Damen.

«Ja, was vermutet er denn?»

«Tommy ist ja verschlossen wie eine Auster.» Mrs. Briggs' Ton ließ durchklingen, nur sie allein genieße das Vertrauen des Arztes. «Aber er ist tief beunruhigt. Das könnt ihr schon daran ermessen, daß er Jincey heute früh doch wahrhaftig erklärt hat, sie müsse das Baby ohne seine Hilfe zur Welt bringen.»

«Die Ärmste! Wenn eine Frau jemals ihren Mann braucht, dann doch wirklich ...» Mrs. Evans seufzte gefühlvoll. Ihr eigener Mann, John Wesley, war zwar während all der qualvollen Stunden vor Victorias Geburt völlig betrunken gewesen, aber er hatte doch die ganze Zeit neben ihrem Bett gehockt. Der arme Wes, Augen hatte er gemacht wie ein abgestochenes Kalb und mit ihr um die Wette gestöhnt und gejammert. Und in was für blumigen Wendungen er ihr seine Liebe beteuert hatte – auch wenn sie nur zur Hälfte echtes Gefühl, zur anderen heulendes Elend gewesen waren!

«Na, Jincey ist ja nicht zimperlich», meinte Mrs. Briggs. «Und sie weiß auch, was sie ihrem Ruf als Arztfrau schuldig ist.»

«Außerdem ist Sam Tillet ein hervorragender Geburtshelfer», gab Mrs. Reese ihr Urteil ab.

«Ich war gestern bei ihr», verkündete Mrs. Knight in einem Ton, der besagen sollte, daß sie nicht das geringste Aufheben von dieser Sensation mache. «Bei Miss Fink, meine ich.»

«Das hättest du besser unterlassen sollen», verwies Mrs. Briggs sie. «Tommy sieht es gar nicht gern, wenn sie Besuch bekommt.»

«Ich wollte sie ja nur wegen Lester beruhigen. Ihr wißt es vielleicht nicht, aber Thomas hat mir gesagt, der Eiter spritzte nur so aus seiner Appendix.»

Die Damen des Klübchens wußten jedoch bereits alles Wissenswerte über Lester junior.

«*Seinem* Appendix heißt es und nicht *seiner*», verbesserte Mrs. Briggs, die es ja wissen mußte. «Und was für einen Eindruck machte sie?»

«Ach, eigentlich war sie genau wie sonst», berichtete Mrs. Knight. «Nur – ich weiß nicht, wie ich es ausdrücken soll – vielleicht: sanfter. Wie ein alter Löwe, dem man die Zähne gezogen hat.»

«Großer Gott!» rief Mrs. Reese. «Die schreckliche Miss Fink und sanft – nein, der Gedanke bricht mir wirklich das Herz.»

«Wir haben sie gesehen, wie sie ins Krankenhaus geschafft wurde», meldete sich jetzt Mrs. Evans zum Wort. «Tom und Sandy trugen sie, und sie saß auf ihren verschränkten

Händen, als ob das gar nichts Besonderes wär. Ohne auch nur mit der Wimper zu zucken!»

«Miss Fink zuckt eben nie mit der Wimper!» Aus Mrs. Knights Worten klang fast so etwas wie Familienstolz.

«Wes merkte gleich, daß etwas Schlimmes passiert sein mußte. Er machte ein Gesicht, als ob ihm ein Geist erschienen wäre», fuhr Mrs. Evans fort. Da sie nicht aus Liberty Hill stammte, maß sie den Reaktionen ihres Angetrauten weit größere Bedeutung bei als Miss Finks Erkrankung. «Wes hat nämlich mal wieder seine Tour gehabt ...»

Die Damen nickten. Selbstverständlich war es keiner einzigen entgangen, was für tolle Dinge sich Mr. Evans neulich auf dem Ball des Landklubs geleistet hatte.

«... und wollte sich gerade einen Rachenputzer zu Gemüte führen. Aber, denkt euch nur, er hat es gelassen und statt dessen brav ein Ei geschluckt.»

«Am Ende stellt sich noch heraus, daß dies der Wendepunkt seines Lebens war», meinte Mrs. Reese süßsauer. Ihre bissige Bemerkung verpuffte jedoch.

«Daran glaub ich felsenfest», erklärte Mrs. Evans, die in ihrem Glauben nicht so leicht zu erschüttern war. «Er hat mir geschworen, daß es damit ein für allemal Schluß ist.» Hoffnung und Glück leuchteten ihr aus den Augen. «Gottes Wege sind unerforschlich.»

Dies ging Mrs. Knight denn doch über die Hutschnur. «Daß Gott es auf die schlechten Gewohnheiten deines Teueren abgesehen hat, als ER Miss Fink heimsuchte, möchte ich denn doch stark bezweifeln.»

«Aber nein! So hab ich's ja gar nicht gemeint!» beteuerte Mrs. Evans erschrocken. «Miss Fink tut mir wirklich in der Seele leid. Ihr müßt sie ja alle vergöttert haben.»

«Wenn wir's taten, dann hatten wir jedenfalls keine Ahnung davon», sagte Mrs. Reese. «Zur Salzsäule sind wir erstarrt, wenn sie uns nur ansah!»

«Wißt ihr noch das Gedicht, das Geoff auf sie gemacht hat?»

«Und die sauberen Taschentücher? Und wie schnurgerade die Ränder sein mußten?»

«Und die Kernseife?»

«Und was sie uns im ersten Schuljahr über das Kamel gesagt hat? ‹Das Kamel ist kein schönes Tier, aber es kann tagelang ohne Wasser durch die Wüste wandern›», sagte Miss Briggs. «Und wie sie uns immer angestarrt hat, wenn wir Wasser trinken gingen? Bis wir es endlich begriffen, daß ihr dieses Herumlungern am Trinkbrunnen ein Greuel war?»
«Kann eine von euch noch die Umrisse von Rußland zeichnen?»
«Bewahre, längst nicht mehr!»
Die drei Damen schwelgten in Erinnerungen. Sie fühlten sich in eine festumrissene Welt zurückversetzt, wo alle Länder unveränderlich waren und in leuchtenden Tuschkastenfarben erstrahlten und wo ihnen vom erhöhten Katheder herab alle nur erdenklichen und beherzigenswerten Leitsätze fix und fertig mitsamt der dazugehörigen korrekten Interpunktion diktiert worden waren.
«Und ich hab so fest damit gerechnet, daß sie Schnucki dies schreckliche Zöpfekauen genauso gründlich austreiben würde wie mir», schmollte Mrs. Briggs. Und plötzlich liefen ihr dicke Tränen die Wangen herab. Auch Mrs. Knight begann still in sich hineinzuschluchzen, und da konnten natürlich Mrs. Reeses Augen nicht trocken bleiben.
Da saßen also an einem Bridgetisch, in einem gepflegten Wohnzimmer, drei mollige wohlsituierte Damen mit perlengeschmückten Ohrläppchen und vergossen Tränen der Rührung über ihre Kindheit. Die vierte, Mrs. Evans, saß in schweigendem Mitgefühl dabei, bis es auch ihr nach einem Weilchen gelang, eine Träne hervorzudrücken.
Mrs. Briggs durchwühlte die Taschen ihres dunkelroten Gabardinekostüms. «Verdammt noch mal!» entfuhr es ihr. «Jetzt hab ich doch tatsächlich mein Taschentuch vergessen!»
«Nimm meins», bot ihr Mrs. Evans an.
«Was würde bloß Miss Fink von mir denken!» schluchzte Mrs. Briggs. «Bei meinem Alter... und muß mir ein Taschentuch borgen...»
«... und fluche obendrein noch wie ein Bierkutscher», ergänzte Mrs. Knight das schöne Bekenntnis.

Nun erhob sich Mrs. Reese entschlossen. «Nein, Kinder, wir müssen uns zusammenreißen! Das Leben fordert schließlich sein Recht!» Und sie marschierte mit resoluten Schritten in die Küche, um starken Kaffee, Ragout fin in Muschelschalen und – da das Klübchen auf die schlanke Linie hielt und Schlagsahne verpönt war – eine Schale mit kandiertem Ingwer zu holen.

DIE MITGLIEDER DES ROTARYKLUBS von Liberty Hill hatten sich zum allwöchentlichen Lunch eingefunden. Alexander Burnham hatte das Tischgebet gesprochen. Die Krabben-Cocktails waren serviert. Plötzlich klopfte Mr. Porter, Gründer und Ehrenmitglied des Klubs, ohne den Vorsitzenden um das Wort zu bitten, mit dem Messer an sein großes Cocktailglas. Er tat dies so energisch, daß die rote Sauce wie erschreckt hochschwappte und ein paar dicke Spritzer auf dem blütenweißen Tischtuch landeten.
«Freunde!» begann Mr. Porter und reckte sich zu seiner ganzen, noch immer stattlichen Größe empor. «Es ist meine heilige Überzeugung, eine Überzeugung, die sich auf die Erfahrung eines langen Lebens gründet, daß das Herz eines guten Geschäftsmannes nicht in seiner Brust, sondern in seiner Brieftasche sitzt.»
Höfliches Gelächter quittierte diese Einleitung.
Mr. Porter hatte jedoch gar nicht witzig sein wollen. Er runzelte daher die Brauen, reckte den langen, mageren Hals vor und maß die Versammlung schweigend mit ernstem Blick. Schließlich hob er sein Glas. «Ehe ich fortfahre», sagte er mit vor Bewegtheit krächzender Stimme, «möchte ich einen Toast ausbringen. Auf das Wohl der schrecklichen Miss Fink!»
Die Rotarier tranken. Sie setzten die Gläser nieder. Sie klatschten. Plötzlich aber, wie von einem gemeinsamen Drang ergriffen, setzten sie sich in ihren Stühlen zurecht. Alle stellten die Füße mit entschiedenem Ruck brav nebeneinander auf den Teppich und setzten sich kerzengerade auf. Einige falteten sogar die Hände.

WÄHRENDDESSEN UNTERWARF SICH im Krankenhaus Miss Fink all den Untersuchungen, die Thomas Baker als ‹erschöpfend› bezeichnet hatte und die, wie sie jetzt feststellen mußte, in der Tat recht erschöpfend waren. Der Gedanke, daß ihre Erkrankung in Liberty Hill so etwas wie eine Welle der Teilnahme auslösen könnte, kam ihr überhaupt nicht in den Sinn. Sie glaubte, ein zurückgezogenes, privates Leben zu führen, und nicht einmal im Traum wäre es ihr eingefallen, daß dieses Leben – dieses bescheidene, eng begrenzte Feld ihrer Tätigkeit – im Laufe der Zeit immer größere Kreise gezogen hatte, genau wie Wellenringe auf einem stillen Teich, in den man einen Kieselstein geworfen hat. Dabei unterschätzte sie ihre Fähigkeiten keineswegs. Sie wußte, daß sie eine gute Geographielehrerin war. Sie wußte auch, daß sie die Gabe besaß, den bildsamen Ton der Kinderseele zu formen und mit einer harten, schützenden Glasur aus Zucht und Ordnung zu überziehen. Aber all dies gehörte zu ihrem Beruf. Und wenn sie ihre Schüler auch nach der Schulentlassung nicht vergaß, so hatte das seinen Grund nur darin, daß die Natur sie, einer Laune folgend, mit einem besonders guten Gedächtnis ausgestattet hatte. Ihre Zöglinge lebten in ihrer Erinnerung ohne Verklärung weiter. Miss Fink nahm es als gegeben an, daß sie sich weder im Guten noch im Bösen wesentlich gewandelt hatten; und genauso glaubte auch sie im Andenken ihrer Schüler weiterzuleben. Die Vorstellung, daß heilsame Furcht eines Tages in aufrichtige Zuneigung umschlagen könnte, hätte sie als baren Unsinn abgetan. Solchen sentimentalen Täuschungen konnte allenfalls eine Mutter, niemals aber eine Lehrerin zum Opfer fallen.

Selbst wenn ihr derartige Gefühlsschwelgereien nicht zuwider gewesen wären, hätte sie ihnen heute keinesfalls nachgegeben. Heute: das war hier und jetzt! Dieses Krankenhaus und diese Schmerzen. Ihre Gelenke wurden mit dem Hämmerchen beklopft; ihr Rückgrat mit einer Nadel durchstochen; man rollte sie von einem sonderbaren Raum in den anderen; um ihren Kopf wurden Stahlplatten ge-

schnallt, und man maß ihre Gehirntätigkeit; und jeder einzelne Knochen ihres Körpers wurde geröntgt.
Thomas ließ sie keinen Augenblick allein. Er hatte ihr versprochen, sofern nicht ein dringender, für den jungen Temple zu schwieriger Fall eingeliefert wurde, bei allen Untersuchungen dabeizusein.
«Aber Adams ist wirklich ein tüchtiger Kerl», sagte er. «Er wird mit allem gut fertig, und ich werde ihn richtig vermissen, wenn er fortgeht.»
«Bleibt er denn nicht hier?»
«Nein, er arbeitet nur vorübergehend bei uns. Seit Weihnachten ist er mit seinem Studium fertig, und im Juli geht er als Assistent an die Hopkins-Klinik. Diese Vertretung hat er nur für die Zwischenzeit übernommen. Vermutlich wollte seine Mutter gern, daß er Liberty Hill mal richtig kennenlernt.»
«Seine Mutter war recht wißbegierig», sagte Miss Fink.
Thomas lachte. «Ja, ja, ich versteh schon, was Sie meinen. Darin übertrifft auch Adams alles, was ich bisher erlebt habe.» Er wandte sich an Billie Jean. «Und jetzt bitte den Perkussionshammer, Mrs. Green.»
Unmerklich verwandelte sich Thomas. Er strahlte jetzt eine unpersönliche Autorität aus, die Miss Fink Vertrauen einflößte. Seine Aufmerksamkeit konzentrierte sich auf die Untersuchung. Sein Blick wurde durchdringend. Er war behutsam und geschickt, und tat er ihr doch weh, entschuldigte er sich nicht. Nur ein einziges Mal, bei der ersten Rückenmarkspunktierung, sah sie ihn vor Mitleid zusammenzucken.
Ein typischer Baker, dachte Miss Fink; keiner von ihnen hat es je fertigbringen können, anderen Schmerzen zuzufügen. Es lag in der Familie. Durch den trüben Schleier ihrer eigenen Schmerzen hindurch vermeinte sie die vier Jungen wieder vor sich zu sehen: Thomas, Charles, Randolph und Sterling. Sie alle waren gleich groß. Alle im Alter von etwa zehn bis zwölf Jahren, und alle ähnelten einander wie Papiermännchen, die man aus einem gefalteten Bogen geschnitten hat. Einer wie der andere trug einen roten Pullo-

ver – denselben roten Pullover natürlich, der vom Ältesten abwärts bis auf den Jüngsten vererbt worden war – und braune Manchesterhosen mit Lederflicken auf den Knien. Und alle hatten sie den gleichen offenen Blick und konnten gelegentlich von einer ganz unvermuteten Schüchternheit übermannt werden, hinter der sich zumeist geheime Zuneigung verbarg.
Als habe er ihre Gedanken erraten, warf Thomas ihr einen strengen, unpersönlichen Blick zu. Und je weiter der Tag vorschritt, desto weniger sah sie in ihm einen der Baker-Jungen, ja, sie hörte sogar auf, sich selbst als die zu sehen, die sie war: als Lehrerin. Er war der Arzt und sie seine Patientin. Ihr Wille hatte sich dem seinen zu fügen.
Thomas nahm diese Wandlung mit gemischten Gefühlen auf – einerseits war er stolz, andererseits bekümmert. Er hatte Miss Fink mit harter Hand anpacken müssen, weil er mit sanfter nichts erreicht hätte. Ja, er hatte diesen Kampf um die Überlegenheit gewonnen. Seines Sieges konnte er aber nicht froh werden.
Die Untersuchungsergebnisse waren alles andere als ermutigend. Jeder neue Test brachte ihn unerbittlich der befürchteten Diagnose näher. Trotzdem ging er unbeirrt weiter methodisch vor, jederzeit bereit, seine Auffassung zu ändern; und die Schlußfolgerung behielt er für sich. Dies alles hatte er in Laboratorien und Sezierräumen gelernt, und auch bei der Marine. Genaugenommen aber schon viel früher, nämlich im Geographiesaal der Zedernhain-Schule.
Wie hatte er sich gegen diese Lehren gesträubt! Wie hatte er sich danach gesehnt, einmal so mächtig zu werden, daß er selbst der schrecklichen Miss Fink befehlen könne.
Einmal – fiel ihm jetzt wieder ein – hatte er ein Stückchen blaue Kreide stibitzt und damit eine Karikatur von ihr auf den Bürgersteig vor der Schule geschmiert. Nach seiner Ansicht und auch der seiner Kameraden war diese Zeichnung ein Meisterwerk gewesen, worin sich das Kolossalische mit bewährter Launigkeit in einzigartiger Weise gepaart hatte. Zweieinhalb Meter hatte dieses geniale Porträt von Miss

Fink gemessen; aus dem Mundwinkel ragte ihr eine gewaltige Zigarre, und in der Linken hielt sie eine Riesenflasche mit der Aufschrift WHISKY. Tief im Gebüsch verborgen hatte Thomas auf der Lauer gelegen, um festzustellen, wie das Original auf dieses Konterfei reagieren werde.

Nach einer Ewigkeit war sie endlich aus dem Schulportal getreten. O ja, sie sah die Schmiererei wohl. Aber nach einem einzigen, kühl abschätzenden Blick auf das Machwerk schritt sie darüber hinweg, als sei es gar nicht vorhanden.

Und plötzlich, als er ihr nachschaute, wie sie dahinwandelte, mit diesem Hut, dem winzigen Haarknoten über dem mageren Nacken und diesen streichholzdürren Beinen unter dem schwarzen Rock, hatte ihn das Gruseln gepackt. Was er in diesem Augenblick blitzartig erhascht hatte, war ihre stolze und – wenn er auch damals schwerlich diesen Ausdruck gebraucht hätte -- geradezu kosmische Einsamkeit. Zum erstenmal in seinem jungen Leben hatte er sich in einen andern Menschen versetzt gefühlt – von allen menschlichen Empfindungen wohl die ungemütlichste.

In der folgenden Nacht war ein schwerer Regen niedergegangen, so daß das Pflaster am nächsten Morgen nur noch bläulich schimmerte. Aber noch viele Tage danach hatte Thomas es geflissentlich vermieden, den Haupteingang der Schule zu benutzen.

All dies schwirrte ihm durch den Kopf; und als er nun die stillergebenen Züge der Kranken betrachtete, krampfte sich ihm das Herz zusammen.

Während er die Patientin nach der letzten Röntgenaufnahme mit Billie Jeans Hilfe ins Zimmer zurückrollte, zeigte ihm ein kleiner Zwischenfall, daß Miss Fink immer noch Miss Fink war.

Der kleine Lester, der sich nach seiner Operation so rasch erholt hatte, wie dies nur einem so halbflüggen Bürschchen möglich ist, nutzte seinen Rollstuhl weidlich aus und kariolte mit wahrer Wonne durch das Krankenhaus. Er war aus der Kinderstation entwischt und fegte nun durch die

Korridore, nahm die Kurven in bedenklichem Schwung und feixte vergnügt über die erschrocken auseinanderspritzenden Fußgänger.

Thomas wollte dem Racker Einhalt gebieten, mußte jedoch mit einem Satz zur Seite springen, da Lester freiheitstrunken direkt auf ihn zusteuerte.

«Lester!» ertönte in diesem Augenblick Miss Finks unverändert gelassene und gebieterische Stimme.

Lester bremste. Die Augen traten ihm vor Schreck fast aus den Höhlen.

Miss Fink warf ihm einen langen, eisigen Blick zu.

«Fahre in dein Zimmer zurück, Lester!» sagte sie nach einer guten Weile.

«Jawohl, Miss Fink!» kam es in jämmerlichem Piepston von Lester. Da trat auch schon eine Schwester, die die Verfolgung des Ausreißers mit hochroten Wangen und schiefgerutschter Haube aufgenommen hatte, auf ihn zu, bekam ihn mitsamt dem Stuhle zu packen, und fort ging es.

«Hoffentlich gibt sie ihm tüchtig ein paar hinter die Löffel», rief Billie Jean empört.

«Meine Hochachtung, Miss Fink!» sagte Thomas und verbeugte sich vor oder vielmehr über ihr. Hätte sie ihn nicht mit diesem Blick angeschaut, der selbst den übermütigen Lester kleinlaut werden ließ, dann hätte er ihr um ein Haar einen Kuß gegeben, genau wie einmal sein kleiner Bruder.

Vor ihrer Zimmertür sagte er: «Morgen nachmittag besprechen wir alles. Ich erwarte aber von Ihnen, daß Sie bis dahin keinen trüben Gedanken nachhängen.»

Damit drehte er sich um und ging eilends davon.

«Wir sind doch hoffentlich nicht bange vor morgen?» fragte Billie Jean. «Du meine Güte! Hier sieht es ja aus wie in einem Blumenladen!»

Das ganze Zimmer stand voller Treibhausblumen. Auf der Kommode, dem Tisch und sogar in den Ecken auf dem Fußboden, überall blühte es.

«Es sind zu viele!» entschied Miss Fink. «Überladenheit tut der Schönheit stets Abbruch. Die weiße Azalee behalte ich; später kann ich sie an eine geschützte Stelle in meinen Garten pflanzen. Bitte nehmen Sie die andern fort, und verfügen Sie darüber nach Belieben.»

«Wie Sie meinen, Miss Fink», murmelte Billie Jean mit einer Miene wie ein enttäuschtes Kind.

«Es gibt doch sicherlich weniger glückliche Patienten, denen Sie damit eine Freude bereiten können», schlug Miss Fink vor.

Billie Jeans Miene hellte sich wieder auf. Als verschwenderische Flora durch die Station zu wandeln und ‹die weniger Glücklichen› mit ihren Gaben zu erfreuen, war ganz nach ihrem Geschmack.

Nachdem sie alle Sträuße und Blumentöpfe verteilt hatte, setzte sie sich an den Tisch und holte ihren Füllfederhalter aus der Schürzentasche.

«Die Karten habe ich aufgehoben», sagte sie, «und Briefpapier und Umschläge hab ich mir auf der Station geholt. Wenn es Ihnen recht ist, schreibe ich gern die Dankesbriefe für sie.»

«Das wäre sehr liebenswürdig», sagte Miss Fink. Die Aussicht, Billie Jean als Sekretärin zu beschäftigen, besaß unzweifelhaft den Reiz der Neuheit. Die Aussicht aber, sie dadurch wenigstens auf ein Weilchen zum Schweigen zu bringen, hatte geradezu etwas Verführerisches.

«Wollen Sie mir dann bitte diktieren?»

«Nein», sagte Miss Fink. «Ich verlasse mich auf Ihren Takt. Vermeiden Sie aber bitte alle Übertreibungen.»

Im Zimmer herrschte köstliche Ruhe. Vor der blaugetünchten Wand stand makellos in Form und Farbe die Zwergazalee. Kaum ein Laut war zu hören; nur der Frühlingsregen trommelte leise gegen das Fenster, und ab und zu tat Billie Jean – genau wie ein Kind bei der Leistungsprüfung – einen schweren Seufzer.

«Fertig!» rief sie nach einer Weile aufatmend und reichte Miss Fink einen Briefbogen. «Ich habe an alle dasselbe geschrieben. Ist es so recht?»

Miss Fink unterzog das Muster einer sorgsamen Prüfung.

‹Sehr geehrter Mr. Porter›, las sie, ‹im Auftrag von Miss

Fink teile ich Ihnen hierdurch mit, daß sie über ihr liebes Blumengebinde hingerissen ist. Das Mitgefühl der Freunde ist für die Kranken wie ein labender Sonnenstrahl. Herzlichst Ihre Billie Jean Green. D. Kr. Pr.›
Miss Fink, der nun einmal jeder Sinn für Humor abging, geriet keinen Augenblick in Versuchung, zu lachen. Hingegen war sie versucht, den Brief aus langjähriger Korrekturgewohnheit herunterzuputzen und seine Schreib- und Stilfehler herauszupicken. Doch irgend etwas in Billie Jeans Gesicht – eine gewisse strahlende Selbstgefälligkeit, die ebenso unschuldig war wie bei einem Wiesenblümchen – hielt sie davon ab.
«Was bedeutet denn D. Kr. Pr.?» fragte sie.
«Diplom-Krankenschwester-Praktikantin», übersetzte Billie Jean. «Wie finden Sie den Brief?»
«Er klingt sehr...» Miss Fink suchte nach einem Wort, das die Wahrheit enthielt, ohne verletzend zu wirken, «... sehr gewählt.»
Das Wort traf den Nagel auf den Kopf. «Oh!» rief Billie Jean beglückt. «Das muß ich Bill erzählen.»
«Ich habe nichts dagegen, Mrs. Green.»
Billie Jean holte einen nassen Seiflappen herbei und rieb ihrem Pflegling das Gesicht ab. Sie tat es sehr zart und behutsam. Immerhin ist sie eine tüchtige Krankenschwester, dachte Miss Fink. Ihre Begabung, Kranke liebevoll zu behandeln und Behaglichkeit zu schaffen, ist fraglos größer als die, sich schriftlich auszudrücken. Jedenfalls ein Mensch, der seinen Platz im Leben gefunden hat.
«Miss Fink», platzte Billie Jean plötzlich heraus, «ich muß Ihnen was gestehen. Von Rechts wegen heiße ich gar nicht Mrs. Green.»
«Ich hab den Namen nur meiner kleinen Ava wegen angenommen», fuhr Billie Jean fort.
Miss Fink hüllte sich auch weiterhin in Schweigen.
«Sie wissen doch, ich war weit fort, in Detroit!» begann Billie Jean von neuem, diesmal fast flehentlich.
«Die Tugend kennt keine Geographie», ließ sich Miss Fink jetzt vernehmen.

«Ich arbeitete in der Nachtschicht», fuhr Billie Jean tapfer fort, «und das muß mich wohl ganz durchgedreht haben. Ich war ja auch noch nie von zu Hause weg gewesen. Und Mama hat mich immer sehr streng gehalten – nicht mal Schulausflüge durfte ich mitmachen oder so was, höchstens mal in der Sonntagsschule. Ich war also noch sehr unreif.»

«Das stimmt», pflichtete Miss Fink ihr bei.

«Alle jungen Männer wollten mit mir ausgehen, und das muß mir wohl zu Kopf gestiegen sein. Und da war dann dieser ... dieser eine ... ich hatte ja keine Ahnung, daß er verheiratet war ... und er war so lieb zu mir. Ich ... nun ja, ich hab ihm zuviel gegeben. Mit anderen Worten ...»

«Sie brauchen nicht deutlicher zu werden», unterbrach Miss Fink sie.

«Er sah einfach blendend aus, groß und stattlich, und ich hatte doch solches Heimweh. Nun ja, Sie wissen schon, wie das so ist.»

«Nein, ich weiß durchaus nicht, wie das so ist», stellte Miss Fink klar. «Ich weiß nur, daß Recht Recht ist und Unrecht Unrecht.»

«Genau dasselbe sagt Bill auch immer, mit haargenau denselben Worten!» rief Billie Jean ganz begeistert. «Ja, so kam denn Klein-Ava in Detroit zur Welt.» (Es klang, als wolle sie durchblicken lassen, wie gerissen Klein-Ava es eingefädelt habe, so fernab vom Schuß aufzutauchen.) «Natürlich hätte ich sie adoptieren lassen können. In Detroit gab es eine Agentur, die wollte das für mich vermitteln. Und dann war da auch noch das alte, kinderlose Ehepaar – die Dame war schon über die Vierzig –, die boten mir sogar dreitausend Dollar für meine Kleine. Aber ... nun ja, sie war doch mein Kind! Für mich war sie wie ein Stückchen Heimat. Und woher sollte ich wissen, ob die andern Leute sie auch ordentlich erziehen?»

«Ein Kind ist eine Verpflichtung», sagte Miss Fink.

«Darum bin ich auch mit ihr nach Liberty Hill zurückgekommen. Hier hab ich natürlich überall erzählt, daß mein Mann umgekommen ist. Und Mama hat mir versprochen, auf Klein-Ava aufzupassen, während ich Geld verdiene. Aber Pastor Burnham und Dr. Hurley, denen habe ich alles gebeichtet. Sie haben mir dann zugeredet, Krankenschwester zu werden, und so bin ich hier gelandet.»

Miss Fink seufzte. Nicht, daß sie schockiert gewesen wäre! Sie wußte, daß derartiges in der weiten Welt – und nicht nur in Romanen – vorkam. Selbst in der engen Welt von Liberty Hill waren solche Dinge, wenn auch nicht direkt an der Tagesordnung, so doch durchaus nichts Unbekanntes. Außerdem war sie ja nach einem halben biblischen Menschenalter an der Zedernhain-Schule gegen Überraschungen jeglicher Art gefeit.

Ihr Seufzer hatte William Holloway gegolten.

«Und warum», fragte sie schließlich, «haben Sie mir all dies anvertraut, Mrs. ...?»

«Billie Jean», ergänzte die Krankenschwester. «Darum, weil ... weil Sie vorhin das über meinen Brief gesagt haben. Ich bin nämlich gar nicht so fein, wie Sie glauben. Und ich will Ihnen nichts vormachen, sondern ehrlich sein.»

«Ehrlich währt auch am längsten», sagte Miss Fink.

«Und Bill habe ich es natürlich auch erzählt. Ich konnte einfach nicht anders. Er ist nämlich genauso wie Sie, Miss Fink. Ein Mensch, dem man die Wahrheit sagen muß.»

«Hm», machte Miss Fink.

«Oh, er war fuchsteufelswild», fuhr Billie Jean fort, «und tobte und war mir bitterböse. Stellen Sie sich vor, eine ganze Woche lang hat er sich nicht blicken lassen. Aber dann hat er erklärt, er würde mich trotzdem heiraten. Aber wenn ich mir nur die kleinste Ungehörigkeit zuschulden kommen lasse – wenn ich einem Mann nur mal zublinzle oder in der Öffentlichkeit rauche –, dann würde er mich» – sie machte eine dramatische Pause – «mit seinem Koppel windelweich prügeln!»

Miss Fink gewann die Überzeugung, daß sie für Williams künftigen Ehestand nichts zu befürchten brauche. Er gehörte zu den seltenen Männern, die sich Respekt verschaffen konnten. Und Billie Jean war eine Frau, die dazu ausersehen war, einen Herrn und Meister zu lieben.

Während Billie Jean ihrer Patientin das Abendessen – Spargelsuppe und Aprikosencreme – einflößte, war sie auffallend still. Ihre Miene war ein wenig bedrückt, dabei aber durchaus nicht unfreundlich. Ohne Zweifel ließ der Gedanke an Polizeiwachtmeister Holloways bärenstarke Rechte sie nicht los. Schließlich meinte sie seufzend: «Ich muß mich wohl damit abfinden, daß ich zu den Menschen gehöre, die eine harte Schule durchzumachen haben.»
«Das müssen wir alle, Billie Jean», sagte Miss Fink.

DIE NACHTSCHWESTER, die Billie Jean ablöste, versah ihren Dienst heute abend viel gewissenhafter als gestern. Ihre Miene verriet zwar noch immer, daß sie sich für diese Arbeit für zu gut hielt, aber ihre Hände gingen heute doch behutsamer mit der Patientin um. Miss Fink fiel dieser Unterschied sofort auf, und sie erriet auch den Grund dafür. Diese Person mußte inzwischen zu der Auffassung gekommen sein, daß ihr Pflegling nicht an irgendeinem nur alltäglichen Leiden erkrankt war. Ja, es war nur allzu deutlich, daß Miss Fink für sie jetzt nicht mehr eine x-beliebige alte Volksschullehrerin war, die über Kreuzschmerzen klagte, sondern ein ‹interessanter Fall›, der jede ihrer Handreichungen gewissermaßen adelte.
Furcht durchzuckte Miss Fink wie eine scharfe, kleine Flamme, züngelte in ihr auf und brannte sich sekundenlang in ihr Bewußtsein, blitzartig die gestaltlose Zukunft erhellend. Sie widerstand aber der Versuchung, in dieses sonst verhangene Dunkel zu spähen.
Thomas Baker hatte ihr ausdrücklich befohlen, alle trüben Gedanken auszuschalten. Einst hatte sie ihm Gehorsam abverlangt; jetzt, da die Rollen vertauscht waren, hatte er das Recht, ihn von ihr zu fordern.
In ihrem Geographiesaal hatte sie es so gehalten, daß jede Klasse einen Teil der Unterrichtsstunde dem Lesen zu widmen hatte. In einer genau festgelegten Anzahl von Minuten mußten die Kinder eine bestimmte Anzahl von Seiten lesen – selbstverständlich in unverändert korrekter Hal-

tung und ohne die Lippen zu bewegen oder angestrengte Falten zu schneiden. Nach Ablauf dieser Zeitspanne hatten sie die Bücher zu schließen und Miss Fink zu lauschen, die ihnen das Gelesene nun erläuterte. Vorweg zu lesen, also heimlich schon in das nächste Kapitel zu äugen, galt als weit schwereres Verbrechen als beispielsweise in den Leistungen nachzulassen. Letzteres war nur ein Zeichen von Faulheit, ersteres aber aufsässig und gefährlich. Solche Streifzüge auf eigene Faust hinterließen nur zu leicht schiefe Eindrücke und waren geeignet, ungesunde Vorstellungen zu erwecken. Begab man sich als Grünhorn auf seine erste Weltreise, dann empfahl es sich eben, dies nur in Gesellschaft und unter Anleitung eines kundigen Reiseführers zu tun.

Im Grunde hatte Thomas ihr nichts anderes befohlen, als nicht ‹vorweg zu lesen›. Also untersagte sie ihrer Neugier, die nächste Seite aufzuschlagen.

Sie schlief die ganze Nacht, und wenn sie überhaupt träumte, dann waren es bunte, wirre Träume – kaum mehr als der Nachhall vertrauter Wiegenlieder –, die sich mit wiederkehrendem Bewußtsein sogleich verflüchtigten. Sie erwachte erst, als sich die Nachtschwester von Billie Jean verabschiedete. Es hatte aufgehört zu regnen; durch das Fenster sah sie den Himmel in opalisierendem Grau – April.

Der Vormittag ging still dahin. Sie wurde gebadet und erhielt ihr Frühstück. Die Spitze von Billie Jeans Riesensocke näherte sich der Vollendung. Die Ärzte erschienen zur Morgenvisite.

Dann schaute Jincey Baker herein. Sie kam in einem losen, gekrausten Morgenrock hereinspaziert und sah aus wie ein kleines Mädchen, das ‹Babykriegen› spielt und sich dazu ein Kissen unter das Leibchen gestopft hat.

Eigentlich habe sie sich nur deshalb ins Krankenhaus gelegt – so erzählte sie –, damit Tommy seine Ruhe habe. Das Baby sei nämlich schon überfällig, und wenn bis Samstagabend nichts passiere, habe Sam Tillet vor, der Natur einen Schubs zu geben.

«Wenn Dr. Tillet so etwas sagt, dann hat er auch seine Gründe», bemerkte Billie Jean mit Nachdruck.
«Oh, das versteht sich», beteuerte Jincey eifrig, um zu zeigen, daß sie die fachlichen Qualitäten ihres Geburtshelfers nicht im geringsten anzweifelte. «Gerade hat er mir gesagt, ich soll mir nur ja Bewegung machen, und da bin ich schnell mal hier reingeschlüpft, um mir von Miss Fink alles Gute wünschen zu lassen.»
«Das tue ich von Herzen, Virginia», sagte Miss Fink.
Nachdem sich Jincey verabschiedet hatte, um ihren Spaziergang fortzusetzen, meinte Billie Jean: «Ich hab sie immer für das eingebildetste, hochnäsigste Balg gehalten, das in ganz Liberty Hill herumläuft. Aber ich muß doch sagen, sie ist ein netter Kerl. In den letzten Tagen hat sie ihren Mann doch kaum zu sehen gekriegt – aber keinen Mucks von sich gegeben!»
«Ein Arzt ist nicht Herr seiner Zeit», sagte Miss Fink.
«Ebensowenig wie ein Hüter des Gesetzes», ergänzte Billie Jean mit wichtiger Miene. «Ja, es ist schon so, wie man immer sagt: ‹Der Mann muß arbeiten, die Frau aber weinen›.»
«Eine recht antiquierte Lebensweisheit», entschied Miss Fink.
«Ja, das find ich auch», bekräftigte Billie Jean, die nicht den blassesten Schimmer hatte, was antiquiert bedeutete.
Auch heute kamen wieder Blumen. Zuerst zwei bunte Sträuße (mit denen Billie Jean wiederum ‹die weniger Glücklichen› erfreuen durfte) und dann der Miniaturgarten, den die dritte Klasse unter Miss Ellwoods Anleitung kunstvoll gebastelt hatte und der eigentlich ein Mittelding zwischen einem Topfblumenarrangement und einer Sandkastenlandschaft war. Aus einem dicken, in den Deckel einer Keksdose gepreßten Moospolster sprossen am Rande junge Farne und Leberblümchen hervor, in der Mitte aber neben einem winzigen Zedernsämling ragte ein kastenförmiges Gebäude aus rotem Pappkarton, worauf die Ziegelsteine mit weißer Tusche eingezeichnet waren.
«Ach, die Zedernhain-Schule!» rief Billie Jean entzückt. «Gott, wie süß! Ist das nicht rührend?»

«Ja», sagte Miss Fink. Als sie die kleine Anlage betrachtete, stand vor ihren Augen ein noch viel rührenderes Bild. Sie sah eine ganz in ihre Beschäftigung vertiefte Kinderschar, die sich mit hochroten Wangen bemühte, ein wirkliches Wunderwerk zu schaffen. Irgend etwas schnürte ihr die Kehle zusammen. «Die weißen Fugen sind wirklich mit lobenswerter Akkuratesse gezeichnet», sagte sie. «Stellen Sie die Schale bitte auf die Fensterbank.»
Gegen zwölf Uhr kam eine Mitteilung von der Aufnahme. Zwei Besucher von außerhalb wünschten Miss Fink zu sprechen. Der eine habe telephonisch um Erlaubnis gebeten, der andere warte bereits auf dem Korridor.
«Und wer sind die beiden?» fragte Miss Fink.
«Hm, auf jeden Fall sind sie nicht von derselben Henne ausgebrütet, wie man so sagt. Der eine ist Mr. Lyons, der Schriftsteller aus New York, und der andere Fred Makepeace.» Sie reckte die Nase hochmütig in die Luft. «Sie wissen ja wohl, wo er sich aufhält.»
«Ich weiß es», sagte Miss Fink. Fred war Insasse einer Strafanstalt. «Ich möchte sie gern beide sprechen. Es sind frühere Schüler von mir.»
«Mr. Makepeace», sagte Billie Jean und warf dabei den Kopf in den Nacken, «hat ja auch keine Sekunde daran gezweifelt, daß er willkommen ist. Er steht schon vor der Tür. Wenn Sie nichts dagegen haben, warte ich solange draußen.» Hocherhobenen Hauptes spazierte sie hinaus. Als Verlobte eines Polizeiwachtmeisters hielt sie es für ihre Pflicht, sich von jedweder Berührung mit asozialen Elementen fernzuhalten.
Fred Makepeace trat ein. Er war ein hagerer Mann mit mattblondem Haar und etwa Mitte Dreißig. Aus der Brusttasche seines dunkelblauen Sergeanzuges ragten die Zipfel eines schneeweißen Taschentuches. Seine Schuhe waren auf Hochglanz poliert. Er schlich sich auf Zehenspitzen an Miss Finks Bett; seine ganze Haltung zeugte von tiefster Ehrerbietung. Die Hand, die er seiner alten Lehrerin zur Begrüßung hinstreckte, war peinlich sauber.
Miss Fink reichte ihm drei Finger wie eine Herzogin. «Gu-

ten Tag, Fred», begrüßte sie ihn. (Sie hätte es natürlich vorgezogen, ‹Frederick› zu sagen, aber er war nun einmal Fred getauft worden.) «Nehmen Sie Platz.»

Fred hockte sich auf die äußerste Kante des Stuhles, legte seinen Hut, einen dunkelgrauen Homburger, auf die Knie und faltete darüber seine Hände.

Da sie nichts zu sagen hatte, wartete Miss Fink, daß er mit der Unterhaltung beginne, und betrachtete inzwischen prüfend sein Gesicht. Sie fand es erstaunlich unverändert: ein glattes Gesicht, weder gut noch böse. Es sprach daraus nichts Tückisches – aber ein gut Teil Haltlosigkeit: seine Augen, blaue, treuherzige Augen wie die eines Kindes, standen zu weit auseinander.

Sie wußte, daß Fred zur Zeit eine Strafe wegen Scheckfälschung und Autodiebstahl abbüßte. Also mußte sie sein Versagen wohl sich selbst zur Last legen. Dennoch machte sie sich keine Vorwürfe. Ihre recht vernunftbetonte Demut sagte ihr, daß der endgültige Erfolg des Lehrers bis zu einem gewissen Grade stets von dem Material abhängig blieb, das er zu formen hatte. So sehr man sich auch bemühte, die Vorsehung behielt doch das letzte Wort.

Trotzdem war es möglich, daß in Freds Fall weder ihr noch der Vorsehung die Schuld zuzuschieben war. Fred war ein Mensch, der zum Gehorchen geboren war. Gab man ihm eine Richtschnur, fiel es ihm nicht ein, über die Stränge zu schlagen. Nur wenn er selbst Entscheidungen zu treffen hatte – wozu ihn die heutige Gesellschaft mit ihrem mangelnden Verständnis für die menschliche Natur leider zwang –, scheiterte er. Miss Fink entsann sich, wie akkurat die Ränder seiner Schulhefte gewesen waren und daß er nie gehustet hatte, ohne sich das Taschentuch vor den Mund zu halten. Sie erinnerte sich auch, daß er ihr jeden Freitag etwas Obst in die Schule gebracht hatte – blankgeriebene Äpfel, ein paar Mandarinen oder gar große Trauben süßen Malagaweines –, bis sie eines Tages dahinterkam, daß er es beim Gemüsehändler gestohlen hatte.

«Wie Sie sehen, bin ich noch nicht verschütt gegangen», begann Fred schließlich die Unterhaltung.

«Das freut mich zu hören», sagte Miss Fink.
«Als ich in unsrer Zeitung gelesen hab, daß Sie krank sind, da hab ich gleich meinen Truppführer angehauen. ‹Boss›, hab ich gesagt, ‹der einzige Mensch, der mir was Gescheites eingetrichtert hat, ist meine alte Lehrerin, und die liegt im Krankenhaus. Geben Sie mir 'nen Tag frei, Boss›, hab ich gesagt, ‹damit ich ihr stecken kann, daß ich jetzt dabei bin, mich zu bessern›.»
«Und hat er Ihnen freigegeben?»
«Aber klar, Miss Fink! ‹Mach ich, Fred›, hat er gesagt, ‹denn auf dich kann ich mich ja verlassen.›»
«Dieses Kompliment verpflichtet», sagte Miss Fink.
In diesem Augenblick wurde draußen zaghaft an die Tür geklopft, und Geoffrey Lyons trat ein. Im Gegensatz zu Freds peinlich korrektem Anzug war seine Kleidung auffallend und salopp. Zu braunen Flanellhosen und einer Tweedjacke trug er ein knallgelbes Hemd und eine Weste mit Pepitamuster wie ein Stallbursche. Seine Schuhe waren völlig verlatscht, der eine nicht einmal zugeschnürt. (Zur Schule war er häufig in unvollständig zugeknöpfter Hose erschienen, erinnerte sich Miss Fink.)
«Guten Tag, Miss Fink!» sagte er. «Ich bin Geoffrey Lyons.»
«Ich habe Sie sofort erkannt, Geoffrey», sagte Miss Fink.
Fred sprang auf. «Kennst du meine Visage auch noch, Geoff?» fragte er, über das ganze Gesicht grinsend.
Geoffrey pfiff durch die Zähne. «Na, so was! Der olle Freddy Makepeace! Das größte Faultier, das die Zedernhain-Schule je gehabt hat!»
«Hab was läuten hören, daß du jetzt 'n großes Tier beim Theater bist», sagte Fred.
«Ja, man schlägt sich so durch. Bin grad auf dem Weg nach Hollywood. Heißes Pflaster, sag ich dir! Und was treibst du so, Freddy?»
Fred riß seine blauen Augen in ungläubigem Staunen auf, daß es wirklich jemanden gab, der darüber nicht im Bilde war.
«Ich?» fragte er. «Ich bin auf der Walze.»

Er brachte dies mit so unverfrorener Natürlichkeit vor, daß Geoffrey den Sinn mißdeutete.
«Auf der Walze?» fragte er zögernd. «Als Schauspieler oder Vertreter?»
Fred lachte amüsiert. «Nee, nee, meistens mit Schaufel und Picke!»
Dieser leichtfertige Ton mißfiel Miss Fink. «Fred Makepeace trägt dem Staat seine Schuld ab», sagte sie erklärend.
«Ach so!» Geoffrey lächelte Fred und auch Miss Fink zu. «Na, die Schuld tragen wohl die wenigsten von uns ab.»
«Sehr wahr!» pflichtete ihm Miss Fink bei.
Bestimmt denkt sie jetzt an mein letztes Stück, fuhr es Geoffrey durch den Sinn, und daran, daß ich dort einen gewissen sozialen Mißstand recht frivol behandelt habe.
«Vorige Weihnachten saß ich nämlich mächtig in der Klemme», erklärte Fred, «na, und da hab ich mir 'n paar Schecks ausgestellt – auf 'nen Namen von 'nem andern natürlich. Und dann hab ich mir 'nen Chrysler vom Parkplatz für 'n Weilchen ausgepumpt, aber Pech gehabt und ihn zu Klumpen gefahren.»
«Tolle Kiste!» staunte Geoffrey.
«Der Richter wollte mich ja mit 'ner Geldstrafe und Bewährungsfrist laufenlassen», fuhr Fred fort, «aber ich wußte nicht, wo die Piepen hernehmen. Und für Bewährungsfrist hab ich noch nie was über gehabt. Geht mir zu sehr auf 'n Nerv!»
«Kann ich mir vorstellen!»
«Na, und da hab ich mir gesagt: Sitz es ab, dann hast's hinter dir! Tja, vierundzwanzig Monate auf der Walze, aber mit Picke und Schaufel!»
«Fred hat heute Urlaub auf Ehrenwort bekommen», ließ sich Miss Fink vernehmen.
«Alle Achtung!» lobte Geoffrey.
Jetzt erschien Billie Jean wieder, sah aber ostentativ nur zu Geoffrey hinüber. «Die Besuchszeit ist zu Ende, meine Herren», verkündete sie.
«Na, kieke doch mal! Ist denn das nicht die kleine Billie McVay?» fragte Fred, breit grinsend.

«Ich bin Mrs. Green», sagte sie, ohne ihn eines Blickes zu würdigen.
«Ach so, na, nichts für ungut», murmelte Fred betreten.
Draußen in der linden Frühlingsluft hielten die beiden Männer noch einen Schwatz.
«Mensch, in Hollywood, da wirste ja schnieke Puppen zu sehn kriegen, was?» meinte Fred sehnsuchtsvoll.
«Wird mich nicht kratzen», antwortete Geoffrey. «Hab nämlich in Upper Mont Clair ein mir gesetzlich angetrautes Eheweib sitzen nebst sechs Bälgern.»
«Waste nicht sagst!» staunte Fred. «Ja, hab ja auch mal 'ne beßre Hälfte gehabt...» – er lachte, es klang aber nicht besonders fröhlich –, «...sie ist aber getürmt.» Er seufzte. «Tja, ich glaub, ich muß mich auf die Socken machen. Zurück in 'n Kasten. Mein kurzer Ausflug wird mir wohl 'nen runden Monat einbringen, denn Urlaub hab ich natürlich keinen gehabt. Wenn ich dem Boss damit gekommen wäre, daß ich 'ne kranke Lehrerin besuchen will, hätt der ja gedacht, ich hab 'nen Sprung in der Schüssel. Also hab ich einfach in 'n Sack gehauen und bin losgetippelt.»
«Und wo hast du die feine Kluft her?»
«Hab ich mir in 'nem Bestattungsinstitut ausgeliehen. – Ach Gottchen ja!» Schmerz und Verwunderung glitten wie Wolkenschatten über seine Züge. «Haste gesehn, daß sie nur noch 'ne Handvoll ist?» fragte er. «Miss Fink, meine ich.»
Geoffrey nickte. «Ja, ich hab's gesehen!»
«Wie sie da so lag, kam sie mir nicht größer vor als 'ne Babypuppe oder 'n Piepmatz – so 'n Rotkehlchen, mit denen sie's immer so hatte. Nee, ich sag schon, wenn sie 'nen Mann hätte, müßte er erst das Laken ausschütteln, damit er sie findet. Und dabei hab ich mir immer eingebildet, sie ist'n richtiger Goliath!»
«Ja, so ist's», seufzte Geoffrey. Er zog eine Schachtel Zigaretten hervor. «Rauchst du?»
«Haste was dagegen, wenn ich gleich zwei nehme?» fragte Fred. «Eine für den langen Weg zurück, weißte!»

«Behalt doch die ganze Schachtel!»
«Dank auch schön! Weißt noch Geoff, wie wir in der Zedernhain-Schule immer auf 'm Klo gequalmt haben? Das waren noch Zeiten! So gut kriegen wir's nie wieder!»
«Hör mal, alter Junge», sagte Geoffrey, «wenn du ... ich meine, wenn du wieder rauskommst, dann melde dich doch bei mir. Vielleicht kann ich dich irgendwo unterbringen.»
«Okay!» antwortete Fred. «Also dann mach's gut, olles Haus! Und bestell Marilyn Monroe 'nen schönen Gruß von mir!»
Versonnen blickte Geoffrey seinem alten Schulkameraden nach, wie er mit hochgezogenen Schultern davonstapfte, als habe er gegen einen eisigen Wind anzukämpfen. Plötzlich spürte er, daß sich in ihm – beinahe wie ein Kribbeln – die geheimnisvoll wirkende Gabe der Intuition regte – dieses Hätschel- und Schoßkind jedes Dichters! Als hätte er es am eigenen Leibe erfahren, wußte er blitzartig, wie Fred zumute gewesen war und was ihn dazu getrieben hatte, ein paar Monate Haftverlängerung zu riskieren, nur um seiner verlorenen Kindheit einen kurzen Besuch abzustatten. Ja, in dieser Minute verstand er sogar sich selbst – oder doch beinahe. Warum hatte er Miss Fink dabeihaben wollen, als sein erstes Stück auf dem Broadway herauskam? Gefühlsduselei? Reklamesucht? O nein, es war mehr gewesen als nur das!
Er blickte auf und sah die flache, in leichten Dunst gehüllte und von Baumwipfel gekrönte Silhouette des Städtchens – nein, eigentlich sah er Liberty Hill gar nicht, fühlte es nur, fühlte es in jeder Faser seines Gemüts. Und in diesem Augenblick begann in seiner Phantasie ein neues Stück Gestalt anzunehmen, ein Stück, das zu schreiben er sich schon immer erträumt hatte, ein Schauspiel voller einfacher menschlicher Empfindungen, wie Liebe, Heimweh, Verzweiflung und Tapferkeit. Etwas völlig anderes als diese raffinierten, witzsprühenden Reißer, die ihn berühmt gemacht hatten. Nein, dies würde schlicht sein wie ein Stück von Tschechow.
Er schnippte den Rest seiner Zigarette in den Rinnstein

und machte sich auf den Heimweg, zum Haus seines Bruders, wo er spornstreichs in sein Zimmer eilte, die Tür verriegelte und einen neuen Bogen in seine Schreibmaschine spannte. Und dann begann er zu schreiben.
Einmal allerdings unterbrach er sich und schimpfte sich einen literarischen Blutegel, der selbst keinen Tropfen Blut in den Adern habe und sich an den Freuden und Leiden anderer mäste. Diese Beschimpfung war aber nicht allzu ernst gemeint und bei näherer Betrachtung sogar eine Art Seligpreisung. Er wußte sehr gut, was für ein Mensch er war, und hätte im Grunde um keinen Preis anders sein wollen. Bald aber versank die Welt um ihn wieder – das mit Chintz tapezierte Fremdenzimmer mit seinen Noppenteppichen, den Blumendrucken und der Daunendecke. Er war in einer anderen Welt. Darin gab es nichts als die Dialoge seiner Geschöpfe und das unaufhörliche Tiptip der Tasten.

BEREITS UM HALB FÜNF begann Billie Jean das Zimmer aufzuräumen. Sie huschte hin und her, rückte hier etwas und dort etwas zurecht und wischte energisch Staub, wo gar keiner war, kurzum, betrug sich so, wie sich alle Frauen seit eh und je betragen, wenn sie hohen Besuch erwarten.
«Dr. Baker kann jeden Moment hiersein», sagte sie, «und ich möchte, daß dann alles proper ist.»
Auf den Nachttisch stellte sie eine Karaffe mit frischem Eiswasser und zwei saubere Gläser, und daneben legte sie einen in kräftige Pappe gebundenen Schreibblock. «Das ist Ihr Krankenbericht», sagte sie. «So, jetzt ist alles parat, falls er kommen sollte, während ich gerade draußen bin. Ich lauf nur noch mal schnell in den Tagesraum hinunter.»
Also hat die Warterei bald ein Ende, dachte Miss Fink. Und plötzlich fiel alle Apathie von ihr ab, in die sie sich bisher wie in einen Schutzmantel gehüllt hatte. Ohne die leisesten Gewissensbisse und im vollen Bewußtsein ihres Verstoßes gegen die Krankenhausvorschriften ergriff sie den Schreibblock und las ihren Krankenbericht.

Sonst kümmerte sich Miss Fink keinen Deut darum, was andere Menschen von ihr hielten. Sie schaute kaum einmal in den Spiegel. All die Jahre war sie viel zu sehr damit beschäftigt gewesen, ihre Eindrücke von anderen zu klären, als daß sie sich Gedanken darüber hätte machen können, wie sie wirkte. Vor ihren faszinierten Blicken enthüllte sich nun in der lakonischen, nichts beschönigenden Ausdrucksweise des Mediziners ihr Bild, so wie es sich in Adams Temple spiegelte.

‹Die Patientin›, so hatte Dr. Temple geschrieben, ‹ist eine hagere, aber vollentwickelte Frau von fünfundfünfzig, die nur wenige der üblichen Alterserscheinungen aufweist, ruhig und gefaßt wirkt, keine Anzeichen seelischer Bedrücktheit erkennen läßt und geistig rege ist.›

Miss Fink las diesen Satz ein zweites Mal. Stilistisch gesehen, dachte sie, ist er viel zu lang, aber die Aufgabe des Verfassers war ja nicht stilistischer Natur. Grammatikalisch ist er einwandfrei. Die Interpunktion ist korrekt. Der Ausdruck knapp. Und was die Wahrheit betrifft – kein Dichter hätte sie besser treffen können.

In diesem Augenblick kam Billie Jean wieder herein. Sie trat ans Bett und nahm Miss Fink sanft, aber sehr entschieden – wie eine Lehrerin, die das Wildwestmagazin eines kleinen Steppkes konfisziert – den Krankenbericht aus der Hand. In ihrem vorwurfsvollen Blick malte sich nicht so sehr Ärger wie Betrübnis. «Miss Fink», sagte sie, «ich bin überrascht. Ich hatte Ihnen vertraut!»

«Es tut mir leid», sagte Miss Fink. Es tat ihr aber keineswegs leid. Was sie soeben gelesen hatte, gab ihr das Gefühl wieder, die zu sein, die sie war. Wie Thomas' Eröffnung nun auch lauten mochte, sie würde ihn anhören, wie es sich für eine Dame ziemte: ruhig, gefaßt und ohne Anzeichen seelischer Bedrücktheit! Die Tür öffnete sich und Thomas, begleitet von Mr. Porter, trat ein.

Der alte Herr lehnte den angebotenen Stuhl ab. «Im Stehen kann ich besser reden», erklärte er, «und ich werde mich auch nicht lange aufhalten.»

Er stützte sich auf den Silberknauf seines Spazierstocks,

runzelte die buschigen Brauen, schob seine lange Unterlippe vor und starrte Miss Fink an. Dieses grimmige Starren – das wußte Miss Fink – verriet nur Mitleid, das sich bei alten Leuten so oft mit einer gewissen Erbostheit paart. Mitleid aber war Miss Fink zuwider, und mit einem einzigen kühlen Blick auf Mr. Porter wies sie es zurück.
Thomas schlich nicht erst lange um den heißen Brei herum. «Eine Operation ist unvermeidlich, Miss Fink», sagte er. «Und je eher sie vorgenommen wird, desto besser. Und nun...» Er machte eine knappe Verbeugung zu Mr. Porter hinüber.
«Ich bin nicht gekommen, um Ihnen einen privaten Krankenbesuch abzustatten», hob der alte Herr trotz seiner krächzenden Stimme recht salbungsvoll an, «sondern stehe hier als Abgesandter des Rotaryklubs!»
«Ich nehme es zur Kenntnis», sagte Miss Fink.
«Jawohl, tun Sie das ruhig!» knurrte Mr. Porter. «Ich habe Ihnen mitzuteilen, daß auf unserer letzten Mitgliederversammlung einstimmig beschlossen wurde, daß der Klub sämtliche aus der Krankheit erwachsenden Kosten übernimmt.»
Miss Fink setzte zum Sprechen an, aber Mr. Porter ließ sie nicht zu Wort kommen.
«Wo immer Sie diese Operation vornehmen lassen wollen, ob in Rochester oder Boston, in Philadelphia oder in Baltimore – der Rotaryklub kommt für alle Kosten auf.»
«Und wenn ich dieses freundliche Anerbieten ablehne?»
Mr. Porter stieg die Zornesröte in die runzeligen Wangen. Ergrimmt stieß er seinen Spazierstock auf den Boden. «Wer sind Sie denn, daß Sie sich erdreisten, so ein Angebot zurückzuweisen!» polterte er. «Wie kommen Sie dazu, Ihre Freunde zu beleidigen? Woher nehmen Sie eigentlich das Recht, so hochnäsig in der Welt herumzustolzieren? Sich aufzuführen, daß alle Leute vor Schreck versteinern und die Kinder vor Angst nur so schlottern?»
«Mein sehr verehrter Mr. Porter», begann Miss Fink gelassen, «wenn Sie wünschen, daß ich Sie weiterhin anhöre,

muß ich Sie schon bitten, sich eines höflicheren Tones zu bedienen. Ich lasse mich nicht einschüchtern!»

«Einschüchtern!» krächzte Mr. Porter. «Das nennen Sie also einschüchtern!» Er wandte sich an Thomas. «Ein verbohrter Dickschädel ist sie von klein auf gewesen! Glauben Sie vielleicht, mein Stolz hat nicht gelitten, als die Tochter meines guten Freundes ohne einen roten Heller dasaß? Und in vorsintflutlichen Kleidern rumlief? Und sich für ihr täglich Brot abrackern mußte?»

«Mr. Porter, Sie vergessen sich!» mahnte Miss Fink.

«Ach was, nichts vergesse ich! Ich habe es auch nicht vergessen, daß ich Ihnen vor vielen Jahren einmal ein sehr kulantes Angebot gemacht habe.»

Er hatte Miss Fink nämlich seinen Namen angeboten. Das war jetzt schon fünfzehn Jahre her, und damals war der seit einem Jahr verwitwete Mr. Porter ein noch rüstiger Siebenundsechziger gewesen. Und reich! Und ohne Familie. Und auch Miss Fink hatte allein gestanden, war aber alles andere als reich gewesen. Was also hätte passender sein können?

Federnden Schrittes und mit einer Rose im Knopfloch war er damals siegesgewiß die Eichenallee entlangspaziert. Wohlwollende Empfindungen für die Auserwählte hatten ihn angenehm durchwärmt, und im stillen hatte er schon ein paar hübsche Wendungen zurechtgelegt, mit denen er ihr gönnerhaft zusprechen wollte, wenn sie ihm (daß sie es nicht tun würde, kam ihm überhaupt nicht in den Sinn) mit zwitschernden Jubellauten an die breite väterliche Brust sinken würde. Und dann hatte sie ihm einen Korb gegeben! Sie hatte einfach ‹nein› gesagt und von etwas anderem gesprochen.

Noch jetzt, hier in diesem Krankenzimmer, stand ihm der Verdruß über diese alte Abfuhr so deutlich im Gesicht geschrieben wie das Abc in einer Kinderfibel.

«Ihr Anerbieten war großmütig», sagte Miss Fink, «aber nichtsdestoweniger lächerlich.»

Mr. Porter erbebte, und seine Raubvogelaugen schossen Blitze. Und doch wußte er, daß seine Wut wieder verrau-

chen würde, denn Miss Fink hatte ihm einst, absichtlich oder unabsichtlich, einen Dienst erwiesen, der ihr seine ewige Ergebenheit sicherte.
Es war im Februar 1933 gewesen, jenem schwarzen Monat, der ihm noch heute Alpträume bereitete. Damals war seine Bank fast gestürmt worden. Den ganzen Vormittag war der Kassenraum gepackt voller Menschen gewesen, und vor dem Zahlschalter hatte sich eine Riesenschlange panikbesessener Kunden gestaut, um durch ihre Abhebungen der Bank alles Blut aus den Adern zu zapfen. Plötzlich hatte er gesehen, wie sich durch die erregt diskutierende, brodelnde Menge der flache schwarze Hut und das blasse spitze Gesicht von Miss Fink schoben. Sie hatte genauso ausgesehen wie immer, also völlig ungerührt – nur die Nasenspitze war vielleicht etwas geröteter als sonst gewesen, was wohl allein der draußen herrschenden Kälte zuzuschreiben war. Und dann hatte sie gesprochen. Ihre Stimme hatte nicht erregt geklungen oder auch nur lauter als gewöhnlich; es war derselbe klare, korrekte und gleichmütige Ton, wie ihn alle aus dem Geographiesaal der Zedernhain-Schule kannten.
«Würden Sie mich bitte durchlassen», hörte man Miss Fink sagen. «Ich möchte eine Einzahlung vornehmen.» Sie sah den Mann, der gerade vor den Schalter getreten war – um dort der Bank die letzten paar Kröten abzufordern –, nur unverwandt, aber mit einem solchen Fischblick an, daß er wie hypnotisiert beiseite trat und ihr den Platz einräumte. Und dann zahlte sie ihr gesamtes Monatseinkommen ein, überreichte einen Scheck in Höhe von neunundachtzig Dollar. Und sie ließ sich Zeit; durchaus nicht erhaben über einen kleinen Schwatz, der das geschäftliche Leben in Kleinstädten so gemütlich macht, erkundigte sie sich eingehend nach Mr. Porters Befinden, dem seiner Frau, seiner Vettern, Kusinen, Tanten und Nichten. Und dann beglückwünschte sie ihn – ob voller Ironie oder in aller Harmlosigkeit, das wußte er bis auf den heutigen Tag nicht – zu dem Aufschwung, den die Bank allem Anschein nach nehme. Als sie mit ihrer Einzahlung endlich fertig

war, schlug es vom Turm des Gerichtsgebäudes drei Uhr. Damit waren die Schalterstunden beendet. Mr. Porter konnte das grüne Rollo herunterlassen und seinen Kopf in die Hände vergraben.
Bis zum nächsten Tag hatte die Bank eine kleine eiserne Reserve an Wertpapieren zu Bargeld machen können, eine Maßnahme, die sich aber als überflüssig herausstellte, denn die Panikstimmung war inzwischen verflogen.
Seit jenem Tage hatte Mr. Porter immer Miss Fink vor Augen, wenn in einer Unterhaltung zufällig das Wort ‹Schutzengel› fiel.
«Ich bin zwar davon überzeugt, daß Ihr Klub mich nicht kränken möchte», sagte Miss Fink, «aber schließlich bin ich keine Almosenempfängerin!»
«Ein unausstehliches Frauenzimmer sind Sie!» stieß Mr. Porter hervor. «Ich kenne Sie! Schon am Tag, als Sie geboren wurden, hab ich Sie durchschaut. Da hatten Sie schon diese Augen! Bei einem Tierpräparator müssen Sie sich die bestellt haben!»
Der Tag, als sie geboren wurde! Thomas blickte Mr. Porter verwundert an. War sie wirklich ebenso nackt und hilflos auf die Welt gekommen wie andere Kinder? (Wie auch Jinceys Kind kommen würde – aber nein, sorgenvolle Gedanken hatte er sich ja strikt untersagt!) Die Vorstellung war grotesk! So verrückt, daß Thomas in Versuchung war loszuplatzen – wie ein Banause, den man vor ein hypermodernes Zeugnis abstrakter Kunst führt.
Aber natürlich blieb die unabweisbare Tatsache bestehen, daß selbst die schreckliche Miss Fink ihr Leben als hilfloses Würmchen begonnen hatte. Auch sie war auf die übliche Art zur Welt gekommen – vielleicht mit dem einzigen Unterschied, daß sich ihr Erzeuger noch kopfloser betragen hatte als allgemein üblich. Mr. Porter entsann sich dieses denkwürdigen Ereignisses noch sehr deutlich.
Als er an einem strahlendschönen Herbstmorgen des Jahres achtzehnhundertsechsundneunzig auf dem Weg zur Bank gewesen war, kam ihm Jefferson, der farbige Diener der Finks, entgegengelaufen. Der Arzt sei bei Mrs. Fink,

hatte Jefferson gestammelt, und das Kind werde jeden Augenblick erwartet.
«Steht es denn so schlecht?» hatte Mr. Porter bestürzt gefragt.
«Mit Miss Betsy alles gut», hatte Jefferson versichert. «Aber Mr. Phonnie! Ah, Sir, Sie ihm helfen, bitte!»
Und so hastete Mr. Porter denn zur Eichenallee, wo er im Salon seinen Freund antraf. Auf den ersten Blick sah er, in welch jämmerlicher Verfassung er sich befand. Der sonst tadellos gepflegte und elegante Alphonzo Fink trug über seinem Nachthemd ein Paar Flanellhosen und dazu eine rotsamtene Hausjacke, sowie Plüschpantoffeln, die ihm sein angetrautes Weib mit Stiefmütterchenblüten bestickt hatte. Das Haar stand ihm in wirren Strähnen um den Schädel, sein flotter, seidenweicher Schnurrbart war gänzlich außer Fasson, und aus seinem unrasierten Gesicht starrte wild ein Paar verstörter Augen.
«Was soll ich bloß tun?!» schrie er seinem Besucher in äußerster Verzweiflung entgegen.
«Tja, wenn du mich fragst, Phonnie...» – Mr. Porter dachte noch angestrengt nach, als sein Blick auf die Cognacflasche fiel, die Jefferson umsichtigerweise bereitgestellt hatte.
Alphonzo sah ihn voll Abscheu an. «Hältst du mich wirklich für so gefühlsroh?» fragte er gekränkt, preßte ächzend die Fäuste vor die blutunterlaufenen Augen und neigte sich vor, wie zum Gebet. «Besaufen!» murmelte er, «während hier oben» – er wies mit dem Zeigefinger zur Decke – «dieses reine Himmelsgeschöpf alle Leiden unseres Jammertals durchkostet?»
(Aus Mr. Finks Exaltiertheit den Schluß zu ziehen, daß seine Empfindungen nicht echt waren, wäre voreilig. Der arme Mann war halt völlig verstört, aber darum waren seine Worte doch lauter Gold und kamen aus edlem Herzen: Die Annahme, jedes ursprüngliche Gefühl müsse sich entweder einsilbig oder aber in Kraftausdrücken äußern, ist ein betrüblicher, in unserer argwöhnischen Zeit leider verbreiteter Irrtum.)

Alphonzo lief erregt auf dem Aubussonteppich hin und her, starrte dann verloren aus dem Fenster, warf sich auf Sofas und Sessel, sprang wieder auf, begann seine ruhelose Wanderung aufs neue und ließ sich abermals in einen Sessel fallen. Plötzlich schnellte er hoch und postierte sich in die Mitte des Zimmers unter den Kristalleuchter, wo er eine glühende Rede auf die Verruchtheit aller Männer und die Keuschheit der Frauen hielt, um sich schließlich der in der Jugendzeit begangenen Sünden wegen gräßlich zu verfluchen. Diese Stunden waren aber – wie Mr. Porter genau wußte – weder besonders zahlreich noch lasterhaft gewesen, sondern recht und schlecht dumme Streiche.
Wiewohl Mr. Porters Mitgefühl geweckt und der Cognac, an dem er – allerdings allein – hin und wieder nippte, ausgezeichnet war, ging ihm das Benehmen seines Freundes doch ziemlich auf die Nerven.
«Pst, Phonnie!» rief er plötzlich. «Horch mal!»
Mr. Finks Haus war zwar solide und mit dicken Wänden gebaut, konnte aber trotz geschlossener Türen den durchdringenden, herrischen Schrei des neuen Lebens nicht völlig dämpfen.
«Ist es ein Sopran oder Tenor?» fragte Mr. Porter.
Mit einem Satz war Alphonzo an der Tür, aber sein Freund vertrat ihm den Weg. «Nichts da!» rief Mr. Porter. «Du bleibst hübsch ruhig hier sitzen, bis du geholt wirst.» Er nahm ihn wie ein Kind bei der Hand und führte ihn zu einem Sessel. «Wenn nicht alles glatt gegangen wäre, hätten sie dich schon längst gerufen.»
Nach einer kurzen, allerdings recht turbulenten Wartepause wurden sie durch das Erscheinen des Arztes belohnt. Dr. Hurley – der echte Dr. Hurley sozusagen – war ein munterer Herr mit buschigen Brauen und dem beschwingten, tänzelnden Gang eines Ballettmeisters. Er war von Kopf bis Fuß geschniegelt wie der Empfangschef eines Luxushotels, und sein Gesicht hatte die gleiche Tomatenfarbe wie der Inhalt des Bündelchens, das er im Arm trug.
«Betsy hat sich tapfer gehalten. Sie ist wie geschaffen für ihre natürliche Aufgabe», verkündete er. «Du kannst gleich

zu ihr gehen, Phonnie. Bis dahin schickt sie dir ein Unterpfand ihrer Liebe: ein allerliebstes Töchterchen.»

Alphonzo starrte ihn wie betäubt an.

«Bist du bereit, dieses Pfand entgegenzunehmen?»

Alphonzo stand auf. Wie jemand, der zu spät in die Kirche kommt, schlich er auf Zehenspitzen zu Dr. Hurley und streckte die Arme aus, hielt sie steif vom Körper weg wie zwei Holzpfähle. Der Arzt legte das Bündelchen behutsam darauf nieder.

Ein Schauer durchrieselte Mr. Fink. Seine ängstliche Verkrampfung wich, und – wie bei einer Mutter – bogen sich seine Arme zu einer Wiege.

Mr. Porter lugte seinem Freund über die Schulter. Das Neugeborene schlief. Wie nicht anders zu erwarten, war es winzig: sein runzeliges Gesichtchen schimmerte in nicht gerade kleidsamen lilaroten Tönen. In diesem Augenblick wäre keine Menschenseele auf den Gedanken gekommen, daß in dieser Wolldecke das verkörperte öffentliche Gewissen von Liberty Hill schlummerte.

Doch dann schlug das Kind die Augen auf. Noch waren es nicht die durchdringenden, kühlen grauen Augen, die den Missetätern in der Zedernhain-Schule das Mark in den Knochen gefrieren ließen. Nein, aus dem Bündelchen schauten, dunkel und in milchiger Bläue, die Augen eines neugeborenen Kindes. Vielleicht war es nur ein Zufall, daß diese Augen fest und ohne zu blinzeln auf den Beschauer gerichtet waren. Noch war der Blick dieser Augen zu ertragen, aber schon jetzt war es ein standhafter Blick. Ein gebieterischer Blick. Ein Blick, der in jedem Mann den Wunsch erweckte, größer und bedeutsamer zu sein, als er eigentlich war. (Später äußerte ihr Vater, wie zutiefst dankbar er sei, daß er seine kleine Tochter nicht mit einer Schnapsfahne empfangen habe!) Alphonzo machte eine feierliche Verbeugung.

«Guten Morgen, Miss Fink», sagte er.

ALS SICH MR. PORTER diesen Augenblick ins Gedächtnis zurückrief – diesen rührenden lieblichen Augenblick, der so reich an nun längst verblaßten Hoffnungen gewesen –, als seine eigene Jugend auftauchte, das Bild seines Freundes und das seines eigenen Kindes, dieses leichtsinnigen Tunichtguts, der gerade alt genug wurde, um bei Bellau Wood zu fallen – da spürte er, wie sein Zorn verrauchte. An Miss Finks Bett stand, auf seinen Spazierstock gestützt, nur noch ein alter, alter Mann.

«Was Liberty Hill Ihnen schenken möchte», sagte er sanft, «ist kein Almosen. Es ist ...» – er suchte nach einem Wort, das sie gutheißen würde: Liebe? Dankbarkeit? – «es ist Ehrerbietung», sagte er.

«Diese Gabe», entgegnete Miss Fink würdevoll – noblesse oblige – «nehme ich mit ungeteilter Freude entgegen.»

«Also», ergriff jetzt Thomas das Wort, um die Unterhaltung wieder in medizinische Bahnen zu lenken, «ich habe Ihren Fall mit Dr. Hurley erörtert.»

«Und welche Meinung hat sich der junge Dr. Hurley gebildet?»

«Er ist zu demselben Ergebnis gekommen wie ich. Sie haben an der Wirbelsäule ein kleines Gewächs, das – wenn möglich – entfernt werden muß.»

«Wenn möglich?»

«Wenn möglich», wiederholte Thomas. «Über die Natur dieses Tumors läßt sich erst nach der Operation etwas Genaues sagen.»

«Oh», sagte Miss Fink. Sie begriff. Sie war nicht so naiv, daß sie nicht sofort erraten hätte, welches Wort der Arzt geflissentlich vermieden hatte.

«Das einzige, worüber Sie sich jetzt klarwerden müssen», mischte sich Mr. Porter wieder ein, «ist, wer ihn entfernen und wo das geschehen soll.»

«Sie sind doch kompetent, nicht wahr?» wandte sich Miss Fink fragend an Thomas.

«Ja», bestätigte dieser ohne Zögern. (Miss Fink schätzte es gar nicht, wenn man sich aus falscher Bescheidenheit zierte.) «Aber es gibt Chirurgen, die über größere Erfahrung ver-

fügen und einen größeren Ruf genießen. Im übrigen bin ich nicht Mitglied des Chirurgenverbandes.»
Und er setzte ihr auseinander, warum er bis jetzt noch nicht das Examen gemacht habe, das ihn zur Mitgliedschaft des Verbandes amerikanischer Chirurgen befähigte. Er habe seine Assistentenzeit an einer berühmten Universitätsklinik absolviert und das Examen anschließend ablegen wollen, was leider am Geldmangel scheiterte. Als man ihm eine feste Anstellung im neuen Krankenhaus von Liberty Hill angeboten, habe er sich verpflichtet gefühlt, sofort zuzugreifen, insbesondere da seine Eltern ja noch für die Ausbildung der Brüder zu sorgen gehabt hätten.
«Ich hoffe, daß ich dieses Examen im Sommer nachholen kann», schloß er seinen Bericht. «Solange aber –»
«Ich bin ja auch nicht im Lehrerinnenverband», fiel ihm Miss Fink ins Wort.
Und das stimmte. Für den Verband amerikanischer Erzieher hatte ihre Ausbildung nicht genügt. Sie hatte nie einen Kursus in Jugendpsychologie oder Pädagogik besucht, galt darum offiziell als Hilfslehrerin – und wurde auch als solche bezahlt.
«Falls Sie sich für einen anderen Arzt entscheiden, würde niemand dies als Mißtrauen gegen mich auslegen», fügte Thomas hinzu. «Es handelt sich ja um eine schwierige Operation.»
«Der Klub kann Ihnen ein Flugzeug chartern», schaltete sich Mr. Porter wieder ein. «An der Mayo-Klinik zum Beispiel ist ein berühmter Chirurg ...»
«Lassen Sie mich bitte einen Augenblick überlegen», bat Miss Fink.
Mr. Porter stützte sich wieder auf seinen Spazierstock, Billie Jean stand unbeweglich wie eine Marmorstatue an der Wand, und auch Thomas wartete, die Hände leicht auf das Fußende des Bettes gestützt, auf ihre Entscheidung.
Und Miss Fink überlegte. Ihre Gedanken trugen sie weit zurück in die Vergangenheit.
Sie saß im vertrauten Geographiesaal. Die dritte Klasse tuschte Landkarten an. Es war totenstill im Zimmer, nur

ab und zu, wenn eines der Kinder seinen Pinsel am Rand des Wasserglases abstrich, ertönte ein feines, helles Klingen. Miss Fink griff nach einem Buch, und dabei passierte es ihr, daß sie eine Schachtel mit Kreide herunterriß. Dieses Mißgeschick verdroß sie sehr; noch nie zuvor hatte sie sich so täppisch benommen.

Es war eine neue, kaum angebrochene Schachtel. Die Kreidestücke kullerten hinter ihrem Katheder scheppernd auf den Boden, als wären es Kieselsteine. Die Schüler hoben die Köpfe. Alle Hände flogen in die Höhe. Alle Gesichter strahlten, denn die Kinder waren froh über die Ablenkung und ganz versessen darauf, ihr beim Einsammeln zu helfen.

«Malt weiter!» befahl Miss Fink kühl. «Ich werde allein damit fertig.»

Und sie kauerte sich nieder, um die Kreide einzusammeln; ihr dezentes Hinterteil balancierte sie dabei auf den Hakken.

Das massive Katheder verbarg sie vor den Blicken der Kinder, und sie war herzlich dankbar dafür, denn eine hockende Stellung war ihrer Ansicht nach mit der Würde einer Lehrerin unvereinbar. Noch ganz in die Arbeit vertieft, die Kreidestücke säuberlich und genauso, wie sie vorher gelegen, in die Schachtel zu ordnen, wurde sie plötzlich gewahr, daß sich die Stille im Klassenzimmer gewandelt hatte – sie war jetzt wie elektrisch geladen. Im selben Augenblick spürte sie, wie ihr etwas federleicht über Hals und Wangen strich und die Schultern hinabrieselte. Es war ihr Haar!

Ohne sich zu erheben, vollführte sie eine flinke Drehung auf den Zehenspitzen und sah sich, Gesicht an Gesicht, Thomas Baker gegenüber. Zwischen Daumen und Zeigefinger hielt er eine Haarnadel; ein halbes Dutzend andere staken ihm im Mund.

Einen schrecklichen Augenblick lang sah sie Schmach und Schande vor sich. Ein achtjähriger Schulbub hatte es gewagt, ihre Unantastbarkeit zu verletzen, er hatte sich unterstanden, die Zitadelle ihres privaten Lebensbereiches zu erstürmen. Gleich würde sie dem höhnischen Gekicher der

Klasse preisgegeben sein. Es juckte sie in den Fingern, Thomas durchzurütteln, daß ihm die Knochen im Leibe klapperten und er an diesen Haarnadeln erstickte.
Glücklicherweise fiel ihr noch rechtzeitig ein Ausweg ein. Wenn dieser Racker geschickt genug war, ihr heimlich die Haarnadeln aus dem Knoten zu ziehen, mußte er auch geschickt genug sein, den angerichteten Schaden wiedergutzumachen.
Fast unhörbar zischte sie ihm in sein puterrotes Ohr: «Du steckst jede einzelne sofort wieder dorthin, wo sie gesessen hat!» Und damit schnurrte sie wieder auf den Zehenspitzen herum und fuhr fort, die Kreide einzusammeln.
Als sie ihren Thron wieder bestieg, sah sie nicht die Spur anders aus als sonst. Ihr Gesicht war völlig ausdruckslos, ihr Haar im Nacken zu dem üblichen Knoten gedreht.
«Vergeßt nicht, rechts unten auf den Rand in leserlicher Schrift euren Namen zu setzen», ermahnte sie die Klasse. Durch Thomas hatte sie dabei hindurchgesehen, als sei er Luft.

HEUTE ABER, ZWANZIG JAHRE später, sah sie ihm voll ins Gesicht.
«Ich entsinne mich», sagte sie, «daß Sie sehr geschickte Hände hatten.»
«Und Sie sehr schönes Haar, Miss Fink», antwortete Thomas.
Miss Fink lächelte nicht (sie lächelte überhaupt so gut wie nie, höchstens ganz mechanisch einmal auf den Elternabenden in der Schulkantine – und auch das war eigentlich nur ein Kräuseln ihrer schmalen Lippen), aber ihre Züge wurden weich und sanft. «In den Händen meiner Kinder», sagte sie, «werde ich mich ganz geborgen fühlen.»
Das war zuviel für den alten Porter. Er schluckte schnaufend die aufsteigenden Tränen hinunter und stapfte aus dem Zimmer. Billie Jean eilte ihm mit einem Glas Wasser nach.
«Jetzt», wandte Miss Fink sich an Thomas, «da die Luft von Gefühlswallungen gereinigt ist, können wir unser Gespräch fortsetzen.»

«Ich bin dafür, daß wir am Sonnabend operieren. Also morgen. Man soll nie etwas auf die lange Bank schieben, wie Sie uns immer eingeschärft haben.»
«Nie», bestätigte sie. «Also dann morgen.»
«Soll ich Ihre Schwestern benachrichtigen?»
«Hinterher.»
«Wie Sie wünschen», sagte Thomas und teilte ihr dann mit, daß sie gegen zehn Uhr abends eine Kapsel mit einem starken Schlafmittel bekäme. Danach werde sie tief und fest schlafen, so tief, daß sie es am nächsten Morgen kaum merken werde, wenn er ihr eine Spritze verabfolge – jedenfalls werde es ihr nichts ausmachen. Anschließend werde man sie in den Operationssaal rollen und narkotisieren. Wegen der ungünstigen Lage des Tumors sei damit zu rechnen, daß die Operation ziemlich lange dauere, vielleicht sogar sehr lange. In diesem Falle werde die Narkose natürlich verlängert und dadurch das Erwachen hinausgezögert werden. Es sei also durchaus möglich, daß sie erst Sonntag wieder aufwache.
«Und wo?» fragte Miss Fink.
«Wie bitte?»
«Wo ich aufwachen werde, meine ich.»
Thomas hob die Schultern. Die Bakers haben sich alle schlecht verstellen können, dachte sie.
«Das weiß ich nicht, Miss Fink», bekannte er schließlich.
Miss Fink neigte gewiß nicht zum Wichtigtun, aber selbst sie war nicht frei von der menschlichen Eitelkeit, in schicksalsschweren Augenblicken einen beherzten und denkwürdigen Ausspruch zu tun.
«Ob hier oder dort, ist schließlich unwesentlich», sagte sie in überlegenem Ton. «Auf die Topographie des Himmels bin ich schon immer neugierig gewesen.»

ALS SIE SPÄTER über diese Worte nachdachte, kam sie zu der Erkenntnis, daß das Bonmot ihrer unwürdig war. Unwürdig deshalb, weil es unwahr war. Ihre Vorstellung vom Jenseits war keineswegs verlockend.

An der Existenz dieses fernen Zieles der Seele zweifelte sie nicht. Vermutlich befand es sich jenseits aller Horizonte, Sonnen- und Milchstraßensysteme, welche sich der beschränkte menschliche Geist vorzustellen vermochte. Und sicherlich war es ein sehr respektabler Aufenthaltsort. Was sie vom Hörensagen über dieses Land, seine Umrisse, den Charakter seiner Fauna und den seiner Bevölkerung wußte, gefiel ihr allerdings nicht sonderlich. Es gab dort zum Beispiel viel zu viele Schäfchen. Dumme Geschöpfe! Und goldene Straßen zeugten nur von überladenem Pomp. Und Ströme, die von Milch und Honig überflossen, mußten ja Schmeißfliegen anziehen und Antlitze, strahlend wie Sonnen, die Augen blenden.
Das Unerfreulichste von allem aber war: dort ließ sich nichts verbessern. Die Einrichtungen und Bewohner jenes Ortes waren vollkommen. Nicht auszudenken, wie langweilig es dort für eine Lehrerin sein würde!
Selbstverständlich hätte Miss Fink diese Bedenken niemals geäußert. (Kritik an überlieferten Glaubenssätzen hielt sie für vulgär, unfruchtbar und von schädlicher Wirkung auf die Masse.) Ja, eigentlich wußte sie selbst kaum, daß sie so dachte. Der Himmel war möglicherweise ihre künftige Heimat, und natürlich würde sie sich dort loyal verhalten. Eines Tages würde auch sie dort einherwandeln und sich mit allem ihr zu Gebote stehenden Anstand in die Glückseligkeit und das ewige Nichtstun schicken.
Nur – flüsterte es tief in ihr – nur noch nicht morgen!
Sie tat, als lese sie in einer Illustrierten, ihre Gedanken aber weilten bei Städten und Ländern – den irdischen Städten und Ländern –, die sie so gern einmal gesehen hätte. Wie Verszeilen wohlbekannter Gedichte reihten sich die vertrauten Namen aneinander. Die Kreideklippen von Dover, das Seengebiet von Westmorland und all die grünen englischen Grafschaften. Paris. Rom, die Siebenhügelstadt. Ströme, Flußdelten und dunkle Urwälder, wo sich durch das Unterholz Elefantenbullen stampfend den Weg brachen und geschmeidige Raubkatzen ihrer Beute nachstellten. Der Orient. Die Arktis. Und die Nordwestpassage?

Schon als Kind hatte dieser kurze Verbindungsweg zwischen Ost und West, der für die Entdecker bereits abgetan war, sie mit abenteuerlichen Hoffnungen erfüllt. Schon damals hatte sie den Plan gefaßt, später einmal, wenn sie erwachsen war, diese Passage für sich selbst neu zu entdekken, und dieser Wunsch hatte sie seitdem unaufhörlich verfolgt.

Wie eng und begrenzt war ihr Leben doch gewesen! Ein unbändiges Verlangen überkam sie, die Grenzen ihres Daseins zu durchbrechen – zu schauen, zu bewundern und frei zu sein!

«Es wird schon dämmerig», sagte Billie Jean und knipste die Lampe an.

Das Abendessen war vorüber, und Billie Jean wurde von der Nachtschwester abgelöst. Jincey schaute noch einmal herein – blasser als zuvor, aber noch immer guten Muts. Werde ich ihr Kind noch zu sehen bekommen? fragte sich Miss Fink. Werde ich je erfahren, ob es ein Junge oder ein Mädchen ist?

Es gab noch so viel, was sie gern erfahren hätte. Nach ihrer Pensionierung hatte sie Griechisch und Geologie studieren wollen. Sie hatte vorgehabt, sich näher mit dem geheimnisvollen Wandertrieb der Zugvögel zu befassen. Wie sehr bedauerte sie nun, Angelas Frage nach dem Geschmack der Ameisen nicht nachgegangen zu sein!

Dr. Temple kam, um ihr Herz und ihre Lungen abzuhorchen. Nichts als Krankenhausroutine, dachte sie ungehalten. Aber da fiel ihr sein Krankenbericht ein, und sie wollte sich dankbar erweisen.

«Wenn Sie Ihrer Mutter schreiben, was Sie doch sicher regelmäßig tun ...», begann sie.

«Einmal jede Woche», bestätigte er.

«... dann richten Sie ihr aus, daß ich Sie für sehr begabt halte.»

«Da wird sie mächtig stolz sein», sagte er strahlend. «Sie selbst ist ja so gescheit, daß sie ihre Kinder für beschränkter hält, als sie tatsächlich sind.»

«Wissen Sie vielleicht zufällig, wie Ameisen schmecken?»

fragte sie unvermittelt, ganz einfach deshalb, weil sie es plötzlich brennend gern wissen wollte.
Die Nachtschwester blickte sie entgeistert an (phantasierte die Patientin plötzlich?), und Miss Fink merkte nun auch, daß ihre Frage reichlich wunderlich geklungen hatte.
Für Adams Temple aber – ganz der Sohn seiner Mutter – war Neugier genauso eine normale, gesunde Regung wie ein frischer Appetit.
«Aber ja! Meine Mutter hat es mir mal erzählt. Sie hat als kleines Mädchen einmal eine in den Mund gesteckt und gekostet. Sie schmecken genau wie Mixed Pickles, hat sie gesagt.»
Um die geistige Verwirrung ihrer Patientin ja nicht zu verschlimmern, verhielt sich die Nachtschwester noch schweigsamer als sonst. Sie saß in ihrer Ecke und polierte sich die Fingernägel (eine intime Körperpflege, die nach Miss Finks Ansicht kein auch nur halbwegs wohlerzogener Mensch im Beisein anderer vornahm). Hin und wieder warf sie einen prüfenden Blick zu Miss Fink hinüber und atmete sichtlich erleichtert auf, als Pastor Burnham erschien.
«Ich lasse Sie mit dem Herrn Pastor allein», sagte sie und zog sich diskret zurück.
Hochwürden legte ein Gebetbuch auf den Tisch und setzte sich dicht neben das Bett.
Dieser Besuch, dachte Miss Fink, ist meine Abschlußprüfung in Geduld. Es war schwer genug gewesen, sich Thomas' medizinischer Autorität zu fügen, noch schwerer, unter Adams Temples Stethoskop Gleichmut zu bewahren und sich mit Billie Jeans betulicher Art abzufinden. Alexander Burnham aber als Seelenhirten zu akzeptieren, war weitaus das schwerste.
In der Kirche fiel es ihr leicht. Dort verliehen ihm der vertraute Rhythmus der Liturgie, das Kerzenlicht, die Orgelmusik und das Meßgewand eine gewissermaßen weihevolle Anonymität. Dort schien er weniger ein Mensch als ein Amtssymbol zu sein, und sie kam gar nicht auf den Gedanken, ihn mit dem übernervösen, schwierigen Jungen der Schulzeit zu identifizieren.

Er war ein unausgeglichenes Kind gewesen. Zu erregbar, zu schwärmerisch höchsten Idealen nacheifernd, als daß er die nötige Ausdauer für die zwischen den Höhepunkten liegenden, langen Strecken des Mittelmäßigen aufgebracht hätte. Und er war ein Hasenfuß gewesen. Miss Fink hatte getan, was in ihrer Macht gestanden. Sie hatte versucht, ihm klarzumachen, daß er nichts Besonderes war und daß er – jedenfalls in ihrem Klassenzimmer – den zwar strengen, aber durchaus nicht furchteinflößenden Gesetzen von Ursache und Wirkung unterworfen war. Einmal hatte sie ihn in Schutz genommen. Aber vor einem anderen, nicht etwa vor sich selbst.

Eines Tages war die Fensterscheibe des Rektorzimmers eingeworfen worden. Nach der Pause hatte man zwischen den Scherben auf dem Fußboden einen Baseball gefunden. Auf diesem Ball – sozusagen seinen Äquator bildend – stand in großen Blockbuchstaben: ‹Alexander der Große›.

Der damalige Rektor, der dramatische Auftritte zur Herstellung der Disziplin liebte, hatte bis nach Schulschluß gewartet, um den Verdächtigen ins Gebet zu nehmen.

Zum Schauplatz des Verhörs hatte er – vielleicht, weil in diesem Raum Flunkereien nicht gediehen – den Geographiesaal gewählt. Miss Fink hatte an ihrem Katheder gesessen, fest entschlossen, sich nicht in diese Angelegenheit einzumischen. Ihr Vorgesetzter – ein Mann von anderm Schrot und Korn als Mr. Spivey – konfrontierte Alexander mit dem Corpus delicti.

«Ist das dein Ball, Sandy?» fragte er ihn, wobei er durch die Bankreihe auf den armen Sünder zuschritt.

Alexander warf einen scheuen Blick auf den Ball. «Ja, Sir», sagte er, ängstlich zurückweichend.

«Du irrst dich also nicht?»

«Nein, Sir.» Ein grünlicher Schimmer überzog Sandys käseweißes Gesicht.

Der Rektor sah ihn drohend an. «Du bekennst dich also schuldig, Schuleigentum zerstört zu haben, ja?»

Alexander schluckte; Miss Fink konnte sehen, wie seine

Halsmuskeln arbeiteten, während er seinen Seelenkampf ausfocht. «Nein, Sir», sagte er.
«Willst du etwa bestreiten, das Fenster eingeworfen zu haben?»
«Nein, Sir. Ich meine ... doch ... ja. Ich habe es nicht kaputtgeschmissen.»
Der Rektor stieß ein höhnisches Lachen aus. «Also hör mal zu, mein Junge! Mit solchen Mätzchen kannst du mir nicht kommen! Du läßt doch deinen Ball von niemandem anrühren, das wissen wir hier doch ganz genau. Wir ...»
In diesem Augenblick griff Miss Fink ein. Ihre Stimme klang ruhig und beherrscht, aber schneidend wie eine frisch gewetzte Rasierklinge.
«Der Knabe hat Rede und Antwort gestanden», sagte sie. «Sie haben Ihre Fragen gestellt, und er hat sie beantwortet.»
«Aber ...», begann der Rektor.
«Da gibt es kein Aber», sagte sie und blickte den erregten Mann mit ihren ruhigen (und darum so schrecklichen) Augen an. «Das Verhör ist beendet.»
Der Rektor knallte den Baseball auf das Katheder. «Na, meinetwegen», stieß er, bereits im Fortgehen, hervor, «dann kümmern Sie sich um die Sache!»
«Das werde ich tun», sagte Miss Fink.
Alexander war wie angenagelt stehengeblieben. Er zitterte am ganzen Leibe und war noch grüner als zuvor. Plötzlich schoß er vor, stürzte zum Ausguß in die Ecke, wo er – beide Hände an das Becken geklammert – sich vornüberbeugte. Er würgte kläglich, würgte immer wieder.
Miss Fink stand ihm nicht bei, hielt ihm nicht den Kopf und wischte ihm nicht den Mund mit einem feuchten Tuch. Seelenruhig, als sei er gar nicht vorhanden, hörte sie mit an, wie er sich vergeblich bemühte, seine Lüge hinauszuwürgen.
Als er sich schließlich gefaßt hatte, sagte sie nur: «Vergiß nicht, deinen Baseball mitzunehmen!»

UND JETZT WAR ER ein Mann. Ein Mann, an den sich die Menschen in ihrer Not wandten, ein nützliches Mitglied von Kirche und Staat. Ja, sie durfte ihn wohl zu ihren Erfolgen zählen, auch wenn es schwerfiel, den kleinen Feigling am Ausguß zu vergessen, den Schüler, dessen Name im Ordnungsbuch ein seltenes Zeichen trug – ein Fragezeichen! Jetzt aber war es ihre Pflicht als Gemeindemitglied, diesen Schulbuben zu vergessen.
«Hat Thomas es Ihnen gesagt?» fragte sie.
«Daß er Sie morgen operieren wird? Ja. – Ich freue mich, daß Sie sich entschlossen haben, hier in Liberty Hill zu bleiben. Einen besseren Arzt als Tommy konnten Sie gar nicht finden.»
«Der Ausgang ist zweifelhaft.»
«Das ist jeder Ausgang.»
«Ich möchte aber noch nicht sterben!» Jetzt war es heraus. Jetzt hatte sie das Wort gesagt. Sie fühlte sich merkwürdig erleichtert.
«Nein, natürlich nicht», pflichtete ihr Alexander bei. «Es mag sich zwar bei meinem Beruf seltsam ausnehmen – aber ich verachte Menschen, die sich leicht mit dem Tode abfinden. Es ist undankbar gegen das Leben.»
«Das Leben ...» Miss Fink kostete den Klang dieses Wortes aus wie den Namen eines Geliebten. «Es ist so ...» Sie vermochte aber nicht in Worte zu fassen, wie es war. «Ich bin glücklich gewesen», sagte sie schließlich.
Nie zuvor hatte sie dies ausgesprochen, ja, sie hätte es sogar für simpel gehalten, darüber überhaupt nur nachzudenken. Nun aber erkannte sie, daß sie eine Begnadete des Lebens gewesen – allein deshalb, weil ihr nie der Gedanke gekommen war, sie könne es sein.
«Ich weiß es», sagte Alexander.
«Thomas hat nicht viel Hoffnung, nicht wahr?»
«Nicht sehr viel», gab Alexander zu, «aber es gibt eine Hoffnung, die über alle ärztliche Kunst hinausgeht.» Er griff nach dem Gebetbuch. «Vielleicht lesen wir ...»
Miss Fink war ihm dankbar für seine Aufrichtigkeit. Und sie wollte Gleiches mit Gleichem vergelten.

«Wollen Sie das Sündenbekenntnis mit mir sprechen?» fragte sie.
Er nickte. «Das ist unter solchen Umständen üblich.»
«Dann muß ich Sie leider darauf aufmerksam machen, daß ich es Ihnen nur unter gewissen Vorbehalten nachsprechen kann.»
«Unter gewissen Vorbehalten?»
«Ja», erklärte sie. «Auch ich habe Fehler begangen, und auch ich habe meine menschlichen Schwächen. Aber, ehrlich gesprochen, ich kann meine Sündenlast nicht erdrückend finden, und ich bin auch nicht in die Irre gegangen wie ein Schaf!»
«Ja, ich gebe zu, die Sprache ist altertümlich. Dennoch enthält sie im Kern die Wahrheit. Wir alle...»
Miss Fink aber blieb unbeugsam. «Nein», sagte sie. «Ich habe meinem Schöpfer nie etwas vorgeheuchelt, und jetzt damit zu beginnen, wäre wohl nicht der geeignete Augenblick.» Ihr durch ein Kissen gestützter Nacken wurde plötzlich ganz steif. «Ich bin kein zerknirschter Sünder!»
Der Geistliche lächelte, ein warmes, gewinnendes Lächeln, das ganz erfüllt war von der schönen Heiterkeit eines Menschen, der in seinem geliebten Beruf aufgeht. Sieh an, dachte Miss Fink, auch ein Mensch, der im Einklang mit sich selbst lebt, der so geworden ist, wie ich es mir immer gewünscht habe.
«Ich will Ihnen etwas verraten, Miss Fink», sagte er. «Ich auch nicht!»
Er saß noch ein Weilchen in ihrem Krankenzimmer, das ebenso klein und kärglich eingerichtet war wie eine Klosterzelle. Er erzählte ihr von der Welt draußen – von seinem Garten, wo jetzt die Krokusse blühten, von dem alten, knorrigen Apfelbaum vor dem Gerichtsgebäude, der schon viele Knospen hatte, und von fremden Ländern und Städten, die er während des Krieges kennengelernt hatte. Kurz bevor er aufbrach, sagte er ganz beiläufig, so als falle es ihm gerade ein: «Wenn es Ihnen recht ist, sprechen wir zusammen ein Gebet. Jeder still für sich, aber gemeinsam.»
«Ja, das ist mir recht», sagte sie.

Wie Alexanders Gebet lautete, ahnte sie nicht und versuchte auch gar nicht, es zu erraten. Ihr eigenes Gebet war sehr schlicht. «Was mir auch widerfährt», betete sie, «laß es mich tragen wie eine Lehrerin.»
Die Nachtschwester kam mit einer Untertasse herein. Darauf lag in einer kleinen, plissierten Papierhülle, wie man sie von Pralinen kennt, eine gelbe Kapsel.
Miss Fink schluckte sie.
Nachdem das Licht ausgeknipst war, lag sie still da, blickte durch das Fenster auf das rechteckig gerahmte Stückchen Nachthimmel und wartete darauf, daß der Schlaf ihre Gedanken auslösche. Der Himmel war bis auf einen schmalen, schimmernden Wolkenstreifen klar und tiefblau wie ein Kirchenfenster. Darin schienen zahllose Sterne zu schwirren und zu schwärmen wie kristallene Bienen. Plötzlich aber – als habe sie sich mit einem Schritt weit, weit vom Boden der Wirklichkeit entfernt – erblickte Miss Fink hoch oben, einsam vor ihrem Fenster schwebend, die Erde, diesen geliebten Planeten, den sie in all seiner Schönheit und Unvollkommenheit so gut kannte. Dieser Himmelsstern war keine Biene, kein gewöhnliches Himmelsinsekt, sondern eine Kugel von der Größe des Globus der auf ihrem Katheder im Geographiesaal stand. Und sie erglühte in wundersamem, aus ihrem Innern hervorbrechendem Glanz und drehte sich so langsam, daß Miss Fink die vertrauten Umrisse der Erdteile gleich Schattenrissen erkennen konnte. Für diesen Erdball hatte sie alles getan, was in ihren Kräften gestanden. Nun zog er dort oben in der Aprilnacht seine Bahn, ganz auf sich gestellt und ihrer Obhut entwachsen wie ein Kind, das aus der Zedernhain-Schule entlassen wurde. Sie wünschte ihm von Herzen eine gute Reise.

ES WAR SONNABENDMORGEN acht Uhr. Auf dem Korridor vor dem Operationssaal stand Dr. Baker und unterhielt sich mit seinem Assistenten Dr. Temple. Thomas wirkte nicht im geringsten nervös, sondern ausgeglichen und vollkommen ruhig. Diese geheimnisvolle Wandlung vollzog

sich in ihm vor jeder Operation, auch wenn sie noch so schwierig und gefährlich war. Stets überkam ihn eine wunderbare Ruhe, alle Sorgen fielen von ihm ab, sein Kopf wurde klar und die Gedanken scharf wie Skalpelle.
«Unten in der Halle sitzen der Pfaffe und der Schupo», berichtete Adams Temple. «Beide stellen sich als Blutspender zur Verfügung. Sie sind auch beide geeignet.»
«Gut», sagte Thomas. Er zündete sich eine Zigarette an; seine Hand zitterte dabei nicht.
«Ein komisches Paar», meinte Adams.
«Ach, ich weiß nicht. Sie sind schließlich beide hier in Liberty Hill aufgewachsen und haben die gleiche Schulbank gedrückt.»
«Ich habe mich vorhin ein bißchen mit dem Schupo unterhalten, und er hat mir aus seinem Leben erzählt – in großen Zügen natürlich nur. Zum Beispiel wie er sich mit Miss Finks moralischem Beistand wieder an den eigenen Ohren hochgezogen hat. Eine erstaunliche Geschichte.»
«Ja, Bill ist in Ordnung», sagte Thomas wie abwesend.
«Wenn er ihr Blut spendet», fuhr Adams fort, «aber auch wenn das nicht nötig sein sollte und das Ganze gut abläuft, wird ihm das kolossal viel bedeuten – allein deshalb, weil er dazu bereit war. Ihnen allen, glaube ich.»
«Da haben Sie verdammt recht!» murmelte Thomas.
«Rein psychologisch, meine ich», erläuterte Adams. «Es ist doch so, als ob ein Reifeprozeß endgültig zum Abschluß gebracht ist.»
Thomas rauchte schweigend. Was er in diesem Augenblick am wenigsten brauchen konnte, waren tiefsinnige Selbstbetrachtungen. Dieser grinsende Bursche ging ihm wahrhaftig auf die Nerven mit seinem hochtrabenden Geschwafel.
Adams aber fuhr unbeirrt fort, sich über das Thema auszulassen: «Eigentlich ist es genau dasselbe wie mit Äneas, der ins brennende Troja zurückkehrte. Erinnern Sie sich noch? Er packte doch den alten Anchises, seinen Vater, und trug ihn Huckepack wie ein Kind aus den Flammen.»
«Ich vermag Ihren Ausführungen zwar zu folgen», sagte

Thomas trocken, «aber leider fehlt mir Ihre klassische Bildung.»
«Ja, sehen Sie, *meine* Miss Fink war nämlich Lateinlehrerin!»
Thomas warf seinen Zigarettenstummel in einen mit Sand gefüllten Blumenkübel. «Wird langsam Zeit zum Händewaschen», sagte er. «Sie sollten eigentlich auf Psychiatrie umsatteln.»
«Ja, daran hab ich auch schon gedacht. Denn was ist denn die Chirurgie schon anderes als eine bessere Schlachterei?»
Wäre Adams Thomas' ständiger Assistent und nicht nur ein im Augenblick schwer zu ersetzender Vertreter gewesen, dann hätte er ihn wahrscheinlich auf der Stelle an die Luft gesetzt. So aber lachte er nur und meinte leichthin: «Immerhin hängen wir unsere Patienten ja nicht halbiert auf einen Haken.»

DIE OPERATION DAUERTE viele Stunden. Im Laufe des Vormittags sprachen im Krankenhaus zahlreiche Besucher vor. Sie wußten zwar, daß sie dort nichts ausrichten konnten, kamen aber, einer nach dem andern, wie magnetisch angezogen, um sich nach Miss Finks Befinden zu erkundigen, ihre Karten abzugeben und wieder heimwärts zu wandern.
John Wesley Evans erwischte Pastor Burnham in der Eingangshalle. Er packte ihn beim Rockknopf und hielt ihm einen gefühlvollen Vortrag über seine innere Umkehr.
«Es war wie ein Damaskus», versicherte er. «Nie wieder rühre ich einen Tropfen an!»
Alexander, der über John Wesleys ewige Bekehrungen und Rückfälle sonst recht ungehalten war, zeigte sich heute ausnehmend freundlich.
«Laß es langsam angehen, Wes», riet er ihm. «Setz immer hübsch einen Fuß vor den andern.»
Billie Jean wartete während der Operation im leeren Zimmer auf ihre Patientin. In gewissen Abständen aber lief sie unter irgendeinem Vorwand zu der Schwester in der Auf-

nahme – sie konnte sich einfach nicht sattsehen an William Holloway, der majestätisch und muskulös in einem braunen Ledersessel in der Halle thronte. Wieder einmal war sie zufällig unten, als die Abordnung der Zedernhain-Schule erschien.

Es waren fünf Mädchen und acht Jungen. Aus ihren geradezu unnatürlich blankgeschrubbten Gesichtern sprachen feierlicher Ernst, mutige Entschlossenheit und eine gewisse Ängstlichkeit. Alle Kinder trugen Pfadfinderuniform und hatten den rechten Ärmel bis zur Schulter aufgekrempelt.

Billie Jean stieß an der Tür mit ihnen zusammen.

«Kinder, die nicht in Begleitung ihrer Eltern sind, haben keinen Zutritt», sagte sie streng. «Was wollt ihr denn?»

«Wir kommen in einer sehr wichtigen Angelegenheit», erklärte David Burnham von oben herab. «Es geht um Leben und Tod.»

«Laß mich sprechen», drängte sich Vicky Evans vor. «Ich bin die Sprecherin!»

«Na schön, dann schieß los!» sagte David gnädig.

«Wir wollen nämlich Blut für Miss Fink spenden», verkündete Vicky und streckte ihren nackten Arm vor, als erwarte sie, man werde ihr auf der Stelle das Blut abzapfen. Dabei biß sie sich auf die Lippen und kniff die Augen fest zu.

David versetzte ihr einen Puff. «Dumme Gans! Glaubst du denn, die machen das hier? Man muß doch langliegen, und hinterher kriegt man Tomatensaft!»

«So kleines Kroppzeug wie euch können wir als Blutspender überhaupt nicht gebrauchen», erklärte Billie Jean.

«Aber wir sind doch schon groß!» piepste ein winziges Püppchen mit zwei dünnen Rattenschwänzen. «Wir sind doch schon über neun!»

«Und prima gesund! Das hat der Doktor bei der letzten Schuluntersuchung gesagt», prahlte Vicky. «Unser Blut ist mächtig kräftig.»

Billie Jeans mütterliches Herz schmolz. «Nun hört mal zu, ihr Zuckerschnuten», sagte sie liebevoll, «wir können

euch wirklich nicht gebrauchen. Davids Pappi und Wachtmeister Holloway sind schon deswegen hier. Aber ich weiß was anderes, das ihr für Miss Fink tun könnt.»
«Was denn?» fragte David mißtrauisch, als ahne er schon, daß dabei nur etwas Mordslangweiliges herausschauen könne.
«Am Montag ist doch eure Prüfung», sagte Billie Jean, «und wenn Miss Fink wieder in die Schule kommt und feststellt, daß ihr durchgerasselt seid, dann könnt ihr euch auf was gefaßt machen! Einfach schrecklich wird sie sein! Also marsch, nach Haus, und setzt euch auf den Hosenboden!»
«Ach, die ollen Kamellen!» maulte ein Dreikäsehoch. «Die können wir doch schon auswendig!»
«Na, na! Ist das so sicher?» fragte Billie Jean und wies der Reihe nach blitzschnell mit dem Zeigefinger auf die einzelnen Kinder und schoß dabei ihre Fragen wie aus der Pistole ab: «Was ist der Unterschied zwischen Längen- und Breitengrad? Wie heißen die Großen Seen? Was ist das Haupterzeugnis Brasiliens? Wo ist der Wendekreis des Krebses?»
Bei jeder Frage wichen die Kinder einen Schritt zur Tür zurück, und bei der letzten waren sie verschwunden.
«Das haben Sie ja großartig gemacht, wie ein gewiegter Diplomat!» rief Alexander.
Billie Jean lächelte. «Ich wünschte, ich wüßte selbst die Antworten darauf!» Sie wischte sich verstohlen die Augen. «Diese goldigen Racker!» murmelte sie mit erstickter Stimme und eilte davon.
William Holloway räusperte sich. Die Tapferkeit der Kinder hatte auch ihn gerührt, und daß Billie Jean die Tränen gekommen waren, mißfiel ihm durchaus nicht: ein Zeichen echter Weiblichkeit und vornehmer Gesinnung.
Die Kinder trollten sich die Straße entlang und schielten zu den Fenstern des Krankenhauses hinauf.
«Da drin ist sie jetzt», verkündete David. «Da oben, im Eckzimmer.»
«I wo!» widersprach ein anderer Steppke. «Da kriegen doch die Frauen ihre Babies.»

«Klar, Davie hat recht!» ließ sich nun Vicky vernehmen. «Ich hab doch selbst da gelegen, als mir die Mandeln rausgenommen wurden. Ich sag euch, da ist alles gekachelt, wie in 'nem Badezimmer. Und sie packen einen auf einen Tisch unter eine mächtig große Lampe. Und dann muß man einen Ballon aufblasen!»
«Das ist der Äther», erklärte David.
Alle starrten hinauf. Sie versuchten sich Miss Fink vorzustellen, wie sie platt ausgestreckt auf einem Tisch im Badezimmer lag und einen Ballon aufpustete. Aber das ging über ihr Fassungsvermögen. Einer plötzlichen Eingebung folgend, setzten sie sich wie verabredet in Trab und rannten zu einem freien Platz, wo sie Abschlagen spielten. Dabei gerieten sie in solchen Feuereifer, daß David der kleinen Vicky ein ausnehmend häßliches Schimpfwort an den Kopf warf, worauf sie prompt einschnappte. Dies hinderte sie allerdings nicht, ihm am Nachmittag ein Gedicht zu schicken, ihn als getreuen Rittersmann zu preisen und in bewegten Worten zu beklagen, daß sie ihn in den Bauch gepufft hatte.

WÄHREND ALL DIES GESCHAH, hatte sich Miss Fink auf eine große Reise begeben. Wann diese Reise eigentlich begann (war es, als sie ihren geliebten Planeten am Nachthimmel schweben sah?), wie lange sie dauerte und durch wie viele Länder sie führte, läßt sich nicht beantworten. Selbst Miss Fink war dies alles ein Rätsel. Urplötzlich, ohne daß sie eine Ahnung hatte, wie sie dorthin gekommen war, befand sie sich in einer neuen Umgebung, und noch ehe sie überhaupt Zeit hatte, ihre Gedanken zu sammeln, ging es auch schon weiter. Da sich an diesem Tempo offenbar nichts ändern ließ, beschloß sie, sich am Ziel – wo immer dieses auch liegen mochte - in ein stilles Kämmerchen zurückzuziehen und die Lücken in ihrem Gedächtnis auszufüllen. Denn für Gedächtnislücken hatte sie gar nichts übrig.
In Wahrheit aber wußte sie alles, was es überhaupt zu

wissen gab. Sie hatte ein Reich betreten, wo die gewohnten Gesetze – die der Schwerkraft, des Raumes und der Zeit – keine Gültigkeit mehr besaßen.

ZUERST WURDE SIE – in einer Sänfte? – über eine wunderschöne Ebene getragen. Sie dehnte sich weithin zu beiden Seiten, und überall verstreut lagen Gebäude: Pagoden, Paläste und Tempel. Von fern her erklang, vertraut und sehnsüchtig, Glockengeläut, und alles leuchtete in klaren, zarten Farben. Die Bäume hatten gewundene Stämme, und ihre schirmartigen, vom Winde plattgedrückten Kronen schimmerten in einem lichten, goldig durchglühten Grün; sie sahen genauso aus wie die Bäume auf chinesischen Wandteppichen. Unter einem dieser Bäume stand ein Mann und las in einem Buch. Er trug ein karmesinrotes Gewand, und sein langer, schütterer Bart reichte ihm bis zu den Knien.

«Sind Sie Marco Polo?» fragte der Mann, als er Miss Fink erblickte.

«Nein», antwortete sie; die Frage befremdete sie nicht im geringsten. «Ich bin Miss Fink aus Liberty Hill.»

«Ach, Sie sind Miss Fink!» rief er und machte eine tiefe Verbeugung.

Schau an, dachte sie, das ist ja der alte Cathay. Ja, natürlich! Jetzt sah sie, daß die ganze Ebene von einer Mauer umgeben war. Diese Gegend mußte sie genau durchforschen, mußte die Märchengärten besuchen und die Tempel, um sich dort mit den weisen Männern zu unterhalten. Später wollte sie alles ihrem Vater erzählen.

Die Sprache der Sänftenträger war ihr fremd. Aber sie erinnerte sich noch rechtzeitig daran, daß Französisch das internationale Verständigungsmittel war. Aber wie hieß denn nur ‹halt› auf französisch? Das einzige, was ihr einfiel, war: ‹Parlez-vous français?›, und das schien ihr nicht ganz angebracht. «Aufgemerkt, bitte!» rief sie in entschiedenem Ton. Kaum hatte sie die Worte ausgesprochen, merkte sie, daß sich die Szenerie verwandelt hatte. Sie mußte durch die Mauer hindurchgetragen worden sein, ohne es gewahr zu werden.

SIE BEFAND SICH JETZT mitten in einer Wüste. Da spürte sie, daß sie gar nicht mehr in einer Sänfte getragen wurde, sondern auf verschränkten Händen saß. Und diese Hände gehörten Thomas Baker und Alexander Burnham. Die beiden waren ungefähr elf Jahre alt, trugen rote Pullover und Manchesterknickerbockers und blickten verschmitzt feixend zu ihr auf. Alexander rauchte eine Zigarette.
«Wie ungehörig!» rügte sie. «Laßt mich sofort hinunter!»
«Das hier ist meine Kommandobrücke!» krähte Thomas und wackelte mit den Ohren.
«Da befindest du dich aber gründlich im Irrtum», entgegnete sie. «Setz mich sofort ab!»
«Halten Sie nur den Rücken steif», befahl Thomas. «Fertig, Sandy? Eins, zwei, drei, los!»
Statt sie abzusetzen, schwangen sie sie in die Höhe. Sie flog von ihren Händen fort in die Luft, leicht wie eine Seifenblase – und saß auch schon wieder. Diesmal sehr behaglich auf dem Höcker eines Kamels.

DAS KAMEL WANDTE IHR den Kopf zu und sah sie mit trauervollen Augen an.
«Ich bin kein schönes Tier», sagte es.
Es gab Miss Fink einen Stich ins Herz. Wenn sie diesen Satz auch gegen Ende des ersten Schuljahres den Abc-Schützen viele Male diktiert hatte, wäre sie doch nie so taktlos gewesen, ihn einem Kamel ins Gesicht zu sagen.
«Schönheit ist ein innerer Wert», sagte sie.
«Ich kann viele Tage ohne Wasser auskommen», fügte das Kamel hinzu und trabte dem flachen, baumlosen Horizont entgegen.
Miss Fink war von der ruhigen Gangart des Kamels angenehm überrascht. Sie hatte immer geglaubt, es würde schaukeln und verdiente in der Tat den Namen ‹Wüstenschiff›.

Sie wurde davongetragen wie auf einem sanft wiegenden Strom.

‹Elaine, die schöne, lieblich holde Maid.
Miss Fink, die grimmig schreckliche Miss Fink›

ging es ihr in einschläferndem Rhythmus durch den Sinn. Sie schüttelte den Gedanken energisch ab.

Die Wüste sah ganz genauso aus wie die Sandkasten-Landschaft, die die dritte Klasse aufbauen mußte, wenn im Unterricht Arabien an der Reihe war. Natürlich konnte ein Sandkasten auch nicht annähernd diese unbegrenzte Weite und Leere vermitteln, die alles überstieg, was das Auge aufnehmen und die Phantasie sich ausmalen konnte. Jetzt tauchte am Horizont eine Karawane auf. Die ‹Wüstenschiffe› und die in wallende Gewänder gehüllten Reiter leuchteten purpurrot, als seien sie aus der Pappe ausgeschnitten, die die Kinder immer zum Basteln benutzten.

Jetzt näherte sich Miss Fink auf ihrem Reittier einer Oase, einem einladenden grünen Fleckchen, wo an einem plätschernden Quell Dattelpalmen wuchsen.

«Möchten Sie nicht einen Schluck Wasser trinken?» fragte das Kamel. Seine Stimme klang sanft und einschmeichelnd wie die einer Frau. «Nur ein kleines Schlückchen?»

Miss Fink geriet in große Versuchung. Ein Schluck Wasser hätte sie zwar sehr erfrischt, ihr Stolz ließ es jedoch nicht zu, weniger enthaltsam zu sein als ein unvernünftiges Tier.

«Wir warten bis zur großen Pause», entschied sie.

Nur zu bald bereute sie, das Anerbieten abgelehnt zu haben. Ihr Mund war wie ausgedörrt. Als sie nun zum Greifen nahe wieder eine Gruppe von Dattelpalmen in der Sonne schimmern sah, gestand sie, daß eine Erfrischungspause jetzt gelegen käme.

«Das ist doch bloß eine Fata Morgana», meinte das Kamel verächtlich. «Ein bißchen Durst schadet Ihnen gar nichts.»

«Ich muß Sie sehr bitten, sich eines höflicheren Tones zu befleißigen», sagte sie.

Das Kamel schnaubte durch die Nüstern und wandte ihr wieder den Kopf zu. Dieses Auge mit dem schweren Lid,

die bleckenden Lippen und die langen gelben Zähne erinnerten sie an Mr. Porter.
«Ich habe Ihnen einmal ein sehr kulantes Angebot gemacht», sagte es.

WANN SIE DIE WÜSTE DURCHQUERT und wie sie ihren luftigen Sitz verlassen hatte, wußte Miss Fink nicht. Sie wußte nur, daß sie seit geraumer Zeit im Flugzeug saß und mit rasender Geschwindigkeit über Länder und Meere dahinflog, und daß die fremdartigen und gleichzeitig vertrauten Eindrücke kaleidoskopartig wechselten.
Das Flugzeug war von ganz anderem Typ als die riesige Verkehrsmaschine, mit der sie auf Geoffrey Lyons' Einladung nach New York geflogen war. Es war ein Doppeldecker, wie sie ihn im Sommer neunzehnhundertundzehn über dem Ausstellungsgelände hatte aufsteigen sehen. Sie saß mutterseelenallein in der offenen Führerkanzel. Mit der einen Hand hielt sie den Steuerknüppel umklammert, mit der andern drückte sie den Hut auf den Kopf, damit er nicht fortwehte.
Es war Nacht: Mond und Sterne blinkten am Himmel. Entweder waren sie näher gerückt oder aber ihr Sehvermögen hatte sich bedeutend verschärft. Sie konnte die Mondkratzer, die Saturnringe und den siebenten Stern der Plejaden deutlich erkennen. Einen Augenblick ließ sie sogar ihren Hut los, um nach dem Kreuz des Südens zu greifen, und hätte es auch fast erwischt. Tief unter ihr, im weißen Mondlicht, schimmerten die Zeugen vergangener Zeiten: der schiefe Turm zu Pisa, die Pyramiden, die zerborstenen Säulen des Parthenons. Die Urwälder sahen aus wie schwarze, verspritzte Tintenkleckse; in ihrem Dickicht glommen die funkelnden Augen eines Tigers auf, der einer Beute nachschlich, und die silbernen Bänder der gewaltigen Ströme, die sich dem Meer entgegenschlängelten. Der Ganges, der Euphrat, der Nil. Sie erkannte all die Flüsse an ihren Schleifen und Windungen, die sie so oft mit dem Zeigestock auf der Landkarte nachgezeichnet hatte. Und

dann erblickte sie das Meer, den riesigen, geheimnisvollen Schoß allen Lebens. Gewaltiger als die Wüste war es und weit wie der Himmel.

Ganz in der Nähe ertönte ein altes, törichtes Liedchen; warum mußte sie dabei an die Geißblattranken vor ihrem Schlafzimmerfenster denken?

‹Komm, flieg mit mir zum Mo-o-ond,
wo nur ein Mann drauf wo-o-ohnt!›

Miss Fink rümpfte die Nase. «Der Mond ist ein unbewohnter Himmelskörper», erklärte sie. «Ein Trabant der Erde. Auf Grund der dort herrschenden Kälte und des Mangels an Sauerstoff kann sich dort kein Leben entwickeln, weder tierisches noch pflanzliches.»

«Jawohl, Miss Fink», erklang eine Stimme.

DAS FLUGZEUG SAUSTE abwärts. Es gerict ins Trudeln. Kreiselnd stürzte sie in einen Strudel von Dunkelheit hinab. Sie lag nun klaftertief im Wasser. Sachte, sachte trieb sie wieder nach oben. Ihr war, als sickere Licht auf sie herab. Dort! Das mußte die Wasseroberfläche sein. Endlich war sie oben! Aber da war ein Duft wie von Blumen um sie, und noch ein anderer – süßlich und widerwärtig –, der ihr den Atem raubte. Gesichter neigten sich über sie. Wenn sie doch fortgingen, zurückwichen, ihr Luft gäben, Luft...

SIE WAR IN PARIS. Die Kastanien standen in Blüte. Elegante Damen promenierten neben stattlichen Herren einher, die alle Schnurrbärte trugen wie ihr Vater. Wohlerzogene Kinder ließen auf einem Teich Segelschiffchen schwimmen. Alles ging sehr gesittet und *comme il faut* zu – und doch war ihr nicht wohl dabei. Gewiß, Paris war eine bezaubernde Stadt voll vieler bezaubernder Namen: Champs Elysées, Bois de Boulogne, Place de la Concorde. Aber sie traute dieser Stadt nicht. Gern hätte sie bei einem der vielen Bücherstände an der Seine ein Buch erworben, wagte es jedoch nicht, aus Furcht, frivole Lektüre zu erhalten. Sie war noch immer sehr durstig, scheute sich aber, an einem der kleinen Marmortische auf dem Bürgersteig Platz zu nehmen, denn wußte man, ob ihr der Kellner – oder vielmehr der *garçon* – nicht am Ende gar etwas Alkoholisches brachte?!

«Ach, jetzt im April in England sein!» seufzte sie.

«Dort liegt es, über den Kanal hinweg», sagte ein Herr zu ihrer Linken. Oder hatte er ‹über die Krise hinweg› gesagt? Sein Akzent war typisch amerikanisch – so sprachen die Leute in Liberty Hill. «Eigentlich müßte es glattgehen.»

«Ich danke Ihnen», sagte Miss Fink. Sie stieg eine endlose Anzahl wackliger Stufen hinunter bis zum Pier, wo am äußersten Ende ein kleiner Dampfer auf unruhigen Wellen schaukelte. Der Herr rief irgend jemandem auf dem Schiff etwas zu.

«Alles in Ordnung!» rief er. «Laßt sie schlafen.»

Laßt sie schlafen, laßt sie schlafen, laßt sie schlafen ...

IN LONDON FÜHLTE SIE sich heimischer. Ein Bobby grüßte. «Sie werden erwartet, Madam», sagte er. Er half ihr in eine Droschke, eine sehr elegante Droschke, und sie fuhr durch das stille, graue Herz Londons, vorbei am Britischen Museum, über den Trafalgar Square und vorüber an dem alten Raritätenladen. Big Ben schlug die Stunde. Die Glokken der St.-Pauls- und St.-Ives-Kathedrale läuteten in schöner Harmonie. Vor der Einfahrt zum Buckingham Palace hielt die Droschke, und Miss Fink stieg aus. Ein Soldat mit hoher Bärenfellmütze riß das Tor auf. «Sie werden erwartet, Madam», sagte er.

Miss Fink schritt an ihm vorüber. Im Park fand eine Party statt, und unter den Gästen entdeckte sie ihre Mutter. Sie war ganz in Schwarz gekleidet, trug dazu aber ein rosa Sonnenschirmchen, das ihr Gesicht rosig überhauchte und jung und lieblich erscheinen ließ. Flüchtig lächelte sie ihrer Tochter zu und plauderte angeregt weiter mit einem jungen Adelsmann.

Miss Fink nahm an einem runden Tisch Platz. Bald darauf setzte sich Queen Mary zu ihr. Das Gebaren der Königin war huldvoll und leutselig. Sie trug einen hohen, mit Reiherfedern und Veilchenblüten verzierten Turban und duftete zart nach Lavendel.
«Ihr Hut ist bezaubernd, Miss Fink», sagte sie.
«Ich danke Ihnen, Madam», erwiderte Miss Fink und beglückwünschte sich im stillen dazu, daß ihr rechtzeitig eingefallen war, die Königin mit ‹Madam› anzureden. «Aber mit dem Ihren ist er gar nicht zu vergleichen. Das ist wirklich ein *chapeau*!»
Ihre Majestät strich über die Reiherfedern ihres Turbans. «Ich wasche mich stets, bevor ich mich mit Parfum betupfe», sagte sie. «Haben Sie Lust, meine Blumenrabatten zu besichtigen?»
«Mit Vergnügen», antwortete Miss Fink, die ja aus Liebhaberei Botanik trieb.
Sie folgte ihrer Gastgeberin in respektvollem Abstand. Die Beete bekam sie jedoch nie zu Gesicht, denn plötzlich, am Ende des Weges, stand sie unversehens am äußersten Rand einer steilen Klippe; dahinter dehnte sich ein Plateau. Tief unter ihr – so tief, daß ihr beim Hinabblicken schwindelte – trafen sich in einer schmalen Schlucht zwei große Seen. Von der Klippe führte eine zierliche Hängebrücke hinüber zu einem Felsenriff auf der gegenüberliegenden Seite. Die Brücke machte einen recht zerbrechlichen Eindruck; sie war kaum einen Meter breit und bestand nur aus ein paar Seilen und Sprossen. Miss Fink wich einen Schritt zurück.
«Ist das die London Bridge?» fragte sie.
«Ihr Zustand gibt zu keinerlei Besorgnis Anlaß», hörte sie die Königin sagen. «Es ist nur die Nordwestpassage.»
«Ach ja, natürlich!» rief Miss Fink. Über den Himmel spannte sich das Nordlicht wie ein gigantischer, bunter Fächer, und tief unten im Wasser spiegelte ein Eisberg die Farbenpracht wider. Wie eine gewaltige, vom Widerschein der untergehenden Sonne erhellte Kumuluswolke segelte er majestätisch aufs Meer hinaus.

Am andern Ende der Brücke stand, in dunkelblauem Sportjackett, weißen Flanellhosen und hohem Stehkragen, der junge Archäologe. Er lüftete seinen steifen Strohhut und grüßte mit schwungvoller Gebärde.
«Sie wissen doch, wer ich bin, Miss Fink?» fragte er.
Seine Stimme kam ihr bekannt vor, aber sie klang ganz anders als die des jungen Mannes, mit dem sie einst auf der Marmorbank unter einer Weide gesessen hatte. «Ich bin seltsam, aber ganz harmlos.»
Miss Fink schritt über die Brücke. Zuerst setzte sie behutsam einen Fuß vor den andern, als sie aber bis zur Mitte gekommen war, fiel alle Furcht von ihr ab. Jenseits des Abgrundes badete die Welt in flüssigem Gold. Eine Patina aus Licht lag über Bäumen und Pflanzen. Jedes einzelne lackierte Hälmchen und jeder Sproß stand gesondert, und jedes Blättchen ließ ein zartes Geäder erkennen.
Die Luft war leicht und berauschend. Miss Fink sog sie tief in die Lungen ein, und augenblicklich überkam sie ein wildes Verlangen, zu tanzen, zu singen und zu lachen. Sie wollte ihr Haar lösen, es im Winde flattern lassen! Ja, sie hatte ein beseligendes Geheimnis entdeckt; den Pulsschlag des Universums!
«Unter diesen glücklichen Auspizien...», hob der junge Archäologe an und griff nach ihrer Hand.
Sie aber eilte von ihm fort.
«Ich muß es ihnen sagen!» rief sie. «Ich muß ihnen davon erzählen.»
Einmal blickte sie kurz zurück, um zu sehen, ob er ihr folgte. Aber er war wohlerzogen und zurückhaltend an seinem Platz stehengeblieben.

SIE LIEF DURCH DIE STRASSEN von Liberty Hill. An der Kreuzung der Ahorn- und General-Grant-Straße eilte sie an William Holloway vorüber, der ihr entgeistert und entrüstet nachstarrte. Er hob Halt gebietend seine große, weißbehandschuhte Rechte, aber sie ließ sich dadurch nicht aufhalten.

Jetzt lief sie durch den langen Korridor der Zedernhain-Schule. Vor dem Rektorzimmer stand Mr. Spivey; im Dämmerlicht der Schule glänzte sein kahler Schädel wie ein fahler Mond am Abendhimmel.

Sie machte einen großen, schwebenden Satz und schlitterte den Flur entlang, so wie es die Jungen immer heimlich taten. Vor dem Geographiesaal bremste sie und schlüpfte hinein.

Der Raum war voll lärmender, tobender Kinder. Sie sprangen Bock über die Pulte, grölten, johlten und warfen sich die gröbsten Schimpfwörter an den Kopf. Den Jungen hingen flatternde Hemdzipfel aus der Hose, und die Röcke der Mädchen wirbelten und bauschten sich blau, rosa, gelb und lila – wie Blumen auf einer Wiese.

Als die Kleinen Miss Fink erblickten, verflog ihr Übermut im Nu. Sie marschierten gesittet zu ihren Plätzen, schlugen die Hefte auf und saßen kerzengerade – die Füße brav nebeneinander, die Hände gefaltet, den Blick ernst und gesammelt geradeaus gerichtet.

Miss Fink bestieg das Katheder. «Aufgemerkt, bitte!» Sie hatte es jubelnd ausrufen wollen, aber es klang ganz nüchtern und korrekt. Es drängte sie, den Kindern zuzurufen: «Nehmt doch eure Händchen auseinander! Vergeßt alle dummen Regeln! Pfeift auf die schnurgeraden Ränder!» Und mehr noch: «Seht doch, wie golden das Licht leuchtet, wie zart die Äderung der jungen Blätter ist! Trinkt die Frühlingsluft! Nur auf das Leben kommt es an! Das Leben!»

Aber der gleiche Bann, der die Kinder gepackt hatte, ergriff auch sie. Sie brachte kein Wort über die Lippen. Alles blieb totenstill, nur eine Fliege stieß mit wütendem Gesumm gegen eine Fensterscheibe. Miss Fink griff nach einer gefalteten, eigens für diesen Zweck aufbewahrten Zeitung, schritt gemessen zum Fenster und schlug die Fliege tot.

«DIE ALPEN, NEHME ICH AN», sagte Miss Fink zu dem jungen Archäologen. Sie stand auf einer blühenden Alm.

Um sie herum hüpften Zicklein, die um den Hals kleine Glöcklein trugen. Die Luft war erfüllt von dem hellen Geklingel. Miss Fink wies auf eine Bergkette.
«Ja», sagte der junge Archäologe, «so pflegt man zu sagen. Und dahinter liegt...»
Sie wartete gar nicht ab, was er zu sagen hatte, sondern machte sich unverzüglich an den Aufstieg und kletterte – höchst überrascht über die eigene Behendigkeit – leichtfüßig von Felsblock zu Felsblock.
Als sie – ihren schnaufenden Begleiter dicht hinter sich – mit einem letzten hüpfenden Satz den Gipfel erklommen glaubte, sah sie, daß sie sich geirrt hatte, denn vor ihr lag wieder eine Alm, ein friedliches Plätzchen, und hoch darüber ragte erst der Gipfel, gläsern funkelnd in Eis und Schnee und viel zu steil für jedes lebende Wesen. Aber von der höchsten Spitze führte eine Stahltrosse herab, an der eine kleine Gondel herniederglitt – oder eigentlich nur ein Korb wie unter einem Luftballon, den sie vor vielen Jahren auf einer Ausstellung gesehen hatte.
Dem Korb entstieg Alphonzo Fink.
«Ich bin heruntergefahren, um dich zu begrüßen, mein liebes Kind», sagte er. «Wie ist dir die Reise bekommen?»
«Sehr gut, vielen Dank, Sir», sagte sie, hoch erfreut, ihren Vater zu sehen, jedoch keineswegs überrascht. Er trug einen grünen Tiroler Anzug, und am Band seines Hutes prangte ein Edelweißsträußchen; aus seiner Jackentasche schaute ein altes, in braunes Pergament gebundenes Buch hervor. Sein flotter Schnurrbart glänzte in der Sonne.
«Den letzten Rest des Weges fährst du mit der Drahtseilbahn», sagte er und wies auf den Korb. «Fürchte dich nicht. Es ist seltsam, aber es ist ganz harmlos.»
Seltsam. Harmlos. Miss Fink zuckte zusammen. Diese Worte hatte jemand anders gesprochen. Jemand, der ganz in Grün gekleidet war.
Sie wandte den Kopf.
«Wen suchst du?» fragte Alphonzo.
«Thomas Baker», antwortete sie.

«Ach, den Racker mit den Wackelohren!» meinte Alphonzo.
«Pah», rief der Archäologe, «er ist ja nicht mal Mitglied des Chirurgenverbandes. Sind Sie überhaupt im Lehrerinnenverband?»
«Nein», erwiderte Miss Fink, «ich habe aber meine Leistungsprüfung bestanden.»
«Sie läßt keine Anzeichen seelischer Bedrücktheit erkennen», sagte ihr Vater, «ihre Frisur ist allerdings recht seltsam.»
Seltsam, harmlos. Seltsam, harmlos. Seltsam, harmlos. Seltsam, selt... sam, ... sam, ... sam.
Wieder riß es sie in den Strudel hinab. Wieder war sie unter Wasser und trieb dahin. Trieb aufwärts, aufwärts, aufwärts...
Sie schlug die Augen auf.

RICHTIG, SIE LAG JA in ihrem Bett im Krankenhaus. Neben ihr stand ein hoher, stählerner Apparat, ähnlich einer Stehlampe, der einen Glaszylinder mit einer klaren Flüssigkeit hielt. Vom Boden dieses Zylinders hing ein schmaler Gummischlauch mit einer Kanüle herab, die an der Innenseite ihres Ellbogens in eine Vene eingeführt war. Traubenzucker, stellte sie sachlich fest und wußte wieder, wo sie sich befand und was geschehen war.
Durch das geschlossene Fenster drang das Schlagen der Turmuhr herein, und dazu gesellte sich das liebliche, wenn auch nicht ganz harmonische Geläute der Kirchenglocken. Es war also Sonntag. So läuteten die Glocken zum Frühgottesdienst. Alexander Burnham stand also auf der Kanzel, um seiner Herde den Weg der Rechtschaffenheit schmackhaft zu machen und aus der Tiefe seiner Erkenntnis über jenen Frieden zu sprechen, der alle Vernunft übersteigt.
Sie fühlte sich ‹geistig rege und gefaßt›.
Gleichzeitig aber beschlich sie eine seltsame und bittere Enttäuschung. Warum war sie nur in dieses kleine, enge

und vertraute Liberty Hill zurückgekehrt? Sie war doch frei gewesen! Hatte Höhenluft geatmet! Warum war sie nicht weiter, immer weiter gewandert? Warum hatte sie nicht den gläsern funkelnden Berg erklommen und auf die andere Seite gespäht?

Sonnenlicht flutete durchs Fenster. Das kleine, rote Pappschulhaus im Miniaturgarten leuchtete wie von innen erhellt. Aber da ist es ja, dachte sie. Das ist ja das Leben!

Sie dachte an all die Kinder, die sie zurechtgestutzt und zurechtgefeilt hatte, und denen sie mit Hilfe von Regeln und Beispielen den harten, aber wahren und einfachen, den herrlichen Sinn des menschlichen Abenteuers nahegebracht hatte. Sie mußte daran denken, wie beglückt ihre jungen Gesichter strahlten, wenn sie erfuhren, daß die Erde rund ist. Und sie mußte auch an die denken, die schon gestorben waren, aber auch an die – durfte sie überhaupt zu hoffen wagen? –, die noch kommen würden. Eine peinliche Sekunde lang erinnerte sie sich, wie nahe daran sie gewesen war, die tobenden, johlenden Kinder im Traum zu Unmoral und Aufsässigkeit zu verleiten.

Plötzlich wußte sie genau, wohin sie strebte, wußte es mit inbrünstigem Verlangen. Nicht zu dem alten Cathay, nicht nach London oder Paris oder in jenes unbekannte Land jenseits des Berges. Nein, es drängte sie, wieder die Eichenallee entlangzugehen, den Lafayette-Weg zu überqueren, die Akazienstraße hinauf und (William Holloway freundlich zunickend) zur General-Grant-Straße hinüberzugehen, um dann durch den großen Haupteingang die Zedernhain-Schule zu betreten. Sie sehnte sich danach, in ihren Geographiesaal zu gehen; Hut und Handschuhe in den Wandschrank zu legen; die große Weltkarte zu entrollen; das Katheder zu besteigen und dort stehend die kleinen Abc-Schützen zu erwarten. Hübsch der Reihe nach würden sie – plötzlich in brave, wohlerzogene Kinder verwandelt – hereinmarschiert kommen und den vorgeschriebenen Morgengruß hervorschmettern, den Gruß, der ihr sagen würde, daß ein neuer Tag begonnen hatte.

Billie Jean räumte die Kommode auf; an ihrer linken Hand

funkelte ein kleiner Diamant. Sie rückte die weiße Azalee so energisch nach hinten, daß der Spiegel vornüberkippte und Miss Fink darin die Schwester und auch Thomas Baker erblicken konnte, der gerade das Zimmer betrat.

Thomas sah übernächtig aus, als habe er nicht einmal Zeit gehabt, an Schlaf zu denken. Trotzdem schaute er keck und triumphierend drein. Genauso hat er immer ausgesehen, dachte Miss Fink, wenn er bei einer schwierigen Prüfung oder einem Baseballspiel besser abschnitt, als er eigentlich verdient hatte. Auf jedem Arm trug er ein kleines, in eine hellblaue Wolldecke gewickeltes Bündelchen.

(Also Zwillinge, dachte Miss Fink. Zwei Jungen. Ich werde sie auseinandersetzen müssen – den einen auf die erste Bank und den andern weiter hinten ans Fenster – auch wenn dadurch meine ganze alphabetische Sitzordnung durcheinandergerät. Aber würden die beiden überhaupt...? Würde sie jemals wieder...? Aber hatte da nicht eine Stimme etwas von seltsam und harmlos gesagt? War es nicht Thomas' Stimme gewesen?)

Sachte, voll geheimer Furcht ließ sie ihre Hand unter der Bettdecke nach oben gleiten, in die Nähe der rechten Hüfte. Daumen und Zeigefinger hielt sie – wie die Scheren eines Krebses – gekrümmt und bereit zuzukneifen. Ein einziges Mal nur zwicken, und sie würde Bescheid wissen! Doch plötzlich entspannten sich ihre Finger; sie ließ die Hand still liegen. Derartige Erkundungszüge kamen einem Patienten nicht zu!

Thomas war an der Tür stehengeblieben. Als er im Spiegel Billie Jeans entzücktes Lächeln sah, wackelte er vergnügt mit den Ohren und zog eine Augenbraue verschmitzt in die Höhe. ‹Bin ich nicht ein Pfundskerl?› schien das Ohrengewackel und Gezwinkere zu fragen.

Er schlich auf Zehenspitzen an ihr Bett. In diesem Augenblick begannen die Säuglinge zu schreien. «A-ha-ha-ha! A-ha-ha-ha!» krähten sie und greinten sie mit hellen, entrüsteten Stimmchen.

«Ruhe, bitte!» gebot Miss Fink.

Niemand – weder sie selbst noch Thomas oder Billie Jean

– war auch nur im geringsten überrascht, daß die winzigen Kerlchen sofort verstummten.
Sie blickte zu ihrem Arzt auf; ihre grauen, leuchtenden Augen waren fest und unverwandt auf ihn gerichtet. Sie wartete darauf, die Wahrheit zu hören.
Thomas erwiderte ihren Blick, und sein Gesicht schien dabei von innen zu leuchten wie das Pappmodell der Schule. Ihm kam in den Sinn, was Adams Temple über Äneas und Anchises und über den Kreis gesagt hatte, der sich nun schloß. Und auch daran, wie Miss Fink Jinceys roten Schopf mit einem Bindfaden zusammengebunden hatte, mußte er denken. Er konnte sie vor sich sehen, wie sie – aufrecht und gerade wie ihr Zeigestock – neben ihrem Katheder und dem Globus stand.
Und dann teilte er ihr mit, was sie zu wissen wünschte. Sagte es ihr, ohne viel Worte zu machen.
Darauf reckte er sich zu voller Größe empor, und seine Züge wurden – so plötzlich, als ließe man einen Vorhang herab – sehr ernst. Nichts stand darin zu lesen als die Würde des Arztes und besonnene Hingabe an den Beruf. Und in zurückhaltendem, respektvollem Ton, so wie er es in der Zedernhain-Schule gelernt hatte, sagte er:
«Guten Morgen, Miss Fink!»